人民共和國文化與文學叢書

十一編

李 怡 主編

第10冊

表達：一個時代抒情的呼吸（下）

柏 樺 著

花木蘭文化事業有限公司

國家圖書館出版品預行編目資料

表達：一個時代抒情的呼吸（下）／柏樺 著 -- 初版 -- 新北市：
花木蘭文化事業有限公司，2023〔民 112〕
目 2+218 面；19×26 公分
（人民共和國文化與文學叢書 十一編；第 10 冊）
ISBN 978-626-344-377-8（精裝）
1.CST：當代詩歌 2.CST：詩學
820.8 112010207

人民共和國文化與文學叢書
十一編 第 十 冊 ISBN：978-626-344-377-8

表達：一個時代抒情的呼吸（下）

作　　者　柏 樺
主　　編　李 怡
企　　劃　四川大學中國詩歌研究院
總 編 輯　杜潔祥
副總編輯　楊嘉樂
編輯主任　許郁翎
編　　輯　張雅淋、潘玟靜　美術編輯　陳逸婷
出　　版　花木蘭文化事業有限公司
發 行 人　高小娟
聯絡地址　235 新北市中和區中安街七二號十一三樓
　　　　　電話：02-2923-1455／傳真：02-2923-1452
網　　址　http://www.huamulan.tw 信箱 service@huamulans.com
印　　刷　普羅文化出版廣告事業
初　　版　2023 年 9 月
定　　價　十一編 12 冊（精裝）台幣 30,000 元

表達：一個時代抒情的呼吸（下）

柏樺　著

目次

上冊

第三卷　重慶(1982～1986)

一、科技情報所

現在我已來到重慶的三月天
此地氣溫高達攝氏三十七度
人聲震耳、熱油炒菜，苦力
爛泥、糞便、夾竹桃、茉莉花
扁擔籮筐、香煙旗袍、口痰……
堆擠攪動的人流！喇叭喧天

這裡的老鼠如小黑狗那般大
這裡的老鼠肚腹顏色呈鮮紅
這裡廚房員工用開水澆老鼠
不殺死它們，只為消遣取樂。
——柏樺《1943 年，李約瑟來重慶》

1943 年李約瑟眼中的重慶也是現在的重慶。重慶永恆不變！重慶就這樣一如既往地在熱中拼出性命，騰空而起。它的驚心動魄激發了我們的視線，也抹殺了我們的視線。在那些錯綜複雜的黑暗小巷和險要陡峭的石砌階梯裏，這城市塞滿了咳嗽的空氣、抽筋的金屬、喧囂的潮濕、狹路相逢的尷尬，紅岩般衝鋒的迷宮，難以上青天的保坎，重慶的本質就是直見性命的赤裸！詩歌也赤裸著它那密密麻麻的神經和無比尖銳的觸覺。詩歌之針一刻不停，刺穿灰霧緊鎖的窗戶，直刺進我們的居室、辦公室、臉或眼角。

重慶除了熱之外，老鼠也特別恐怖。有關重慶的老鼠，我在許多書中都讀到過令人驚悚的描寫。如我本人就曾在我寫的一本有關晚清民國的詩集《別裁》（北方文藝出版社，2014）中，第198～199頁，這樣寫過1938年的重慶老鼠：

肥大的重慶老鼠到處亂跑，聲若馬群
奔踏不歇。雅德內後來回憶道：「僅在幾天前，一隻
老鼠把我們一個警衛的新生嬰兒咬死了。孩子的
母親措手不及，那老鼠扯下了小孩的一個睾丸。
儘管在我的堅持下佈設了各種逮鼠器，老鼠還是在
閣樓裏亂竄，沒有一個夜晚我沒被跑到身上來的一
兩隻老鼠弄醒。我讓人把我住的地方的洞都堵住了，
但還是有我無法發現的洞口。」唉，霧重慶，
時光停滯了；唉，雅德內——老鼠。
——柏樺《雅德內在重慶之起居》

接下來，我又讀到1930年盧前寫的重慶老鼠：「我住在嘉陵賓館時，將新買的一雙皮鞋，放在床下。一天晚上，竟被耗子吃掉一隻，我從來沒有見過那樣大的耗子，排起隊來在房中行走，大有行軍的氣派。」（盧前《舊時淮水東邊月》，商務印書館，2017，第81頁）

有關重慶旅店、客棧的老鼠的多和大，我後來在另一本書中看到了近似的描寫（以詩的形式）：

屋內有老鼠
至少幾十隻
每只重三斤
或許還不止
——〔英〕謝立山著，韓華譯：《華西三年：三入四川、貴州與雲南行記》，中華書局，2019，第20頁

順著奔騰的老鼠，我立即聯想到如下地點：學田灣、大田灣、陳家灣、豬市壩、沙坪壩、李子壩、烈士墓、渣滓洞、白公館，只需羅列這些與我相關的地名，我就會產生幻覺、渾身顫抖。

這城市以夏天的節奏和速度飛著圈圈，它永不衰老的壯麗形象令人震撼。它自身的效率就不是中國，道路在瘋跑，乾燥的司機在瘋跑，老人、孩子、青

年在瘋跑，樹、大樓、牆和空氣也在瘋跑，夏天、夏天，一萬個夏天後又是一萬個夏天。這城市與頹廢無緣，正剖開胸膛，打開一個璀燦眩目的軍火庫，誰要就給誰。

兀立於市中心的解放碑是夏天武器的尖端，是霸王硬上弓的精神堡壘，是一個大庭廣眾之下的川東象徵，頸部充血腫脹的本地詩人樂於在此尖叫。一個1950年代的詩人在此歌唱，他的生活被打倒了；一個1970年代的詩人代替他歌唱，他的生活又被打倒了；誰在此歌唱，誰的生活就被打倒（「打倒」，重慶方言，指生活失敗了）。

崇山峻嶺將這座城市分割為互不關懷的八塊或九塊，現在更多，應是幾十塊，因為重慶已成為直轄市，如今更是成了網紅城市。如此累人的地理形成了另一種中國生活：這裡盛產寂寞的自我囚徒、孤僻的怪人、狂熱的抒情志士、膽大妄為的夢想家、甚至希特勒崇拜者。

由於缺乏溝通和交流，創造新詞成了年輕人抗拒孤獨的「核武器」。口語黑話近似於地下詩歌的接頭暗語，被激烈地創造出來，又被激烈地改朝換代，比如：扁掛，指拳師，1960年代專門指打架鬥毆的高手；操哥，指花花公子，普遍用於1960年代和1970年代；髒班子，指出醜丟臉，從1960年代沿用至今；錘子，指男性性器，四川經典日常感歎語，長用不衰。而另一些新方言則創造於1980和1990年代：乾燥，指性格急躁；牙刷，指一個人一無事處；洗白或下課，指某人完蛋了，毫無前途了。以上種種數不勝數的「黑話」在公開反抗這個城市的同時也潛在地創造了這個城市的詩歌語言，並為當地詩人打下了熱火朝天的烙印。重慶詩歌也具有這些「黑話」特徵：炫烈、生猛、氣魄大、高速度、奇詭的想像力。這些特徵在李亞偉的詩歌中可謂一目了然、俯拾即是，遍地開花，隨便舉兩個例子：

> 「拖拉機朝前開，一路上發動人民」（李亞偉《島》），年抵半百的李亞偉正帶著天才的鬼想像、最不要臉的誇張，懷揣鐵匠鋪向你衝來。無敵的城管在前面開道：閃開！李亞偉五毛錢一斤的國家來了！（冉雲飛文章：《李亞偉反攻倒算的生活》）

「這天空是一片雲的歎氣，藍得姓李。」這是李亞偉《秋天的紅顏》中的一句詩，這一畫面也可以看作是重慶抒情詩的另一面，這唯美的一面正好與這座城市水深火熱的另一面形成了最好的張力。這一點我在《初中的逗號》裏描寫十五中學的風景時也談到過，雖然這城市遠郊秘密幽靜的風景曾是我少年時代的安慰，但也留給我一個關乎美麗的錯誤印象。我從二十六歲起才真正第一次認清了這座城市，並毫無保留地接受了這座城市的煩躁折磨和殘酷打擊。這座昔日的武鬥名城（文革時中國武鬥最厲害的城市），它的肺早已爛掉了，肝也差不多快壞死了，它火鍋的亭臺樓閣還在穿腸過，它紅腫的咽喉還在拼命動……而我反倒像一個「外國人」停在它發燙的心臟——一號橋、七星崗或解放碑，停在科技情報所。

1982 年 3 月，我迎著初春潮濕的陽光走進了賀龍元帥昔日工作過的大樓，現在的中國科學技術情報研究所重慶分所。這是我離開廣州外語學院後的第一個工作單位，也是我奔波人生的第一站。在這個科技單位裏，在這幢讓我困惑、心煩、千篇一律的灰色火柴盒裏，我繼續著我未竟的詩歌白日夢，繼續深入一本狂熱、痛苦的詩歌之書。某種天意或我的天命對我下達如下指令：工作就是作詩：

重慶素描

重慶有什麼呢？
堡坎、棒棒、錘子、落兜

以及（抓飯吃的）血盆
死神活在唐家沱
戰神活在牛角沱
你活在上清寺

重慶還有什麼呢？
多少業餘畫畫人
隨身帶著俄羅斯的命運——
托爾斯泰宗教、普希金詩
列寧的國家與革命……
以及金薔薇的夢——東奔西走

少年重慶臨江的絕壁
盤旋疊加，憑空穿行——
一條羊腸山路剛丈量出
我上小學的身體
桂花園街上的小人書鋪

那張連環畫已被人撕下

還有什麼難以想像
如果重慶少了熱情
只有兩條「大河戀」
我們將何從談起那個
不愛喝水的兒童的命運……
他竟然靠喝水長大了

現在你生活在南山
迢迢以亭亭，光景復往來
橘柚青後，橘柚黄……
「只要想起一生中後悔的事」
石梯，一階一階……
總有個人向你走來

現在你生活在菜園壩
那裡火鍋毛肚連山拼
那裡大酒肥腸亂如麻
那裡澎湃的人潮見縫插針
而狗不理血盆，
人不睬中國娃娃

「歲暮陰陽催短景」
老杜！如今重慶少了
老馬哭讀的張海星的家書
重慶閣樓的神秘和苦難
會從哪裏來？
難道反而從美國來嗎？

來自沿江壯麗的堡坎
少年築路工曾經的大會戰
來自棒棒四海為家
我們的連二杆、客西頭
打閃閃啊！金日成——

我們心中永恆的理想青年

重慶山城，梯坎陡窄

等人是非常頹廢的行為

我年紀輕輕，當個閒人

站在夜晚的電線杆下

因頹廢總是等下去……

命懸於一套歷史書

注釋一：「大河戀」（A River Runs Through it），一部美國電影的中文譯名。這裡的兩條大河戀，指流經重慶的兩條大河——長江和嘉陵江。

注釋二：「中國娃娃」是重慶著名畫家、詩人涂國洪的一個系列作品的題目。

注釋三：「連二杆、客西頭、打閃閃」重慶方言。連二杆指小腿，客西頭指膝蓋。打閃閃指顫動。

注釋四：詩中的「金日成」，讀者可參見我下面寫的另一首詩《棒棒》，其中我描寫了一個崇拜並模仿金日成走路的棒棒形象。

2014 年 12 月 29 日

2023 年 2 月 2 日

詩中的「棒棒」是最有意思的重慶形象。在這裡，我要特別介紹：「棒棒」是指挑夫或搬運工，外國人叫 coolie（苦力）。用這棒棒二字來說苦力，的確看上去很形象，但它其實已經脫離了「苦力」的語境，與之格格不入：苦力給人以苦難之感，所以我說過：苦力讓人想到兩件事：一是人類的苦難，二是人類的革命。而棒棒並不苦難，也無革命。「棒棒」這一對搬運工的稱呼，有一種重慶人特有的輕鬆、親切和幽默。眾所周知，「棒棒」這個新詞的流行是因為一部曾在（至今仍在）重慶與四川熱播的電視連續劇《山城棒棒軍》。在重慶的大街小巷，人們四處可見這些手持棍棒的「棒棒」，他們或站或走，隨時聽候雇主的召喚，只要聽得一聲「棒棒」的呼叫，他們就迎上前去，迅速地開始了運輸工作，即肩挑背扛的勞作。

其中有一位 1974 年的棒棒，當時還不叫棒棒。1970 年代還沒有「棒棒」這個詞。那時，我們叫這樣的人為運輸隊的搬運工（這是典型的毛澤東時代的詞彙，需知工人可是那個時代的第一階級哩；而挑夫、苦力卻是舊時用法，棒棒則是現在的叫法）。正如詩中所寫，他是一個愛讀書且有些浪漫的理想青年。由於出身不好（父親是歷史反革命），他不被允許讀大學，年紀輕輕就當了搬運工。一開始認識他時，我就覺得他身上有一種特別的味道，但又找不出這特別的原因，只是被他莫名其妙地吸引。後來我的初中一年級同學顏其超告訴我，他最崇拜的人是金日成。再後來，我也專門問過他，為什麼喜歡金日成？他說金日成走路的樣子很好看，有美感。聽他這麼一說，我自然是豁然開朗。的確，他走路幾乎與金日成一模一樣：兩手朝後輕擺，肚子向前大方地挺起。當然，他沒有金日成那麼胖，但也不瘦，加上常年模仿，還真有些金日成的風度了。這位棒棒（姑且改一個口，不叫他搬運工了，為配合與時俱進的稱呼，詩中也叫他棒棒）也結了婚，老婆的美與之旗鼓相當，但二人吵架打架是常事，我就經常看見他臉上被指甲抓出的道道傷痕；但他又無所謂，工作之餘，仍像金日成那樣穩穩當當地走著，面貌也儘量在和平從容中顯出金日成的味道。這個棒棒引起了我濃厚的興趣，我寫下了他獨特的肖像：

棒棒

（選自長詩《史記》）

他不是山城棒棒軍的棒棒
他是二十世紀七十年代的棒棒
這棒棒看上去有一些浪漫——
他總是那麼熱愛自己的儀表
這棒棒暗中閱讀政治經濟學
他與時俱進，洋溢著理想……

當我第一次遇見他時
這棒棒就讓我感覺到興奮
但又說不出他身上哪點非同凡響
是因為他大段背誦《約翰克里斯多夫》
還是因為他每到周末就和年輕人一道
通宵談論美學、世界、宇宙……

他還有什麼？到底是什麼吸引我？
一天中午，他突然走過來問我

「你覺得金日成首相怎麼樣？」
突然，我一下明白過來了，
哦！原來他崇拜金日成，
難怪他走起路來像金日成首相。

說起棒棒，我真是有話要說，且說之不盡，在此我要再說一個感人的棒棒的故事：

「貧賤夫妻百事哀」，倒不一定正確。富貴之人可以做一份好人家，貧窮之人亦可以做一份好人家。關於兩者我都有極深的體會。幼時，我在重慶鮮宅所見，那可是何等的富貴溫柔，閒雅寧靜（讀者可參見我的《左邊：毛澤東時代的抒情詩人》之《鮮宅》一文）；而另一幕同樣感人：我的一戶鄰居，是一位小學教員，一直獨自帶一約 8 歲的小女孩生活。有一天，一個兩手空空的男人走入了她的生活，他是一位搬運工，有一副好身體及很深的感情。聽人家說，他是一個勞改犯，剛出獄不久，出來做搬運工，靠的就是一身的力氣。不久，這個女教師的肚子大了，她那搬運工丈夫，一下班回家就屋裏屋外地忙。當時我最歡喜看他在屋外鍋裏煎魚，手段是那般細膩乾淨，又不說話，人很整肅，我似乎忘了他是一位搬運工。如今，我寫《水繪仙侶》，才突然悟到，他那時可是在與那女教師悄悄做一份人家呀。（柏樺：《水繪仙侶：冒辟疆與董小宛：1643～1651》，江蘇鳳凰文藝出版社，2019，第 73 頁）

川流不息的本地詩人、藝術家、文學浪子、美學冒險家在這個科技場所跳來跳去。一個肥胖的中年技術官僚政治詩人來了，他以沉默對抗我扔掉的酒瓶。

另一位年紀輕輕的「老詩人」，我的中學同學王曉川也來了，他從 1970 年代至 80 年代一直滿含熱淚地寫著賀敬之式的抒情詩；現在他一邊念著魏爾倫，一邊依舊念著賀敬之《西去列車的窗口》，我會懷念他的，會懷念他曾經帶給我的高中的鄉愁：

衛校女老師涼快的身體早變成
古代的屍體。遠方，詩在上路
西去列車的窗口，王曉川上路——
——柏樺《偶遇瑣記》

當然我還記得王曉川給我講過的許多愛情故事。他從中學時代起就是各種女性的寵兒。在他的眾多女友中，我特別記得其中一個衛校女老師淒涼的故事：

風在說

我的達吉雅娜來自重慶衛校
當然不來自普希金的俄國；
我秘密崇拜的詩歌老師啊，我的女神
在醫院等死，現在是秋天……

那一天，我發現她的身體
發出一種奇異的水果味……
那一天，病房裏的人一下變少了
「曉川，去買瓶香水，給我灑香水……」

我還發現了什麼呢？那一天
緞被上的金魚還是那樣平靜
抽屜裏的剪刀、指甲刀還在
鏡子也還在，但梳子不見了……

預兆好可怕，黑暗裏起風了
她在渡過、她要渡過——
但「沒有船駛往的港口，
有風也是徒然。」
——柏樺《風在說》第一部分

被蜜色的晚華感動著的「我的夏天」的年輕詩歌盲流也來了，他的拿手好戲是痛哭、下跪、悔過；還有一隻過早衰老的假燕子詩人，他弓著腰、打著呵欠，動輒就揮舞那並不存在的「希臘式鋼叉」；身材偉岸、說話尖聲尖氣的林語堂熱愛者來了，他紅著臉細心地研究舒適的坐姿和食譜。我甚至還寫了一首詩來歌頌這位林語堂：

林語堂的夏天生活

夏天，一眨眼，
一陣短輕風送來一個
重慶電大畢業的林語堂

不是我想到了，是看到了
他生活的甲魚湯、牛肝菌
以及干邑白葡萄酒佐以
鮮亮的陳麻婆豆腐

飯後好無聊，
林語堂去濃蔭下散步
他還會撿到一包錢嗎？
（他曾經就撿到過一次）
幸運若天籟，接下來幹什麼？
晚餐到，為發日本財，
林語堂決定喝八瓶啤酒

酒先養老，詩後若裕
散步游泳，各有生氣
所有生命都由電構成的
該問林語堂還是瓦格納？
夏天，有電鰻魚攜八百伏
高壓電衝過來！但生活
不會亂作一團，絕對！

注釋一：詩中的林語堂並非真林語堂，是指那個重慶電視大學畢業的學生，他在生活中處處熱愛林語堂、模仿林語堂。

注釋二：「所有生命都由電構成的」是德國當代著名詩人瓦格納（Jan Wanger，1971～））的一個觀點。

2015 年 1 月 5 日

此外，還有如下來人：別林斯基迷、普希金和萊蒙托夫迷；摹仿華國鋒說話聲音的「中國娃娃」畫家，他同時還是一個只關心「冬水田」的詩人。上述這些人就這樣堅強地毫不動搖地一次又一次向我走來。

其中有兩個人，我要在這裡特別指出。一個是絕不疲倦的「馬達」——吳世平，他認識全國成千上萬的人，但卻永遠認識不了自己，他一邊拖著一個公安局幹部的高大兒子，一邊對我聲稱：「介紹一下，這位是生命的朋友。」講義氣的吳世平也是天真的吳世平，我在一首小詩中寫到他小時候的形象：

為何喜歡《首戰平型關》

我也不知道
我到底是否喜歡這冊連環畫？
或許喜歡吧
因為封面有一挺正在掃射的機槍
因為另一個拿駁殼槍的八路軍
顯得很大，而我又很小
因為那一年是 1966 年
我們每個小朋友都羨慕
一個叫吳世平的小朋友
他有一把像真的木頭駁殼槍

另一個人就是一個面貌動盪不安的感覺主義者、一個愛說話的重慶棉紡廠的工人、一個自詡能看透人心的自學者，當時他正以他的藝術高齡成為我們的臨時中心，他也心安理得地享受著這個虛幻的中心並被追隨者吳世平確定為「中國歌德」或「中國托爾斯泰」，其實他應該是中國假冒偽劣的巴烏斯托夫斯基（有關此點後面還要談及）。

二、震顫

接踵而來的八月，一個深夜，我和彭逸林睡在我的辦公室裏，空調器徹夜開著，轟隆作響，繁衍遼闊的熱浪被排除室外，人與物的高燒已退去，我們暫時逃脫這熱浪的衝擊，享受著人造的涼爽。房間裏突然有什麼東西響了一下，什麼聲音！我神經質地一躍而起，來歷不明的「震顫」詩行在彭逸林的注視下傾泄而出……成群的意念真的是蜂擁而至，超現實主義似夢非夢的韻律我開始駕輕就熟：

震顫

恐懼無以調查，
唯有在黑暗中環繞
——艾米莉．狄金森

漆黑的深夜在這裡安眠
一切都不會發生
突然有什麼東西響了一下

什麼聲音？！又突然消失了
整個房間，只有水波
在鋼琴上如歌低訴

這裡沒有一絲風
你面對不動的空門
會心慌、會害怕、
會敏捷地跳開蜷入房間一角
一分鐘內，閃過
上千次危險的念頭

那個聲音困擾著你
（那個聲音到底來自哪裏？）
影子已在窗戶晃動
你揭開窗簾快速看了一眼
外面遼闊繁衍的燈火
什麼音樂正在演奏？

火焰重慶，火焰人生……
發燙的河水拍打著絕壁
洪崖洞、江岸邊、岩石上
有一個少女在練習彈跳
她在等她的戰神不遲於明年冬天
用手槍殺死一隻野獸

如此多的冥想……
如此多的意象……
科技情報、廣播體操、甩手療法
從早到晚的日光燈
水流滴答的老空調
那檔案員的皮膚有白癜風！

那個聲音！什麼聲音？
又向你走來，這次更近
幾乎貼上你的臉——

它的呼吸和氣味進入你的身體
整個地把你圍住——
你開始震顫

你已經完全受不了
沉重地倒在沙發上
捫著心口喘氣、喘氣……
意冷……或發瘋……
死去一個夜晚
好久才復活

重慶在八月的高熱下震顫著，而我卻從這首詩的神經中猛烈地解脫了出來，詩已經寫成，「震顫」隨之變為過去。

仍然在八月昏暗酷熱的燈光下，我在重慶兵站歐陽江河家中第一次見到作為軍人的他，彭逸林剛作完介紹，歐陽江河就滔滔不絕地朗誦起楊煉的詩歌，從他口中，我得知楊煉式的「史詩」因其宏大敘事在成都很有影響。歐陽江河高昂著頭，走來走去，激動得像一個「黑人」而不像軍人。從此，我一想到他，就想到茨維塔耶娃說過的一句話：「古往今來的詩人哪一個不是黑人」。「黑人」是茨維塔耶娃多次提及的一個重要意象，她說過所有詩人都是黑人的話。她還說過普希金也是黑人。見其文章《我的普希金》。為何說詩人是黑人？這是指詩人的「地下工作」（或神秘工作）性質。再說得通俗些：詩人是沒有戶口的人。

震顫之後，它的餘波仍在震顫……其中有一件神秘的事至今我也無法理解。那就是這首詩曾經讓一個西南農業大學年輕的日語老師張剛讀完後，當場失聲痛哭，這讓我和當時也在場的小說家周忠陵深感震驚，完全懵了。「震顫」惹出的一個男人的眼淚，這本身就是一個超現實主義之謎，這個謎被永遠保留在了重慶。誰人能破譯張剛的「震顫」之淚，或許歐陽江河能破譯，他也認識這位頗有才華的青年，也記得他的「震顫」之淚。且看我的另一首詩：

寄張剛

你「一吟雙淚流」為詩
我「二句三年得」為詩
——引子

慢臉燈下醉，繁絃頭上催，
深夜聽音樂，你被嚇哭了
（在四川省軍區那個夜晚）

後來真清涼，來到新華社，
你熱惱一天就被解除了。
但《震顫》詩還是恐怖的，
你難道全忘了嗎？

「西師」——北碚，
一陣夏天的手風琴吹過去……
需要我提醒嗎？她叫陳淑平

「象徵」——知識，
一席歐陽江河的話講過去——
多少年，常在人間——
我在找一個叫張剛的人……

張剛已從我的生活中消失三十三年了，他留給我的記憶除了「震顫之淚」外，還有一次夏夜，他在歐陽江河家聽怪音樂被突然嚇瘋了、嚇哭了，如前所述，又繼續有詩為證：

張剛深夜別聽怪音樂！在四川省軍區；
張剛你怕黑，我就在廁所過道留一盞燈……
張剛哀悼逝者豈止來行悲傷，行什麼？
「這一切背後也許隱藏著巨大的快樂。」
——柏樺《戲劇上演》

震顫還沒有結束，震顫真正完美的高潮一直要等到《瓊斯敦》的出現。今天，在經過深思熟慮之後，我可以這樣說，如果只選我的一首詩來代表重慶精神，那就是《瓊斯敦》。其餘我也不想在這裡多說了，只說一點，寫這首詩如同我早年在廣州外語學院寫《表達》一樣，是在四川外語學院（四川外國語大學）一氣呵成的，費時也僅僅是三十分鐘，或最多一個小時。

瓊斯敦

孩子們可以開始了
這革命的一夜

來世的一夜
人民聖殿的一夜
搖撼的風暴的中心
已厭倦了那些不死者
正急著把我們帶向那邊

幻想中的敵人
穿梭般地襲擊我們
我們的公社
如同斯大林格勒
空中充滿納粹的氣味

熱血漩渦的一刻到了
感情在衝破
指頭在戳入
膠水廣泛地投向階級
妄想的耐心與反動做鬥爭

從春季到秋季
性急與失望四處蔓延
示威的牙齒啃著難捱的時日
男孩們胸中的軍火渴望爆炸
孤僻的禁忌撕咬著眼淚
看那殘食的群眾已經發動

一個女孩在演習自殺
她因瘋狂而趨於激烈的頭髮
多麼親切地披在無助的肩上
那是十七歲的標誌
唯一的標誌

而我們精神上初戀的象徵
我們那白得炫目的父親
幸福的子彈擊中他的太陽穴
他天真的亡靈仍在傾注：

信仰治療
宗教武士道
秀麗的政變的軀體

如山的屍首已停止排演
空前的寂靜高聲宣誓：
度過危機
操練思想
純潔犧牲

面對這集中肉體
背叛的白夜
這人性中最後的白夜
我知道
這也是我痛苦的豐收夜

注釋一：「瓊斯敦」，1978 年 11 月 18 日，914 名美國公民在圭亞那熱帶叢林集體自殺，「瓊斯敦」是自殺的地點。這個地點以美國當時宗教性組織「人民聖殿」的領導者吉姆·瓊斯命名。

1987 年 12 月

三、催情

十月的重慶，天空黯然，壓得很低，酷熱已隨風而去，我彷彿有重返童年重慶之感（1982 年 10 月好像 1962 年 10 月），一種短暫的流逝之美在返回一個陳舊的秋天，它不是中國古代的秋天，是一個有點怪味的俄羅斯的黑色秋天。隨著秋天最後一道圓舞曲或冬天最初的序曲，巴烏斯托夫斯基旋風席捲了重慶。

在一個 1940 年代的抒情詩人，也是一個薩特筆下注定被人遺忘的自學者的帶領下，重慶詩人們都打開了巴烏斯托夫斯基的《金薔薇》。自學者一邊朗誦著他那感傷的鋪滿炭渣的「大竹林」（他 1970 年代初寫下的一首浪漫感傷詩），一邊朗誦著他心愛的巴烏斯托夫斯基的散文。一個口頭禪——波德萊爾那句詩「比冰和鐵更刺人心腸的歡樂」——老是從他嘴裏蹦出，他幾乎每一次談論文學感受時都將其掛在嘴邊。的確這種藝術的歡樂在當時是那麼秘密，那麼具有對抗性的個人姿態，而這姿態又那麼迫切地期待昇華和移置，因此只能是比冰和鐵更加刺人心腸。這句詩幾乎成了 1960 年代、1970 年代和 1980 年代初詩人們的接頭暗語；同時，在一種中國式的浪漫主義情懷下，這句詩也成為一個所指豐富的象徵。這法國式的象徵離奇地混合了俄羅斯文學的苦難色彩，這在中國尤其引人注目。

我繼續追蹤著「比冰和鐵更刺人心腸的歡樂」——很快我在詩人、翻譯家陳敬容那裡找到了這句詩的出處。1984 年夏天的一個上午我去拜訪陳敬容，當她拿出她翻譯的一組波德萊爾詩歌給我看時，我讀到了《烏雲密布的天空》中這句詩：「比冰和鐵更刺人心腸的歡樂」。這些詩發表在文革前的《世界文學》雜誌上，她還對我說，這組譯詩對朦朧詩有過影響，北島以前也讀過。有關陳敬容所譯波德萊爾詩歌對朦朧詩的影響，張棗生前在接受《新京報》記者採訪時曾這樣說過：「朦朧詩那一代中有一些人認為陳敬容翻譯波德萊爾翻譯得很好，但我很少聽詩人讚美梁宗岱的譯本，梁宗岱曾經說要在法語詩歌中恢復宋詞的感覺，但那種譯法不一定直接刺激了詩人。實際上陳敬容的翻譯中有很多錯誤，而且她也是革命語體的始作俑者之一，用革命語體翻譯過來的詩歌都非常具有可朗讀性，北島他們的詩歌就是朗讀性非常強。」（見顏煉軍編選《張棗隨筆選》，人民文學出版社，2012，第 234～235 頁）

的確，不同的翻譯語體對創作會有不同的影響。有一句老話，一個時代有一個時代的文學，換言之，一個時代有一個時代的翻譯，猶如王了一曾用文言文譯《惡之花》一樣，梁宗岱曾以宋詞感覺譯波德萊爾，卞之琳似乎對梁這種典雅的翻譯文體也不甚滿意，他曾說：「我對瓦雷里這首早期詩作（按：指瓦雷里的《水仙辭》）的內容和梁譯太多的文言詞藻（雖然遠非李金髮往往文白都欠通的語言所可企及）也並不傾倒……」

而陳敬容用「革命語體」翻譯波德萊爾，我以為與當時的中國語境極為吻合，真可以說是恰逢其時，須知波德萊爾詩歌中的革命性與中國的革命性頗有某種微妙的相通之處。據我所知，陳的翻譯不僅直接啟發了朦朧詩的寫作，也啟發了當時全國範圍內的地下詩歌寫作。看來翻譯文本的影響力是完全超出我們的想像的。因此，我們可以說：正是當時這些外國文學的翻譯文本為北島等早期朦朧詩人提供了最早的寫作養料。在一篇訪談中，北島也提到，這些翻譯作品「創造了一種游離於官方話語的獨特文體，即『翻譯文體』，六十年代末地下文學的誕生正是以這種文體為基礎的，我們早期的作品有其深刻的痕跡……」

這一痕跡不僅在北京詩歌圈中盛行，在上海同樣盛行。陳建華在一篇回憶文章《天鵝，在一條永恆的溪旁》（此文是為紀念朱育琳先生逝世二十五週年所作，發表於《今天》1993 年第 3 期）也有過詳細記述。朱育琳是當時上海地下詩歌沙龍中的精神領袖，他精熟法語和法國文學，陳建華也屬這個沙龍的一員，其中還有錢玉林、王定國等人。陳建華認為朱育琳是一個天才的譯家，他把波德萊爾譯到爐火純青的境地。他把譯波氏認真地當作一種事業，他於 1968 年被迫害致死，但他留下的八首波德萊爾譯詩卻成了陳建華手中一筆小小的文化遺產。據陳建華回憶：「一次談到波德萊爾，他問：『藝術是什麼？』看到我們都愣了，他神秘兮兮地說：『藝術是鴉片』。並引用波德萊爾的詩句，認為藝術應當給人帶來『比冰和鐵更刺人心腸的歡樂。』」接著陳建華還談到一次私下朗誦會：「最難忘的是 1967 年秋天在長風公園的聚會，老朱、玉林、定國和聖寶都在。我們划船找到一片草地，似乎真的是一片世外桃園。大家圍坐著，由定國朗誦老朱帶來的譯作——波德萊爾的《天鵝》。這朗誦使我們感動，且顯得莊嚴。我們稱讚波德萊爾，也讚美老朱的文筆。」

一個下午，自學者流著淚對我們朗讀巴烏斯托夫斯基《雨濛濛的黎明》（下面這一大段有必要全引，他是自學者那代文人「美學」的核心）：

……

桌上真的放著一本打開的書。庫茲明站起來，彎下身子俯在書上，一面聽著門邊那急促的低語和衣服的蟋蟀聲，一面默默地念起早已忘卻的句子：

不可能之中的可能，
道路輕輕飄向遠方，
在遠遠的路上，
頭巾底下閃過一道目光……

庫茲明抬起頭四處打量。低矮的溫暖的房間又引起了他想在這小城留下來的願望。

這類房間給人一種特別淳樸而舒適的感覺，即如那懸垂的在餐桌上的燈盞，沒有光澤的白色燈罩，一幅畫，畫著生病的女孩、床前有一隻狗，畫上面掛著幾隻鹿角，一切都這樣古色古香，早就不合時尚了，但它使人進來就想微笑。

四周的一切，連那淺絳貝殼做的煙灰碟，都說明了那種和平的、久居的生活，於是庫茲明又想了起來：假如留在這裡該有多好啊，留下來，像這所老屋的住戶一樣地生活下去——不慌不忙，該勞動時勞動，該休息時休息，冬去春來，雨天一過又是晴天。

……

旁邊，是那本打開的書——勃洛克的「道路輕輕飄向遠方」。鋼琴上有一頂小巧的黑色女帽，一本用藍色長毛絨作封面的貼像簿。帽子完全不是老式的，非常時興。還有一隻小手錶，配著鎳錶帶，隨便扔在桌上。小表悄不出聲地走著，正指著一點半。還有那種總是帶著點兒沉鬱，在這樣的深夜格外顯得沉鬱的香水氣味。

一扇窗子開著。窗外，隔著幾盆秋海棠，有一叢帶雨的紫丁香閃耀著窗口投下的微光。微弱的雨絲在黑暗中切切私語。鐵溜簷裏，沉重的雨滴在急促地敲打。

庫茲明傾聽著雨滴的敲擊。正是在這時候，在夜間，在陌生人的家裏，在這個幾分鐘後他就要離開而且永遠不再來的地方，一種時光一逝不復返的思緒——從古至今折磨著人們的思緒——來到了他的腦中。

「我這樣想，怕是老了吧？」庫茲明想，把臉轉過來。

房間門口站著一位年輕婦人，穿的是黑色的連衣裙。……

（非琴、趙蔚青等譯《巴烏斯托夫斯基選集（下）》，人民文學出版社，1983，第104頁～第106頁）

自學者反覆讀著這一段，讓我們一次再一次體會生活中不易覺察的美：奔波的旅人，即書中的庫茲明在一個深夜走進一位素不相識的婦女的房間，他產生了一種神秘莫測的激動和突然的惆悵，一種怎樣的情緒在折磨著他……接下來是短暫的會面和分手。自學者費盡力氣、自作多情地訴說著這個故事……隨著他敏感的聯想，他顫抖起來，輕輕重複道：「道路輕輕飄向遠方」（勃洛克）。什麼遠方！什麼勃洛克？有什麼好體會的呢？自學者的聲音引起了我的反感。其實「最索然無味的俄國大詩人就是勃洛克」（布羅茨基）。

突然，自學者做了一個相當誇張的手勢，鼻子漲得通紅，長長的手指猛地將他油膩的長髮向後一梳，當眾站立，一隻細手高舉起來：「俄羅斯、俄羅斯……」然後又用他已出汗的神經質手指輕輕觸動我的膝蓋，以示提醒。自學者變著戲法達到了他的目的——抒情或刺人心腸的目的。他當時的年齡正直逼五十歲，他的周圍是一些二十多歲的青年。

不久，我避開了高齡的自學者，直接閱讀了巴烏斯托夫斯基，注意到他那不連貫的散文中流露出來的二流蒲寧式的抒情。關於巴烏託夫斯基對蒲寧的模仿，我多年後在柏林還問過一位俄羅斯文學教授，他是馬雅可夫斯基和曼德爾施塔姆專家，他與我的理解一樣，既然有了蒲寧，巴烏託夫斯基就失去了意義。巴烏斯托夫斯基是個華麗作家，愛寫「政治正確」的風景，喜歡到處普及他對生活的感受，一句話：他是小一號蒲寧，當然也是蒲寧的狂熱崇拜者。

不過愛抒情的巴烏斯托夫斯基的文學也自有淵源，他的父親是一個鐵道小職員，懦弱輕浮，毫無資格做父親；他的母親是糖廠職員的女兒，冷酷專斷，亦無資格做母親。而巴烏斯托夫斯基就是在這樣的遺傳基因下成長為了一個浪漫主義作家，一個從不疲倦地把女人理想化的作家，一個對大自然充滿興趣和對人懷有好奇心的作家。按照他的看法，哪裏有女人的愛，有對兒童的關心，有對美的崇拜和對青春的忠誠；哪裏的善行、人性和團結氣氛就被認為具有最高的價值，新社會就會在哪裏出現。他追隨普利什文的「大自然的理想化」，並在他的一篇短篇小說中斷言：「一個人如果不知道什麼樣的草生在林間空地和沼地裏，不知道天狼星從哪兒升起；不知道白樺樹葉和白楊樹葉的區別，不知道藍帽鳥是否在冬天遷徙；不知道黑麥什麼時候開花，什麼樣的風帶來雨，什麼時候發生乾旱，他是寫不出書來的……一個人如果沒有經歷過日出前的風或十月露天裏漫長的夜，他是寫不出書來的。作家的雙手不僅要有筆桿磨出的老繭，還應被江水沖刷得更堅實。」（見馬克・斯洛寧著：《蘇維埃俄羅斯文學》，上海譯文出版社，1983，第 122～123 頁）

他這些浪漫主義觀點貫穿他的一生，明顯地吸引了眾多讀者。在前蘇聯，他的書的銷售量創下了高紀錄，他的新書一出版，人們像過節一樣爭相購買。而且他對 1950 年代的蘇聯年輕作家影響很大，並對 1940 年以來出生的中國文學青年也產生過極大影響，他在中國擁有大量現在並不年輕的終身追隨者。譬如當年重慶野草畫會創始人之一張奇開（1950～），他有一次就對我說：現在已是二十一世紀了，但自學者那代老人仍然始終認為巴烏斯托夫斯基的文學感受力絕對是前無古人後無來者的。他這樣說好像是把他自己排除在老人之外的，而他本人也是一個老人了，只是他不服老，他認為他永遠只有二十歲。

不過《金薔薇》也是一本很有趣的文學 ABC 一類的書，一本浪漫主義的大眾普及教材。這本書在自學者不遺餘力的渲染下，很奇怪，卻以「比冰和鐵更刺人心腸的歡樂」的「變形記」被我銘記，一個時代（1960 年代及 1970 年代）通過「金薔薇」最終被濃縮在這句詩中。

自學者的一生也注定了是「金薔薇」的一生。他這樣的一生使我想起了一件令人感動的小事：1985 年 10 月 30 日，這一天是美國詩人龐德的生日，由張棗發起的龐德生日紀念會在重慶兩路口、重慶圖書館二樓舉行。一位豔麗的摩登女學生正在潦草地翻閱一本巴烏斯托夫基小說選集，她告訴我這是自學者推薦給她看的，尤其要讓她看《雨濛濛的黎明》這一篇，她一邊隨意地說著，一邊對我身邊的一個朋友，希特勒崇拜者大聲嚷嚷。書已經翻得很舊了，無辜的巴烏斯託斯基不知在多少摩登少女的手中傳來傳去。自學者的心也不知經歷了多少次疼痛、緊縮和無助。

三十年後，我寫了一首詩《催情》，正好用來說明自學者及他們那一代人是怎樣遭受了蘇聯文學肉麻的「摧殘」：

催情

一九五零年代，
我們在上海普希金像前
剛致完大海，
夜行驛車
經過雨濛濛的黎明，
被巴烏斯托夫斯基遞來。

公共汽車上，
他們寫泥濘轟響的詩，
這顯得很滑稽。
喂他們——老塔！
用蘇維埃的大藥丸
——鄉愁和犧牲。

注釋一：普希金銅像——坐落在上海汾陽路、岳陽路和桃江路交匯的街心。《致大海》這首普希金的詩，也是中國老一代文藝青年心中的聖歌。

注釋二：「夜行驛車和雨濛濛的黎明」，皆是前蘇聯作家巴烏斯托夫斯基的短篇小說，這兩篇小說更是中國老一代文藝青年心中的藝術聖經。

注釋三：「公共汽車，泥濘轟響」，這是前蘇聯詩人帕斯捷爾納克早期詩歌中奪目的意象。經荀紅軍翻譯後，頗受某些中國抒情詩人的青睞。

注釋四：最後一行是說前蘇聯電影導演塔科夫斯基的兩部電影《鄉愁》和《犧牲》，這是兩枚大型催情劑藥丸，特別能夠滿足中國當代文藝青年的藝術白日夢和道德幻覺。

2015 年 9 月 2 日

科技情報所到底帶給了我什麼？帶給了我生活與文學的雙重焦慮，統一的辦公室令我頭昏、失神、煩躁，我一刻也不能適應這個環境。《科學》雜誌、讀報與喝茶、同一顏色的桌、椅、門、窗，準時的上下班制度、工間休息時千篇一律的羽毛球或買菜、隨時可見的甩手療法、「延年益壽」的氣功或太極拳……在這樣的環境裏寫詩，給人感覺很怪異。但生活在此，並非只是「震顫」，隨著酷夏結束，冬日來臨，我也沉入了不可救藥的回憶……1982 年 11 月某天下午，我獨自在辦公室寫出了下面這首我永生難忘的詩歌（為何永生難忘？因為我生命中有一件事情即將發生，而這件事我選擇不談並遺忘）：

抒情詩一首

今夜，我獨自享受著雪花
我似乎只為了這絮語
難過得無法感謝它的來臨
因為它並不年年都來拜訪我的孤獨
來和我談談那些熟悉的話語
那些未老先衰的感情
以及很難表達的重慶詩意

我開始重新想念好久以前
我等待過小學黎明前的壯麗
等待過永不回頭的中學時代
等待過太多的熱烈與悲哀
現在誰還要來和這世界較量？
這一切都已經來過了

依然是平凡的歲月的流逝

今夜，我感到有一種等待
是不可能完成的
就像你要改變一種少年的恨
也絕不可能一樣
因為人只喜歡過他自己的生活
我無法改變你習慣的意志
即便改變會帶來別的意義

我迎接過無數的夏天……
從重慶到廣州、從西方到南方
是露天電影刺激了我青春的想像
我的書信才會在夏天寄往北方——
不！是我根本就不清楚
青春的死亡何時發生——
我的詩才溶入了東方的河流

我又重新想起好久以前
我幻想過深夜浪濤的拍岸之音
幻想過漂浮的流雲單薄的身影
幻想過遙遠的不知名的森林的沉思
今夜我知道有一種幻想是非此即彼的
就像注定忍受下去的四季的更替
周而復始的興奮或悒鬱……

知多少？消瘦和壯大的生息……
喝一百年酒，抽一百年煙
讀一百年書，睡一百年覺
無名的雪花輕輕地下吧……
輕輕地低述你寂寞的話語
此時再不會有別的煩憂
來打擾你沉默的思緒

1983年10月我終於永遠離開了這個單位——科技情報所。而在離開前不久的一個夜晚，一場偶然大火，真象「震顫」之火，把科技情報所這幢灰色辦公樓燒為灰燼。那一夜我親眼目睹了照亮天空的壯麗大火，我並沒有像其他人那樣端著一小盆水去奮力搶救。機關之「美」終於毀滅，只留下我寫的另一首詩《抒情》（繼《抒情詩一首》之後），在詩中我故意將重慶置換成了貴陽：

抒情

有一個抒情的青年
大學畢業時本可去北京工作
但他選擇回了家鄉貴陽。
原因是他十分懷念他高中時，
曾走過好幾次的一條小徑；
那是一條幽涼的小徑，
盡頭有一座 1950 年代的樓房——
貴陽市科學技術研究所。
他想像在那裡工作的情形，
想像每天在那條小徑散步，
懷著與世無爭的感動，
而且這單位離父母家也很近
多麼愜意，還有什麼不滿足呢？
結果當他真的來到這個單位時，
第一天他就覺得有什麼地方不對
是這條小徑變了味？
還是自己內心出了問題？
一種荒涼單調的安靜在等著他
即便「沒什麼比這沒有盡頭的
單調更糟了」（這是一個
外國詩人在 1916 年發現的）
這一點他勉強也能夠接受，
但研究所門前昏沉的油污
顯出一種不潔的衰老氣氛，
哪來的呀！隔壁蒼蠅館嗎
他看著真想哭。就這樣，

他還是努力地適應了幾天
以期喚回從前那種幽涼的感覺，
但結果卻是灰心、厭煩
以及無邊的痛苦……

四、發現川外

川外（原四川外語學院，今四川外國語大學）是因為位於烈士墓才有了一種悲劇感嗎？很難說……讓我從一首詩開始吧：

這寒冷值得紀念

（致1986～1988生活在川外的朋友）

一場大寒接著一場大寒
漫無目標的冬天啊！
多少個我所熟悉的冬天！
我會像那個北方詩人嗎
非要去作跨世紀抒情——
悲欣交集地愛上了嚴寒？

什麼東西在接近我們
什麼東西在放棄我們
窮途在交叉、冬天在交叉
我們每個人都不是真人！
當現實指向永恆的現實
當重複的工作令人生厭

在重慶，在歌樂山
那一條鐵路經過川外
回憶中的鐵路少有人跡
我們拼命地睜大雙眼……
喜劇！喜劇！酒！酒！
造物主在深夜顫抖了

冬天啊，重慶的冬天
「我只有很少一點錢」
作苦的生活已達到極限

那就讓春心傷透吧
我們的天賦已在此埋名
它將保密到下一個千年

1987 年冬

難道我要續寫川外的悲歌嗎？不是，我要翻轉一筆，從我的重逢和初識開場：

在我動身去重慶北碚，西南農業大學教書前一周的一個陰雨天（1983 年 9 月的一天），我專程到四川外語學院見我的朋友，也是我高中的同班同學，當時在日語系讀研究生的武繼平（他後來成了著名的日本文學專家、日本現代詩歌翻譯家，現在日本福岡公立女子大學教書，為中國文學教授），他那時正在翻譯我的《震顫》。他告訴我，黃瀛教授，他的導師，很讚賞我寫的《震顫》，特別驚歎其中一句「明年冬天用手槍殺死一隻野獸」。我很困惑：一個八十歲高齡的老人為什麼會喜歡這樣的詩，這樣的句子。「黃老師年輕時在日本用日語寫詩曾轟動日本詩壇。他是日本大詩人北原白秋、草野心平、川端康成的朋友，他整個人就是日本文壇的一員。」聽完武繼平的介紹，我才明白難怪黃老師會喜歡「明年冬天用手槍殺死一隻野獸」。

有關黃瀛教授，在此多說幾句：我後來與他接觸很多，所以對他的情況也很關心，不久前讀日本詩人宮澤賢治的年表，得到一個消息：1929 年 2 月，宮澤賢治長期臥病在床期間，出生於重慶的詩人黃瀛，《銅鑼》同人（《銅鑼》為草野心平主持的詩歌同人雜誌，宮澤賢治，黃瀛參加），曾前去看望過他。（出處見宮澤賢治著，吳菲譯《不畏風雨》，新星出版社，2018，《宮澤賢治年表》，第 256 頁）

黃瀛老師逝世後，我專門寫了一首詩懷念他：

眺望一生

——懷念黃瀛老師（1906～2005）

好人站在好地方
說能好好看到好風光
好好看看吉野吧
好人要好好觀賞
——《萬葉集・卷一・27》金偉、吳彥譯

從野州某高地的鐵道沿線
到你川外晚年的鐵道沿線
從你日本小學鼎沸的童聲
到川外青年朗朗的讀書聲
你從什麼時候習慣了眺望……

年輕時，我天天在日本
「從高山眺望微不足道的人生」
（「你的眺望依舊是純粹的軍人」）
現在老了，我愛在川外下午的
操場邊，眺望走過的學生

那是怎樣的「幻聽與我」！
轉眼，依舊是同樣的人生
可有時我會覺得詩沒意思，
而名字有意思。我說的是誰？
你懂的，他叫尾形龜之助。

2022 年 2 月 7 日

仍然在武繼平的介紹下，即在重逢了武繼平之後，在這天中午，我第一次初識了張棗，這位剛從長沙考來四川外語學院英語系讀書的研究生。他從他零亂的枕邊或他那著名的「布衾多年冷似鐵」（杜甫：《茅屋為秋風所破歌》）的被窩裏，掏出幾頁詩稿念給我聽，那是詩人們習慣性的見面禮，聽著聽著我心裏吃了一驚：這人怎麼寫得與我有些相像。

我現在已無法記得他當時對我念的是些什麼詩了，好像是有關娟娟（張棗的初戀情人彭慧娟）的一首詩《四個四季・春歌》，即獻給他曾在長沙湖南師院（今湖南師範大學）外語系英文專業讀書時的女朋友的一首詩，此詩一開篇就以一個很強烈的戲劇化情節抓住了我：「有一天，你煩躁的聲音／沿長長的電話線升起虛織的圓圈」，裏面提到一個意象——電話線以及電話線的圓圈，使我感到十分驚異，我心想他這麼年輕（當時還不到二十一歲），卻這麼大膽地創造出了「電話線」——這一現代性詩語。

而這時他的稿紙有幾頁又找不到了（這種情況後來常有發生，因此才有了我四處為他找尋詩稿的傳言），潦潦草草就結束了朗誦。我很矜持地讚揚了幾句，但對於他和我的詩風接近這一點，我不太情願立即承認，因為對於這個世界上居然有一個人寫得同我一樣好或比我好，而且此人就站在眼前這一事實，我還完全無法接受並反應過來。他的出現，我感到太突然了，有一種被震住了的感覺。潛藏著某種說不清的神秘意味。後來他說這是神安排他來重慶與我接頭，如沒有這次接頭和相遇，很可能我們都不寫詩了，因那時我們都已各自陷入某種寫作的危機，並且也有另外的事情要去做。

得迅速離開。今後不見他就行了。我的內心在緊急地催促。這次見面不到一小時，我就告辭走了，後來他告訴我，他當時既覺遺憾又感奇怪，這人怎麼一下就走了。

這第一次見面，他給我留下這樣一個匆忙的最初印象：夢幻般漆黑的大眼睛閃爍著警覺和極其投入的敏感。他當時那麼年輕，可我卻在他眼神的周遭，略略感覺到幾絲死亡之甜的魅影。他的嘴和下巴是典型的大詩人才具有的——自信、有力、驕傲而優雅，微笑漾溢著性感。讓我再說一遍：他當時的魅力多麼年輕。

我很快就把我和張棗見面的情況告訴了彭逸林（時任重慶市鋼鐵工業學校語文教師），要他對這位年輕詩人給予注意。但我們三人一起第一次碰面（也是我和張棗第二次見面）一直推遲到第二年三月。在這期間我處理了一些純粹個人瑣事：調動（從中國科學技術情報研究所重慶分所調動至西南農業大學英語教研室）、適應以及安頓。

好了，讓我一步跨過無事可說的西南農業大學，那我是不是要來說一說四川外語學院呢？對於我曾經短暫停留並教過書的四川外語學院，有我太多的熟人和朋友，記得 1982 年夏天的一個黃昏，我和藍仁哲老師、武繼平在歌樂山下川外校園的石頭上坐著說話，那時藍老師顯得很年輕，對未來充滿憧憬……今夜風靜和諧，我懷念已經逝去的藍仁哲教授，想讀他最後翻譯的福克納小說《我彌留之際》。我和藍老師有過好多次親切的交往，他甚至對我談起過易經……再後來，我在吳宓日記中發現了年輕時代的藍仁哲，在一首詩中的結尾我這樣寫到他：

危險的老師藍仁哲呀
你聽到吳宓的聲音了嗎？
他聽到你譯完了
你的彌留之際

——柏樺《危險的事》

我繼續抄下他的形象：

1962 年 8 月 2 日星期四，吳宓日記（《吳宓日記續編・第 5 冊，1961～1962》，三聯書店，2006，第 389 頁）第一次提到了——當時還是四川外語學院英語系三年級的學生——藍仁哲（1940～2012）。同年 8 月 12 日星期天，吳宓寫到前來求教英國文學、英詩、中詩的藍仁哲的外貌「俊秀而溫恭」（見同上，第 397 頁）。第二天，吳宓就去信藍仁哲「申說昨所指示，招其再來見。」（見同上，第 398 頁）8 月 16 日星期四，藍仁哲來，吳宓為其講解中西詩……「藍生在此晚飯後，宓與遊步校園，自言，年 22 歲，資陽縣人，出農家，為共青團員，且任團職，好學，曾作舊詩，甚嚮慕宓，云云，……晚八點三十分天已黑，辭去。」（見同上，第 401 頁）8 月 19 日星期天，吳宓生日，藍仁哲來拜壽，吳宓為其改詩，講解白屋詩二首。當晚住宓處。第二天黎明即起，接著講詩，直至九點後（見同上，第 403～404 頁）。

之後，吳宓還記述了和藍仁哲許多許多的交往，包括有一次從西南師範學院出發，沿公路徒步走到北溫泉，他邊走邊為藍仁哲講課的情形（見同上，第 467 頁）。也記一件趣事：「1962 年 11 月 11 日星期天，晚，與藍仁哲至校外公路乘月步談。藍生述其對同班女生 Lucy 之愛情，作有英文詩求改削」（見同上，第 473 頁）。1963 年 1 月 20 日晚，藍仁哲借宿吳宓處，二人談論了一夜占卜與神秘，「1963 年宓壽終等觀感，藍生獨深信之。又談及戀愛問題，宓出珍藏之照片一包，示藍生（按：出示自己過去眾多女朋友的照片是吳宓的一個癖好，後來對江家駿也是這樣，從而導駿走入邪路），……」（《吳宓日記續編・第 6 冊，1963～1964》，三聯書店，2006，第 9～10 頁）

還有許多熟人和朋友，但我並不想展開來談，我只想在此專門留下唯一的一首詩。這首詩仍循我的一個常見套路——以遍數一個又一個的人名，來紀念我在川外的生活：

懶想

——為 1978 年以來在四川外語學院學習、工作過的一些人而作。

歌樂山的雲，很涼

——顧城《永別了，墓地》

我記憶中歌樂山的細雨

給人的感覺不是抑鬱是恨意……
——柏樺

夏天不潦倒，重慶如何翻身，
不讓位給星期二哪來星期一。
懶想，夏天剛剛從天而降——
懶想，光陰已吞下了歌樂山
好！讓我們羅列一些名字：

我中學的武繼平、王曉川、
胡窮宇、任廣勇、栗愛平
彭飛輪、還有兩個我已忘掉……
還有我後來認識的藍仁哲
你命中的讖！「我彌留之際」

還有無數活著的或死去的人——
廖宛虹、傅顯舟、張棗
楊偉、李偉、黃瀛、田海林
杜青鋼、劉波、林克、戴小羚
米佳燕（現改名為米家路）

重慶的未來呢？是誰的？
我不知道，我也不關心。
重慶是上清寺的、沙坪壩的
烈士墓的、北碚的、大坪的
甚至石橋鋪的，學田灣的

以及楊武能抒情的來信……
很多年後，重慶注定有兩行詩
會奇異地響起，在我的周遭——
我兒時的重慶！多麼重慶！
死人的名字多麼鮮明。

注釋一：武繼平不僅是我的中學同學，也是我和張棗見面相識的介紹人。藍仁哲（1940～2012）教授是張棗在四川外語學院讀書時的研究生導師，也是我尊重的老師。他逝世前，剛翻譯出版了福克納的小說《我彌留之際》。

注釋二：「不讓位給星期二哪來星期一。」出自契訶夫「不讓位給星期二，就沒有星期一。」見《契訶夫手記》，浙江人民出版社，1982，第 103 頁。

注釋三：詩中出現的人名全來自重慶烈士墓歌樂山下的四川外語學院，他們曾在哪裏學習或工作。目前，只有一人——楊偉（我多次在詩中寫到他）——還在那裡，其餘的都已離開，一些人已去世。其中最富傳奇性的兩個人，一是田海林，我為他寫的一首詩《田的一生》（見後）；二是李偉，我也為他驚豔的悲劇寫了一首含蓄的小詩《深夜懷李偉》（見後）。此外，我也為劉波和林克兩人各寫過一首令我欣慰的詩歌（見後）。

寫於 2015 年 7 月 22 日

在此，就讓我們直接進入詩歌，來觀看他們各自的形象吧：

田的一生

你最初讓我記住的是
你那小小嘴唇的形式；
它好像總是滿意地
咀嚼著什麼雅致的東西。
你抽煙的形式更令我難忘，
好像你只是在表演，並不真抽。
你那偶而一夜情的形式
應該是個什麼樣子呢？
（這一點林克好像很清楚）
你有多急？我知道
在你年輕的川外歲月
你比那個徐聞還急
比背英語單詞也急
比你猝死的弟弟急呀
當然比射精更急——
聲音永遠是一個回憶。

那就讓我跟隨你的聲音
進入你的回憶吧：
1978 年早春，
我們上大學的熱情休提
（請把我的天才一筆帶過——）
學習戀愛，我才剛剛開始
記得十九歲那年作為陪客，
我陪一個男同學談戀愛
去雙流縣漫遊過一個下午……
其餘的事我都忘了……
是誰說過（我還是他）？
誰遇見美國誰就會轉運……
後來證明那說的就是我！
但我不知道是幸還是不幸？

從歌樂山到廣州到美國
田的偉大傳奇的形式
已在朦朧中露出了曙光
哪一年哪一月哪一日
他進入了中國南方的夏天
但遠行從春天已開始催生
（他從重慶川外畢業後
去北大研究海明威
又回重慶準備翻譯奧登
葉芝研究暫時已放棄）
一個預兆迎著春夜的風來臨！
趙青可以作證
看看人可以有多快——
他剛穿上一件女式短披風
一切都徹底改變了

真快呀，來聽他說：
一秒鐘我坐在了廣州的銀行

下一秒我結婚生下一個女兒
下一秒，我到底是
先出現在洛杉磯還是舊金山？
來不及了，我這一生
如果還能剩下三十秒
讓我想想我最該感謝誰
祖國還是美國？
茅屋為秋風所破歌
從沒有真正刺激過我。
我心飛揚——直到今天
聽聽我的心呀！
那不是哲學，是炸油條
讓我做客美國三十年

2014 年 2 月 20 日

深夜懷李偉

1896 年 11 月，里爾克說：
「我總是感到煩悶，
我渴望有一位母親。」
他是在法國說的嗎？這很難說。

讀詩靠回憶，失去的，又獲得
因為四川外語學院的法語是母性的……
因為這裡有個法語老師
他崇拜里爾克

這世界只有你知道我是誰，
李偉兄，別介意
白日睡眠給青春充電，
我們熬夜後張口煙氣難聞……
你怕嗎？楊偉一到中午就要睡覺。

力比多之後，法輪在北京轉得如何了？
寫完《偽幣製造者》的論文，

你真的放棄了紀德？
還去什麼非洲？歌樂山
仍舊是我們的老父親！

注釋一：李偉，1980 年代初曾任教於四川外語學院法語系。他不寫詩，但是我的詩歌知音。

2016 年 5 月 24 日

致劉波

我不認為七十年就是一個男人或女人的一生，
也不認為七千萬年是一個男人或女人的一生，
也不認為歲月終歸能夠量盡我的或任何別人的生命。
——惠特曼《誰學習我的完整的功課？》

重慶，吾土，多麼奇妙……
南方遠景裏有一抹北方朝霞
成都呢，我好像沒什麼感覺
但它卻通過一個老師的樣子
出現在我下午課堂的插畫裏

「反切」真的這麼好笑嗎
我生命中遠不止這件好玩的事……
張棗說跟你學寫詩要當心……
那比冰和鐵更刺人心腸的歡樂——
波德萊爾才剛剛誕生於中國

讀書，我們有時也直接把
曾文正公揣在胸懷裏；騎車
嶄嶄新，就有股共青團的帥氣
後來，餘生仍不停地鍛鍊……
在蒙特利爾，在巴黎，我們

一路開著車，尋找便宜的油價
也尋找寫作的主題，百年後，
女巨人還是法蘭西專有名詞嗎？

我們已懂得了人一生的努力
就是為了使老年變得神秘嗎？

七十年是一個人的壽命，
七百年同樣是一個人的壽命……
去廣州！那離開川外的人不是我
是誰？那是另一個人在黃婆洞
埋首於我的青春，我的書籍……

2015 年 10 月 1 日

致林克

香的總是年輕的。我見過多少
嶄新的酸奶青年迎風跑過嚴寒
香的也是老的。我也見過多少
翻譯家直喝到年高德劭的老年

安身處已給淡泊之人準備停當
可誰說孩子們就一定喜歡童話
鑰匙只為開門嗎？神秘，請聽
燈光並不只為照亮，也為消失

橘子的氣味真是好聞呀，透出
一股童年的暮色，紙箱打開了
暖和的冬意怎麼有餅乾的味道？

在成都，花園悠閒但很難古老
我們用豬肝、豬耳、豬肚下酒
不是麵包，更不是洋蔥和土豆。

注釋一：「安身處已給淡泊之人準備停當」，見林克翻譯的《特拉克爾全集》之《林邊的角落》，重慶大學出版社，2014，第 48 頁。

2014 年 10 月 20 日

由楊偉想到其它人和事……

舊事莫提，楊偉四十年不變
他六十歲仍像十歲那樣甜蜜

銀鈴般的小話兒哼著燕子歌
1984 在川外，奧威爾在哪裏？
沒人理會哲學家今天的憂鬱

天空會因聲音的震動落雨嗎？
可聲音沒出問題呀，是手腕！
接頭暗號是一本宋詞詩選嗎？
夜霧裏，披上厚白圍巾散步
他立刻又變成軍醫大的醫生

利口百出不在多人，在一人？
我說的是一個大坪小學老師
她推崇夾起尾巴做人。這教育
的無盡燈也是焦慮的長明燈……
盞盞蜿蜒多像重慶夜的神經……

孝子不遠遊，這說的是我吧？
那披星趕早路的人到底是誰？
仙人跳裏「有個仙人拍我肩」
武繼平在九州，低聲問楊偉
要去，你我就都去了那日本——

2014 年 10 月 7 日

五、從長沙來的張棗

還是從我 2014 年 1 月 12 日寫的一首小詩開始吧：

長沙

——為少年張棗而作

今天多好，打開書，
你又和我在一起了，
來自長沙秋天的友人
——柏樺

年十五，我要去上學
人間已變，長沙春輕

苦夏亦好，一九七八
少女一定來自湖南嗎？

布衾多年冷似鐵。嬌兒！
你聽到了好玩的味道

看反宇飛風，伏檻含日
愛晚亭上，白云誰侶……

爸爸媽媽，祖父祖母
我的心好像不在長沙？

瞧瞧，我將去哪裏呀！
我的背篼還派不上用場

注釋一：「布衾多年冷似鐵」出自杜甫《茅屋為秋風所破歌》，同時也是少年張棗從其祖母那裡獲得的最初的詩歌敏感性體驗。此點，他對我多次說起。相關故事細節——「布衾多年冷似鐵，嬌兒惡臥踏裏裂」——還可參見顏煉軍訪談張棗：《「甜」——與詩人張棗一席談》。

注釋二：為何說「我的背篼還派不上用場。」因那時張棗才 15 歲，剛考入湖南師範學院外語系英語專業，根本不知道何時能來重慶，所以背篼還派不上用場。據說，張棗後來到重慶讀研究生時，就背了一個背篼，裏面裝著行李。因為他媽媽說，重慶那邊是山城，人出門都要背一個背篼。結果張棗到重慶一看，只有他一個人背著一個背篼。（詳情參見詩人馬拉發表於重慶晨報 2010 年 3 月 11 日的文章《張棗：背起菜背篼到重慶》）

那是一個寂寞而沉悶的初春下午——很可能就是 1984 年 3 月 7 日或 8 日，誰還記得準確呢？那就讓我放膽說出來吧，就是這一天，3 月 8 日——我突然寫了一封信，向年輕的張棗發出了確切的召喚，很快收到了他的回信。他告訴我他一直在等待我的呼喚，終於我們相互聽到了彼此急切希望交換的聲音。詩歌在五十公里之遙（川外與西師相距五十公里）傳遞著它即將展開的風暴，那風暴將重新創造、命名我們的生活——日新月異的詩篇——奇蹟、美和冒險。我落寞失望的生活正在逐漸加快。

1984 年 3 月中旬的一個星期六下午，彭逸林熟悉的聲音從我家黑暗的走廊盡頭傳來，我立刻高聲喊道：「張棗來了沒有？」「來了。」我聽到張棗那撲面而來的聲音。

這天下午三點至五點，四個人（我、張棗、彭逸林及彭帶來的一位他所在學校——重慶鋼鐵工業學校——的年輕同事）在經過一輪預熱式的談話後，我明顯感覺到了張棗說話的衝擊力和敏感度，他處處直抵人性的幽微之境，似乎每分每秒都要攜我以高度集中之精神來共同偵破人性內在的秘密。可在一般情況下，我最不樂意與人談論這些話題的。我總是在生活中儘量迴避這直刺人心的尷尬與驚險。但張棗似乎胸有成竹地預見到了我對人性的偵破應該有一種嗜好或者他也想以某類大膽的話題來挑起我的談興和熱情。面對他的挑戰，我本能地感到有些不適，我當時已打定主意不單獨與他深談了。吃晚飯時，我就私下告訴彭逸林，晚上讓張棗和他帶來的那位老師共住我已訂好的一間招待所宿舍。如果當時彭逸林同意了，我和張棗就不會有這次「絕對之夜」（見後）的深談，彼此間心心相印的交流要麼再次推延，要麼就從來不會發生，但命運卻已被注定，彭逸林無論如何不答應我的建議，反勸我與張棗多交流。接下來可想而知，這場我本欲避開的徹夜長談便隨即展開了。

談話從黑夜一直持續到第二日黎明，有關詩歌的話題在緊迫宜人的春夜綿綿不絕。他不厭其煩地談到一個女生娟娟，談到嶽麓山、橘子州頭、湖南師院，談到童年可怕的抽搐、迷人的衝動，在這一切之中他談到詩歌，談到龐德（Ezra Pound）和意象派，談到弗洛伊德（Sigmund Freud）的死本能（death instinct）、力比多（libido）以及注定要滅亡的愛情……

交談在繼續……詩篇與英雄皆如花，我們躍躍欲試，要來醞釀節氣（此說化用胡蘭成《文學的使命》最後一句：「文章與英雄都如花，我們要來醞釀節氣。」參見胡蘭成：《中國文學史話》，上海社會科學院出版社，2004，第127頁）。

在半夜，我打開了窗戶。校園沈寂的芬芳、昆蟲的低語、深夜大自然停勻的呼吸，隨著春天的風吹進了煙霧繚繞的斗室，發白的藍花點窗簾被高高吹起，發出孤獨而病態的響聲，就像夜半人語。我們無一幸免，就這樣成為了一對親密幽暗而不知疲乏的吸煙者。這一畫面從法國詩人馬拉美（Stephane Mallarme）與瓦雷里（Paul Valery）的吸煙形象中轉化而來，原文出自梁宗岱所譯瓦雷里的文章《骰子底一擲》中一小節，如下：

> 七月的繁天把萬物全關在一簇萬千閃爍的別的世界裏，當我們，幽暗的吸煙者，在大蛇星，天鵝星，天鷹星，天琴星當中走著，—

—我覺得現在簡直被網羅在靜默的宇宙詩篇內：一篇完全是光明和迷語的詩篇；……（梁宗岱：《詩與真．詩與真二集》，外國文學出版社，1984，第 198 頁）

這時他在一張紙上寫下「詩讖」二字，並在下面劃出二道橫槓；接著他又寫下「絕對之夜」和「死亡的原因」，並用框將其各自框住；而在紙頁的上方又寫來一個大字「悟」。我們的友誼（本該在半年前就開始的友誼，而在這個下午或黃昏又差點停滯不前的友誼）隨著深入的春夜達到了一個不倦的新起點。說話和寫詩將成為我們頻繁交往的全部內容。他在一首詩《秋天的戲劇》第六節中，記錄了我們交往的細節：

你又帶來了什麼消息，我和諧的伴侶
急躁的性格，像今天傍晚的西風
一路風塵僕僕，只為了一句忘卻的話
貧困而又生動，是夜半星星的密談者
是的，東西比我們更富於耐心
而我們比別人更富于果敢
在這個堅韌的世界上來來往往
你，連同你的書，都會磨成芬芳的塵埃

後來，1999 年冬，他在德國為我的《左邊——毛澤東時代的抒情詩人》一書寫下一篇序文《銷魂》，在文中他敘說了我倆在一起寫詩的日子是怎樣地銷魂奪魄：

在 1983～1986 年那段逝水韶光裏，我們倆最心愛的話題就是談論詩藝的機密。當時，他住重慶市郊北碚，我住市區裏沙坪壩區歌樂山下的烈士墓（從前的渣滓洞），彼此相隔有三四十公里，山城交通極為不變，為見一次面路上得受盡折磨，……有時個把月才能見上一面，因而每次見面都彌足珍貴，好比過節。我們確實也稱我們的見面為「談話節」（按：他那時偏愛用弗洛伊德的一個精神分析術語「談話療法」即：talking cure 來形容我倆這個談話的節日）。我相信我們每次都要說好幾噸話，隨風飄浮；我記得我們每次見面都不敢超過三天，否則會因交談而休克、發瘋或行兇。常常我們疲憊得墜入半昏迷狀態，停留在路邊的石頭上或樹邊，眼睛無力地閉著，口裏那臺詞語織布機仍奔騰不息。

我們就這樣開始了長途奔波，在北碚和烈士墓之間，在言詞的歡樂與「銷魂」之間，我們真是絕不歇息的奔波者呀。那時還沒有具體事件，稿紙、書籍、寫詩、交談，成為我們當時的全部內容。其情形，每當我憶起，就會立刻想到俄羅斯作家伊萬.蒲寧在《拉赫瑪尼諾夫》一文中開篇幾句：「我是在雅爾塔同他結識的，那天我們曾促膝長談。像這樣的長談只有在赫爾岑和屠格涅夫青年時期的浪漫歲月裏才會有。那時人們往往徹夜不眠地暢談美、永恆和崇高的藝術。」我與張棗這種動輒就延綿三天的長談，不僅宛如那（蒲寧說的）濃蔭式的俄羅斯長談，也更像東亞或中國古代文人那種「今夕復何夕，共此燈燭光」（杜甫：《贈衛八處士》)的秉燭夜談，那是一種神秘東方的從不驚動旁人的「細論文」式交流（「細論文」出自杜甫《春日憶李白》：「白也詩無敵，飄然思不群。清新庾開府，俊逸鮑參軍。渭北春天樹，江東日暮雲。何時一樽酒，重與細論文？」)，那也是一種「高山流水」知音之間的過於專注的交流，因此在這個交流之外，我們暫時不能感到還有任何別的東西存在，而唯有你我之間那不斷湧出的話語。我後來在我寫的許多紀念張棗的詩歌中也寫到了我們的這種「長談」。在此特別抄來一首《再憶重慶》：

再憶重慶

如回到重慶，張棗
就回到我們的青年時代
那只有我們才經歷過的青春——
黑髮欲飛，你已上路，何來急？
慢！前面是北碚早春陰天的談話節。

（其中有個人得罪我了，
終生地，但他無知，天生壞，
我判他為豐都鬼；還有個人
被我終生熱愛，他也無知，
作為禮物，他將被送出去很遠……）

風景曾何其準時，整整三年（1983～1986）
辣椒一直很美麗，整整一生（1962～2010）
歌樂山頂的黃桷樹在八月總痛得亂抖
而詩已注定成為我們彼此的迷信

一個又個小星球，閃爍不停……

歲月流逝，知道嗎，

我們的病到了秋天就會好的

因為鋼琴？不，不是鋼琴！

是俄羅斯式的徹夜長談的友情

那胸部向左傾倒的小提琴。

以上情形隨著他 1986 年夏去德國後便結束了。第二年冬（1987）他短暫回國，我們又迎來了一個很小的談話高潮，他這時主要是以行動而不是說話在重慶和成都刮起了一陣昔日重來的明星式旋風，他似乎更想通過這「風」來蕩盡他在德國一年來的寂寞，與此同時我們各自未卜的前程也已經展開，雙方難免心懷語境不同的焦慮而有點心不在焉了。

1995 年秋冬之際，我們又在成都短暫見了幾面，談的多是些平凡具體的生活、家庭瑣事，雖無甚純粹的詩意，但猶覺親切和平。再後來，便是兩年後（1997），在德國東柏林一個叫 Pankow 的地方相逢，這一次我們似乎又找回了我們青年時代那「談話節」般的喜悅。詩人、小說家，如今亦是知名的電影導演朱文應該目睹了我倆當年那種深夜談話的緊張感，雖看見的僅是一抹餘輝，但他是否會驚異於這兩個古怪的過於急急說話的人呢？

後來我在契訶夫的一本書裏讀到一句話「俄國人要過了半夜才能進行真正的、推心置腹的談話。」我立即想到中國人也差不多是這樣。難道不是嗎？我和張棗的談心從來都是發生在夜半三更的。這正是「晝短而夜長，何不秉燭遊。」（見古樂府《西門行》）只可惜一切都已改變，我們也不可能活在過去那美好的時光了……

在四川外語學院，凌晨或夜半的星星照耀著一條伸向遠方的乾枯鐵路，我們並肩走著，蕩人的春氣、森林或杜鵑正傾聽我們的交談。一次，當我們在歌樂山盤旋的林蔭道上漫步時，他俯身從清氛的地面拾起兩片落葉，隨即遞給我一片，並說我們各自收藏好這兩片落葉，以作為我們永恆詩歌友誼的見證。四年之後（1988 年 3 月 9 日，又一個早春），他在德國特里爾大學（讀博士學位），寫下《早春二月》，回憶了這段生活：

太陽曾經照亮我；在重慶，一顆

露珠的心，清早含著圖像朵朵

我繞過一片又一片空氣；鐵道

讓列車疼得逃光，留杜鵑輕歌。
我說，頂峰你好，還有梧桐松柏
無論上下，請讓我幽會般愛著
……

一個痛惜時光寸寸流逝的詩人，一個孤獨的年輕漫步者，他已來到重慶悠悠的山巔。多年之後（1997 年），他真的在德國圖賓根森林邊緣（當時，他已在圖賓根大學任教），寫下一首《悠悠》，不過那並非是寫他的重慶歲月，而是在回憶中寫他十五歲讀大學時的良辰美景：「書未讀完，自己入眠？」（見張棗：《麓山的回憶》）歐陽江河曾對這首《悠悠》作過幾千字的細讀，有興趣的讀者可找來一閱。我後來也在一首小詩《長沙》（見前）中幻想了十五歲的張棗上大學的情形。

他的聲音總是那樣柔和而緩慢，在給我的書信中，他說道：

> 東方詩人表達聰慧、明智、愉快的內心生活和體現我們對文字工作和精神境界的偏愛和稟賦，老子、陶淵明、毛澤東正是順應了這種傾向的聖人。詩人的事業是從 30 歲才開始的（按：當時他寫這些話給我時只有 25 歲）。詩的中心技巧是情景交融，我們在 15 歲初次聽到這句訓言，20 歲開始觸動，20～25 歲因尋找伴侶而知合情，25～30 歲因布置環境而懂得『景』，幸運的人到了 30 歲才開始把兩者結合。中國人由於性壓抑，所有人只嚮往青春期的榮耀，而僅有幾個人想到老年的，孔子、老子……因而成了例外。（按：此信張棗未寫下日期，但從來信開頭看，應是寫於 1987 年 4 月或 5 月）

他談得最多的是詩歌中的場景（情景交融），戲劇化（故事化），語言的錘鍊，一首詩微妙的底蘊以及一首詩普遍的真理性，後來他將此發展為他的「元詩」理論（參見張棗：《朝向語言風景的危險旅行——中國當代詩歌的元詩結構和寫者姿態》）。他那時正熱愛著龐德等人發明的意象派和中國古典詩詞，這刺激了我並使我急匆匆地將「歷史」和「李白」寫入詩中。他溫柔的青春正沉緬於溫柔的詩篇，他的青春也煥發了我某些熟睡的經驗。我的感受一直多於他的技巧（是這樣嗎？也可能不一定），我曾在另一個春日的下午，在歌樂山一個風景如畫的明朗斜坡，對他談到秋天是怎樣在 1965 年，從一間簡陋的教室、從一件暗綠色的燈芯絨開始的：

> 這是 1965 年初秋的一天，一夜淅瀝的秋雨褪去了夏日的炎熱，

在淡藍的天空下，在濕潤的微風中，我身邊的一位女同學已告別了夏日的衣裙，換上了秋裝——一件暗綠的燈芯絨外套。由於她剛穿上，我自然而然地就聞到了一種陳舊的去秋的味道（需知這件衣服在衣箱裏已沉埋了整整一個春夏秋冬），這味道在今天清晨突然集中散發出來，便被我終生牢記了，那可是最精確的初秋的味道呀（充滿人間的溫暖）！時光在經歷了「盛大的夏日」（里爾克）後，正漸涼地到來並又悄悄地流逝。接著又是秋遊，她仍舊穿著那件燈芯絨，在清貧而幸福的重慶嘉陵江北山坡上……「在初秋的日子裏，／有一段短暫而奇效的時光——」（Tyutchev：《在初秋的日子裏》）每當我想起那位遙遠的燈芯絨少女時，我知道它已成為我少年時代關於什麼是美的開篇。那也是我少年時代的黎明：

黎明

如果那個讖言永不兑現
我就會重返我前生的黎明
時間準時醒來，六點十分

牛角沱菜市場的燈光明亮
燒餅一個兩分，舉手可得
我一下得到了這七歲的黎明

寒氣暖人的黎明衝進教室——
我即將開始忍耐我的身體
我即將開始練習我的身體

而冬天的晨讀課也在激動
而偏偏不激動的是那身穿
燈芯絨衣服的母親般的少女
——柏樺《重慶五憶之一》

張棗傾聽著我的感受，同時不久便創造出完全屬於他自己的「燈芯絨幸福的舞蹈」（見後）。我們彼此就這樣幸福地學習著，我還記得他用整整一個下午為我詳細分析葉芝的兩首詩《在學童中間》和《駛向拜占廷》。尤其是《在學童中間》，葉芝的戲劇化手法的運用，後來張棗也運用得極為嫺熟自然。

急進而快樂的四月，歐陽江河來重慶西南師範學院做現代詩講演（這種類型的講演在稍後的 1985～1986 年曾風靡全國，「非非」主編周倫佑也曾在「非非」創始的前夜來過此地進行演講），我們三人相聚，形成我當時最核心的詩歌圈子。張棗就在這時讀到了讓他吃驚的《懸棺》（歐陽江河早期名作），同時在周忠陵（見後）處油印了他的第一本個人詩集《四月詩選》，這是他獻給當時正風雲際會的中國詩壇的第一份見面禮。

六、鏡中何人斯

寫作已箭一般射出，成熟在剎那之間。這一年（1984）深秋或初冬的一個黃昏，張棗拿著兩首剛寫出的詩歌《鏡中》、《何人斯》激切地來到我家，當時他對《鏡中》把握不定，但對《何人斯》卻很自信，他萬萬沒有想到這兩首詩是他早期詩歌的力作並將奠定他作為一名大詩人的聲譽。他的詩風在此定型、線路已經確立，並出現了一個新鮮的面貌；這兩首詩預示了一種在傳統中創造新詩學的努力，這努力代表了一代更年輕的知識分子詩人的現代中國品質或我後來所說的漢風品質：一個詩人不僅應理解他本國過去文學的過去性，而且還應懂得那過去文學的現在性（借自 T.S.艾略特的一個詩觀）。張棗的《何人斯》就是對詩經《何人斯》創造性（甚至革命性）的重新改寫，並溶入個人的當代生活與知識經驗，用現在的話說，就是一種對現代漢詩的古典意義上的現代性追求。他詩中特有的「人稱變換技巧」的運用，已從這兩首詩開始並成為他寫作技藝的胎記與指紋，之後，他對這一技巧將運用得更加嫻熟。他擅長的「你」、「我」、「他」在其詩中交替轉換、推波逐瀾，形成一個多向度的完整布局。

毫無疑問，張棗一定是被詩經《何人斯》這三個字閃電般擊中，因而忽獲得某種神秘的現代啟示。我是誰？我到哪兒去？這本是張棗一生都在反覆追問的主題……

在我與他的交往中，我常常見他為這個或那個漢字詞語沉醉入迷，他甚至說要親手稱一下這個或那個（寫入某首詩的）字的重量，以確定一首詩中字與字之間搭配後產生的輕重緩急之精確度。就這樣，這些「迷離聲音的吉光片羽」（張棗：《悠悠》），這些驀然出現的美麗漢字，深深地令他感動流連，其情形恰如胡蘭成《論張愛玲》中一段：

> 她讚歎越劇《借紅燈》這名稱，說是美極了。為了一個美麗的字眼，至於感動到那樣，這裡有著她對於人生之虔誠。她不是以孩

子的天真，不是以中年人的執著，也不是以老年人的智慧，而是以洋溢的青春之旖旎，照亮了人生。（胡蘭成：《中國文學史話》，上海社會科學院出版社，2004 年，第 170 頁）

另外，詩經《何人斯》開篇四行對張棗《何人斯》的觸動尤其重要，且引來一晤：

彼何人斯？其心孔艱；胡逝我梁，不入我門？

這劈頭一問，那人是一個什麼樣的人呀？也正是張棗每時每刻都在揪心叩問並思考的問題，他的詩可說是處處都有這樣的問題意識，即他終其一生都在問：我是哪一個？張棗的這首《何人斯》也是從當前一問：「究竟是什麼人？」一路追蹤下去，直到結尾「我就會告訴你，你是哪一個」。如此追問，可想而知，他為何特別著迷於呈現或偵破詩歌中各個人稱在故事鋪開、發展後的彼此關係及其糾纏；而《何人斯》中，你和我緊緊糾纏的關係及故事，正是詩歌在元詩意義上的關係與故事。這又可從張棗後來寫於 1990 年的一首詩《斷章》最後三行中得到明證：

……

是呀，寶貝，詩歌並非——

來自哪個幽閉，而是

誕生於某種關係中

《鏡中》的故事亦是如此，它在兩個人物（我和她）中展開，並最終指向一個戲劇性的遺憾場面。「皇帝」突然現身，張棗對此稍有遲疑，我建議他就用這個詞，就讓這個詞突兀出來。勿需去想此詞的意思，若還有意思的話，也是他者的闡釋，而寫者不必去關心。寫詩人往往都有這樣的經驗，有時為了震動一下這個世界，詩人會故意用這類突兀的詞來刺激讀者。同理，「皇帝」出現得非常及時，皇帝的出現就是為了故意製造某種震驚性場景，這一戲劇化場面正好與該詩悔意纏綿的意境形成張力。而詩中那「一株松木梯子」最為可愛且有意思。可以想像，如果只是「一架梯子」將是多麼簡單，少了詩意。「一株松木梯子」這個意象，我以為是全詩的細節亮點，既富現代感性，又平添了幾許奇異的古典性色澤。那平常之物——松木梯子——似中了魔法，經過詩人的點金術之後，變形為奇幻的意象。此意象又最能證明納博科夫（Vladimir Nabokov）所說，偉大的作家都是魔法師。

那時，當我著迷於象徵詩時，張棗卻偏好意象詩，這一區別，尤可玩味。

需知，象徵就意味著浪漫、暗示、間接及主觀；而意象則是古典、明晰、直接與客觀。眾所周知，龐德對古典漢詩也極為著迷，其實他是對漢字作為表意文字這一意象所代表的另一種文明著迷，他曾說過：「與其讀萬卷書，不如寫出一個意象。」如今中西詩人都已達成了這一共識，即意象詩是一切詩歌寫作的基礎，無論哪個民族的詩人都可以詩歌寫作中意象的優劣為標準進行同場競技，一決詩歌之高下。而意象詩尤似中國語言文字學中最基礎的科目——小學，小學是一切中國學術的根本，它包含了對字形、字義、字音的研究。以此類推：一個人若想考察一個人的詩歌寫作水平如何，就應首先看他寫來的一首小小的意象詩水平如何，一個連意象都寫不到位的詩人是不適合寫詩的。只有當他過了意象關之後，他才可以天馬行空、任意馳騁，這時無論他寫什麼，哪怕寫大白話，都無礙，因為他已有了那紮實的意象底子墊著。而張棗在很年輕的時候，就已經是意象詩的高手了，他寫出的一流意象詩非常多，勿需一一枚舉，僅這首《鏡中》，我以為，便足可成為現代中國意象詩的翹楚。

至於這首小詩的意義，如今我們當然懂得，不必過度闡釋。《鏡中》只是一首很單純的詩，它只是一聲感喟，喃喃地，很輕，像張棗一樣輕。但這輕是一種卡爾維諾說的包含著深思熟慮的輕。這輕又仍如卡爾維諾在《論輕逸》中所說，是「一種傾向致力於把語言變為一種像雲朵一樣，或者說得更好一點，像纖細的塵埃一樣，或者說得再好一點，磁場中磁力線一樣盤旋於物外的某種毫無重量的因素。……對我來說，輕微感是精確的，確定的，不是模糊的、偶然性的。保爾・瓦雷里（Paul Valery）說：『應該像一隻鳥兒那樣輕，而不是像一根羽毛。』」（按：瓦雷里此說尤指輕中之重，而非真的輕若鴻毛，我認為這輕與重之間的講究與辯證法僅僅是說給那些懂得輕的詩人聽的）

說來又是奇異：湖南人自近代以來就以強悍聞名，而張棗平時最愛說一句口頭禪：「我是湖南人。」那意思我明白，即指他本人是非常堅強的。有關「堅強」一詞，他曾無數次在給我的來信中反覆強調，不必一一尋來，這裡僅抄錄他 1991 年 3 月 25 日致我的信中一小段：

> 不過，我們應該堅強，世界上再沒有比堅強這個品質更可貴的東西了！有一天我看到一個龐德的紀念片（電影），他說：「我發誓，一輩子也不寫一句感傷的詩！」我聽了熱淚盈眶。

但這內心強悍的湖南人總是輕盈的。奇妙的張力——輕盈與強悍——他天生具有，《鏡中》最能反映他身上這一對強力——至柔與至剛——所達至的平衡，那正是詩中後悔的輕歎與皇帝的持重所化合著並呈現出的一個詩人命運的（輕與重的）微積分呢（「命運的微積分」這一說法出自納博科夫的一個觀點）。另外，《鏡中》還應該被理解為是《何人斯》之前一首輕逸雋永的插曲。它在一夜之間廣為傳唱的命運近似於徐志摩和戴望舒那易於被大眾接受的《再別康橋》及《雨巷》。這婉妙的言詞組成的原子（按：「正因為我們明確知道事物的沉重，所以關於世界由毫無重量的原子構成這一觀念才出人意表。」卡爾維諾《論輕逸》），這首眷戀縈回的俳句式小詩，在經歷了多少充實的空虛和往事的邂逅之後，終於來到感性的一刹那，落梅的一刹那，來到一個陳舊而神秘的詞語——「鏡中」。

我還記得我當時嚴肅的表情，我鄭重地告訴他：「這是一首會轟動大江南北的詩……」他卻猶慮著，睜大雙眼，半信半疑。《鏡中》除了它必然轟動的命運外，它也是張棗贈與這個世界的見面禮，見面禮不能太困難，太複雜，一定是剛剛好，但也需要一點與眾不同之處，這些，張棗都機緣巧合地在這首詩中做到了。所以，這首詩的讀者面注定會廣大無邊。

他在後來寫的《秋天的戲劇》中，以上所說那種細巧精密的「人稱變換技巧」達到了另一個豐富的程度。全詩共八節，除前三節和最後一節是寫「我」與詩中其他人物的關係與故事外，中間四節分寫了四個人（兩男兩女，皆有原型，在此不贅），這四個人恰似演員的表演，在「我」的帶領下，在一個舞臺上演「秋天的戲劇」。

緊接著，《燈芯絨幸福的舞蹈》將其詩藝更推向一個高峰，人稱的變之遊戲——這一遊戲卞之琳生前玩得爛熟——在此詩中呈現得更為天然，更為出神入化，簡直就成了張棗的拿手好戲。該詩從她到他，作者思路很清晰，需知，一舞者必伴一欣賞者或參與者。前一部分的「我」，是以男性為主導講述的故事；後一部分的「我」，則是以女性為主導講述的故事。此詩正是這兩層眼界，第一部分是以男性為中心，張棗以男主角的口吻說話；第二部分則以女性為中心，張棗又以女主角的口吻說話。如此書寫陰與陽，真是既講究也平衡。用現在一句時髦的話說，就是運用互為主體性來進行書寫。當然這種寫法也表現出張棗雌雄同體的後現代寫作風格，即他不是單面人，而是具有雙向度或多向度的人。

張棗的戲劇化手法，即人稱在詩中不停地轉化，像極了卞之琳，同時也是向戴著各種面具歌唱的葉芝（W.B. Yeats）學習的結果。張棗對艾略特（T.S.Eliot）

的「非個人化理論」及葉芝的詩相當熟悉，尤其是葉芝，他從中學到了很多，譬如葉芝的《在學童中間》（Among School Children），他就對其結構、音樂性、虛與實的演繹技術等，進行過反覆細膩的精研。在此又順告讀者，張棗用字比我更加精緻，此點頗像卞之琳；而在用字的唯美上，我則始終認為他是自現代漢詩誕生以來的絕對第一人，至今也無人匹敵。

我們順便再來看他另一首小憩時寫的《深秋的故事》。它是張棗 1984 年或 85 年寫於重慶的一首小詩，此詩是作者在重慶對江南，尤其是對南京及其周遭江南小鎮的想像，由於詩中有一個我們能感觸到的人物——她（在詩中寫人或各種人物的出場表演，是他一貫最拿手的技藝）的穿梭，江南古典的風景也就重新活過來了。

讀者特別要注意，張棗幾乎所有的詩都有一個對象（這個對象常是他者，但有時也是自己，譬如《那使人憂傷的是什麼》、《早春二月》，便是作者在描畫或探究自己的篇章），即一個具體的傾聽者，他常常會以他的幻美之筆，將這個或那個他生活中的人物寫入他安排妥貼的詩歌場景中，這正是他念茲在茲的「情景交融」——我們先人最嚴守的古典詩律。從此出發，我們可以看到張棗是如何為他筆下的人物進行美容化妝的，他在詩歌中運用著他的美學魔法。這又應了納博科夫在《優秀讀者與優秀作家》中一段話：「我們可以從三個方面來看待一個作家（按：當然也以此來看待一個詩人）：他是講故事的人，教育家和魔法師。一個大作家集三者於一身，但魔法師是其中最重要的因素，他之所以成為大作家，得力於此。」（參見納博科夫：《文學講稿》，三聯書店，1991 年，第 25 頁）

而他在 1986 年 11 月 13 日寫於德國的《刺客之歌》，演員被最大限度減少到二人，不像《秋天的戲劇》人物眾多，出場入場、繽紛壯麗。在此，他若一個沉靜的導演絕對掌控著詩中人物的表演。首先，他把自己的形象出神入化地平均分配給了刺客和太子。兩副面孔——兩種語氣——兩個相同的命運（指共同復仇的命運及任務）——太子與刺客，在一片素白的河岸為我們上演了「風蕭蕭兮易水寒」的驚駭場面，一首小詩被委以重任並勝任了極端的時間。

故事就這樣開始了：太子正面出場，那刺客也若影子般神秘地在場，舟楫在叮嚀、酒與劍已必備、英俊的太子向我們走來、熱酒正在飲下…………語調就是態度、就是信仰、就是決心。幻覺中，作為導演的張棗這時也挺身而出，代替了故事裏的主角——刺客，其實，他也就隻手翻新了歷史中的一個畫面；

如今，張棗年輕的影子已駐立在畫面中，以「另一張臉在下面走動」（《刺客之歌》），任「歷史的牆上掛著矛和盾」（同上）。我第一次（接著是好多次）讀到這首詩時，詩中的每一個言詞似乎都在脫穎而出，它們本身在說話、在呼吸、在走動，在命令我的眼睛必遵循這詩的律令、運籌和布局。多麼不可思議的詩意，三個人物（刺客、太子、張棗）在如此小的詩歌格局中（而非大詩中）充溢著無限飽滿的心理之曲折、詭譎、簡潔、練達，突然故事貫穿了、釋然了，一年又一年，一地又一地，詩人當前的形象終於在某一刻進入了另一個古老烈士——刺客——的血肉之軀。

此詩當然亦可從另一番深意出發予以闡釋，張棗正以此詩「風蕭蕭兮易水寒」的場景來自喻他在德國的境況：「為銘記一地就得抹殺另一地／他周身的鼓樂廓然壯息」（同上），不是嗎？2006 年 4 月，他在接受新京報記者劉晉鋒採訪時，就說過：「我在國內好像少年才俊出名，到了國外之後誰也不認識我。我覺得自己像一塊燒紅的鐵，哧溜一下被放到涼水裏，受到的刺激特別大。」

在德國，鼓樂已遽然壯息了，但與此同時，他又迎難而上，假以詩中「刺客」的命運及任務來暗示或象徵他自己身在異國的詩歌寫作的兇險命運及任務：「那兇器藏到了地圖的末端／我遽將熱酒一口飲盡」（同上），其中那「地圖的末端」，表面看去恰似張棗年輕時喜愛的詩人里爾克（Maria Rilke）《這村裏》開頭二句：「這村裏站著最後一座房子，／荒涼得象世界的最後一家。」（梁宗岱譯）但境界卻完全不同了，張棗翻手便將這世界盡頭的西洋式「荒涼」寫得漢風熠熠，既驚險又驚豔。另，以上所引這些《刺客之歌》的詩句還讓我想到他曾對我說過的不止一次的話：「我知道我將負有一個神秘的使命。」（此句出自張棗 1988 年 7 月 27 日給我的來信）那將是怎樣一種驚心動魄的使命呀！詩人的決心下得既艱難又絕決，為此，他的眼前只能是矛和盾。

考慮到張棗研究者及熱愛他的讀者沒有見過此詩的原文，他在中國唯一出版的一本薄薄的詩集《春秋來信》（文化藝術出版社，1998 年 3 月）也未收入此作，在此，我特別從其手稿裏尋來，親錄如下。另外說一句：這首詩也是張棗的父親很喜歡的一首詩，他常常會在一些場合朗誦這首詩，並認為從這首詩可以看出張棗是一位真正的愛國詩人。

刺客之歌

從神秘的午睡時分驚起

我看見的河岸一片素白

英俊的太子和其他謀士
臉朝向我，正屏息斂氣

「歷史的牆上掛著矛和盾
另一張臉在下面走動」

河流映出被叮嚀的舟楫
發涼的底下伏著更涼的石頭
那太子走近前來
酒杯中蕩漾著他的威儀

「歷史的牆上掛著矛和盾
另一張臉在下面走動」

血肉之軀要使今昔對比
不同的形象有不同的後果
那太子是我少年的朋友
他躬身問我是否同意

「歷史的牆上掛著矛和盾
另一張臉在下面走動」

為銘記一地就得抹殺另一地
他周身的鼓樂廓然壯息
那兇器藏到了地圖的末端
我遽將熱酒一口飲盡

「歷史的牆上掛著矛和盾
另一張臉在下面走動」

1984 年秋，是張棗最光華奪目的時間，從《鏡中》開始，他優雅輕盈的舞姿（也可說一種高貴的雌雄同體的氣息）如後主（李煜）那華麗洋氣的「一江春水」姿意舒卷，並一直持續到 1986 年初夏（之後，他遠赴德國）。而這時他又寫出了多少讓我們流連的詩篇，僅舉一首《燈芯絨幸福的舞蹈》（去德國之前，寫於重慶的最後的傑作！）就足以令他的同行們望而卻步，我現在想來這首詩一定有某種深不可測的神秘性。他預示了張棗的生命奇蹟和後來的命運……通過對這首詩的解讀我們可以試著還原 1985～1986 年中國巔峰時期張棗的詩人形象。不過這個詩藝偵破工作還是留給學者們去做吧。現在我才知道他為什麼1986年去了德國的內在原因，以他當時的詩藝，的確已到了登峰造極，無人能及的地步，他必須去一個更廣大的世界舞臺。可以想像他當時的內心一定是多麼的孤獨，說實話，我們那時的水平，當然也包括我的水平，和他比起來真是相差很遠了。《燈芯絨幸福的舞蹈》是一條分界線，一塊試金石，以此可以測出當時所有詩人與張棗的差距。我現在想來也感到困惑，我完全不能相信，他寫出這首詩時，年僅二十三歲。這豈止是天才可以形容，完全是詩神突然降臨了人間。

他後來所寫的更為繁複幽微之詩，譬如《雲》（1996）也可以在《燈芯絨幸福的舞蹈》中找到某種線索。在《雲》中，他對他的兒子張燈，同時也是對他自己，說出了最富啟示性的話語：「在你身上，我繼續等著我。」。從而探索並回答了什麼是一位中國父親那可泣的未竟之抱負，個中心曲與自省，令人再三涵泳。

話再說回來，單從他重慶時期所寫下的詩篇，敏感的詩人同行就應一眼見出他那二處與眾不同的亮點：一是太善於用字，作者似乎僅僅單靠字與字的配合（那配合可有著萬般讓人防不勝防的魔法呢）就能寫來一首鶴立雞群的詩歌，為此，我稱作者為鍊字大師，絕不為過；二是作者有一種獨具的呼吸吐納的法度，這法度既規矩又自由，與文字一道形成共振並催生出婉轉別致的氣韻，這氣韻騰挪、變幻，起伏揚抑著層層流瀉的音樂，這音樂高古洋氣、永無雷同，我不禁要驚呼他是詩歌中的音樂大師。

在此，我要快遞出一個結論：張棗這些詩最能對上T.S.Eliot的胃口，即他的名文（如今早已成了天下文人的「老三篇」）《傳統與個人才能》的味口。我的意思是說：張棗的詩既是傳統的，又是具有個人才能的，它完全符合T.S.Eliot那條檢驗好詩的唯一標準：「這個作品看起來好像符合（按：指符合傳統），但它或許卻是獨創的，或它看起來似乎是獨創的，但卻可能是符合的（按：指符合傳統）。我們極不可能發現它是一種情況，而不是另一種情況。」（T.S.Eliot：《傳統與個人才能》）的確，一件所謂的新作品如僅僅是符合傳統，「那就意味著新作品並不真正符合；新作品就算不上新，也就不成其為藝術品了。」（同上）因此，好作品的標準必是既傳統的又獨創的，二者須臾不離，難分難捨。那麼，我們又如何去踐行這一標準呢，這便直接去到卞之琳那句老話吧：「化歐化古」；或聞一多所說的，中國新詩「要做中西藝術結婚後產生的寧馨兒。」而張棗正是「化歐化古」的聖手，同時亦是寫意象的聖手，其手腕恐怕只有小說中的張愛玲或可略略上場來比一比。

《鏡中》、《何人斯》等詩，也迎合了他不久（1986年）寫出的一個詩觀，這詩觀又與T.S.Eliot的「傳統與個人才能」完全匹配，即：「必須強調的是詩人應該加強或努力獲得一種對過去的意識，而且應該在他的整個創作生涯中繼續加強這種意識。」（同上）張棗這個詩觀正是對此「過去意識」，即傳統精神的孜孜呼應；同時，在他的藝術實踐中，他也完全遵循這一「意識」：

> 歷來就沒有不屬於某種傳統的人，沒有傳統的人是不可思議的，他至少會因寂寞和百無聊賴而死去。的確，我們也見過沒有傳統的人，比如那些極端個人主義者和浪漫主義者，不過他們最多只是熱鬧了一陣子，到後來卻什麼都沒幹。
>
> 而傳統從來就不盡然是那些家喻戶曉的東西，一個民族所遺忘了的，或者那些它至今為之緘默的，很可能是構成一個傳統的最優秀的成份。不過，要知道，傳統上經常會有一些「文化強人」，他們把本來好端端的傳統領入歧途。比如密爾頓，就耽誤了英語詩歌二百多年。
>
> 傳統從來就不會流傳到某人手中。如何進入傳統，是對每個人的考驗。總之，任何方式的進入和接近傳統，都會使我們變得成熟，正派和大度。只有這樣，我們的語言才能代表周圍每個人的環境、糾葛、表情和飲食起居。

如是，他著迷於他那已經開始的現代漢詩的新傳統試驗，著迷於成為一個古老的馨香時代在當下活的體現者。1988年7月27日，他從德國特里爾來信告訴我：

> 中國文人有一個大缺點，就是愛把寫作與個人幸福連在一起，因此要麼就去投機取巧，要麼就碰得頭破血流，這是十分原始的心理，誰相信人間有什麼幸福可言，誰就是原始人。痛苦和不幸是我們的常調，幸福才是十分偶然的事情，什麼時候把痛苦當成家常便飯，當成睡眠、起居一類東西，那麼一個人就算有福了。

在此，他間接批評了中國文學中有些文人，由於功利目的太強，從而導致其作品的現實感過於貼近當下的俗事了。他在我的印象中基本沒有任何世俗生活的痛苦，即便有，他也會立刻轉換為一種張棗式的高遠飄逸的詩性。他的痛苦的形上學：僅僅是因為傳統風物不停地消失，使之難以挽留；因為「少年心事當拿雲」（李賀：《致酒行》）的古典青春將不再回來，又使之難以招魂。他的這種純粹天生詩意的感發對於我當時的心情（指我當時與之相比，卻顯得現實了，遠不如他純粹）是一個很大的安慰。

七、日日新

短暫的虛幻的快樂。光陰——聚會——抒情——憧憬。我那時唯一擁有的就是時間。時間真是多得用不完，而且似乎越用越多，越用越慢。這正是適合於我的詩歌時間，「時間是節奏的源泉。每一首詩都是重構的時間。」（布羅茨基）的確，詩人的一生只能是沉醉於時間的一生。但很快，新的節奏插了進來。

1984 年秋冬之間，瘋狂的公司或協會掃除了一切「虛度光陰的聚會」。就在這一年冬天，吳世平成立了一個協會——重慶青年文化藝術家協會。我去參加過唯一的一次會議，那熱氣騰騰的場面好像又讓我重新回到了 1981 年廣州青年文學協會成立時的同一場面。大家似乎都急於做事，做什麼事？「蘇維埃剛剛成立，很忙……」我輕聲對旁邊的張棗開了一句玩笑。而張棗卻被吳世平說話的聲音所吸引。他在審美。二十五年後，他在一篇文章（他生命中最後一篇文章）《枯坐》中，還意猶未竟地回憶了當年這一幕：

> ……那從前的對飲者，也就是這樣舉落著我們的手和杯，我們還那麼年輕，意氣風發，八十年代的理想的南風撫面。
>
> ……1985 年 10 月的一天，是個雨天，在上清寺附近的一個機關裏（按，這裡張棗記憶有誤，時間應該是 1984 年 9 月的一天，地點是在解放碑附近王曉川的外貿公司辦公樓裏），來了一堆另類模樣的人，熱熱鬧鬧的，大談文藝的自由與策略。這時，吳世平領著一個軍人進來，年輕帥氣，制服整潔，臉上泛著畢業生的青澀，渾身卻有一股正面人物的貴氣，有點像洪常青，反正跟四周這些陰鬱的牛鬼蛇神是很有反差的。吳世平介紹道：他叫潘家柱（按：如今叫趙楚，歷史、文化及軍事戰略學者），解放軍某外語學院剛畢業，志願加入我們協會，正在研究和引進海明威。大夥兒鼓起掌來，年輕的我也在鼓掌，彷彿看到年輕的黄珂也在鼓掌，他那時是長長的嬉皮士頭髮，濃眉大眼的，俊氣逼人。而再看看潘家柱，他語無倫次地說了一段話，挺高調的，忘了他具體說了什麼。只記得他說完，挺身立正，給大家敬了個脆響的軍禮，還是那種注目環顧式的。二

十多年了，甚至在孤懸海外的日子裏，我會偶而想著這個場景的。不知為何，覺得它美。

——張棗：《枯坐》，《張棗隨筆選》，人民文學出版社，2012，第4～5頁

有關這個重慶青年文學藝術家協會的相關趣事，感興趣的讀者還可參讀趙楚寫的一篇文章《悼張棗：我們爸爸的聚會在散場》，在這篇文章接近尾聲時，趙楚回憶了與張棗二十多年後在北京的重逢：

這個聚會裏，時間自然還是最主要的話題。我們歷數著分別的時間，他（指張棗）感慨說：「當年我們分別的時候才25歲，當我們再見，這正是當年我們父親的年齡——分別的是我們，但再見的卻是我們的爸爸，這是我們爸爸的聚會啊！」

我當時卻對這個協會相當陌生，直到1985年3月初，我才首次感到它的作用（其實是吳世平一個人的作用），北島一行（包括馬高明和彭燕郊）應吳世平的邀請來重慶，其目的是為了與重慶出版社商談出版《國際詩壇》雜誌一事。

一個春寒料峭的雨夜，彭逸林與傅維陪同北島和馬高明來到四川外語學院張棗昏暗零亂的宿舍。北島的外貌在寒冷的天氣和微弱的燈光下顯出一種高貴、沉思的氣度。這形象讓張棗感到了緊張，他說話一反常態，雙手在空中誇張地比劃著，突然發出一陣古怪的笑聲並詞不達意地讚美起了北島的一首詩（北島隨身帶來的近作中的一首），好像是《在黎明的銅鏡中》，看來張棗還是具有迅捷的眼力，這的確是北島當時那批近作中一首最富奇境的優雅之詩。可在那匆忙的第一次見面中，這首詩其實是最不好談論的，它需要在一個只屬於這首詩的特別氣氛中才能慢慢細緻地談起。接下來，張棗也開始行一個詩人通常的見面禮，拿出《鏡中》等詩歌給北島看。「這詩寫得不錯。」北島當即讚揚了這首《鏡中》。張棗受到了鼓勵，逐漸恢復了平靜。

在另一個春雨瀟瀟的傍晚，我們來到幾無遊人的北碚溫泉公園。這一夜，我們一行八人住在一幢竹樓旅店裏。它精緻小巧，全用竹子建成，位於一條幽徑的絕壁旁，嘉陵江就從下面流過，對岸群山高聳，我在走廊上憑欄觀看，那群山並不遙遠，似乎觸手可及。

初春的空氣在深夜輕盈地流動著，新鮮而濕潤，朦朦細雨和流水更添寂靜之趣。北島談起了「今天」的兩三件舊事……夜霧彌漫，浸入樓道，隨著北島

回憶的尾聲，我走出燈火通明的室內，坐在樓道的長椅上，初春的寒意讓我憧憬……突然，我聽到洗手間的水龍頭未拎緊，水滴落入乳白臉盆裏發出清亮的滴噠聲，這聲音伴著無涯的春雨令我驚喜。

二十多年後，我在一首詩中回憶了這一晚的住宿，也特別點出了馬高明的名字：

再回到北碚年輕的竹樓
就是回到初春的浪漫，
詩人馬高明來住過一宿
那時他只抽煙不喝酒，
那時他才剛剛開始寫詩
又過了多少年？多好，
割喉之後，他還活著……
——柏樺《江湖浪漫》

時間飛逝，轉眼就是 1985 年的孟春。在西南農業大學校園後面一個具有鄉村風味的山坡上有一座孤零的農舍，二樓已作為周忠陵的打印室。周忠陵是一個特別的人，樣子長得不像中國人而像東歐人，他從小患過小兒麻痹症，造成左腿殘廢，走路有點瘸，他當時是一個自學青年，一邊靠打字為生，一邊學習美學。此外，他狂熱地喜歡詩歌，他從認識我之後，接交的朋友幾乎全是詩人，如萬夏，宋煒，李亞偉，廖亦武，馬松等，多得無以計數。

周忠陵當時還拜了蘇丁的父親蘇鴻昌（原西南師範學院中文系教授、主任）為師，學習美學並專研韓非子……我在《回憶韓非子》這首詩中寫到了周忠陵：

回憶韓非子

——兼贈周忠陵

一個人說博覽群書，
不過就讀了幾百本書。
世界之大，一個人一生
只能去到多少地方？
活到八十歲，一個人
其實已經是死人了。
還有一句話說得更好，

「沒有太多的不適，
這或許正是衰老的形式之一。」

時間就是我的韓非子，
長春？還是北碚？
沒什麼事，我總是
想起我年輕時的北方；
沒什麼事，勞其筋骨，
天將降大任於我也。
在長春，我的雙腿
曾經歷了殘酷的打磨，
我終日躺在陽光燦爛的床上
閱讀韓非子……

誰說過動物怕痛和危險，
但不懂得時間？
而時間，比人想像的
來得更快，或更晚。
「時間就像是鐵的長河」——
我股骨上的鋼板好魔幻！
一邊離開、一邊回返，
去哪裏呀！回到北碚，
我終於寫出來了一篇韓非子。

2019 年 6 月 19 日

一天，我和張棗、周忠陵在這裡閒談、談著談著我們決定創辦一份詩刊。說做就做，我和張棗擬出一個詩歌目錄，歐陽江河寄來文章，周忠陵親自打字。《日日新》度過了一個個美的興奮，達到一本書的境界。在「編者的話」中，我寫下這份雜誌命名的經過：

> 一九三四年，艾茲拉、龐德把孔子的箴言「日日新」三個字印在領巾上，佩帶胸前，以提高自己的詩藝。而且龐德在他的《詩章》中國斷章部分還引用了中國古代這段史實：
>
> Chen Prayed on the mountain and

Wrote NAKE IT NEW

Day by day make it new

--canto LIII

湯在位二十四年，是時大旱，禱於桑林，以六事自責，天亦觸動，隨即雨作。繼而作諸器用之銘，曰：「苟日新、日日新、又日新。」以為警戒。

一九八五年孟春的一個下午，我們偶然談及此事，驀然感到，人類幾千年來對文化孜孜不倦的求索精神，頓時肅然起敬。「日日新」三個字簡潔明瞭地表達了我們對新詩的共同看法。我們也正是奉行著這樣一種認真、堅韌、求新進取的精神，一絲不苟地要求自己。

我們牢記一句話：「技巧是對一個人真誠的考驗」！

我們牢記三個字：「日日新」！

這種以技巧的態度來對待詩歌的創新精神是我們當時對詩歌的一致意見。第一期（也是最後的一期）我們有意採取了一個較為保守的面貌，以《鏡中》開頭，確立一個偏於抒情詩的主調。我們暗藏一個動機：先以傳統藝術開篇，然後再亮出先鋒藝術。這樣的想法很像美國詩人羅伯特·弗羅斯特（1874～1963）在其詩《十個米爾》中所說：「年輕時我從來不敢激進，怕我年老時變得保守。」為此，張棗在《維昂納爾：追憶似水年華》一詩（見第五卷「往事」）中，故意將其中的「你」全部改寫為「汝」，至今看來，這個字有一點古怪，而當時我卻贊成這個「汝」字。

我選用了城市流浪詩人李毅寫的《我的夏天》。我暗自吃驚：一個十八歲的少年能唱出如此老練、憂傷的歌。就像魏爾倫反覆吟詠他「單純的」巴黎，李毅吟詠他「歷經滄桑」的重慶。

初夏的微風欣欣向榮，綠色封面的《日日新》正在校園之春吹送著它的聲音，的確是日日新，鄭單衣、王凡主編的第一期現代詩報也在吹送著更為青春的聲音。鄭單衣當時是西南師範大學化學系的學生，有一次我偶然讀到他一首詩，他在其中一行使用了一個極大膽的形容詞，這個詞引起我的注意，我看到了他壓抑不住的詩才。他對詩歌投入的全部熱情被我引為知己。

而後來的事實也證明，我當初並沒有錯看他。他的詩歌被廣泛地閱讀和接受，特別是在國外受到了很高的評價。他的詩集《夏天的翅膀》，因為一個出色的譯者——羅輝，而被西方漢學界看作是給面目不清的中國文學以一個鮮明的形象。

2004 年冬季號的美國《今日世界文學》（World Literature Today），發表了聖約翰大學漢學家金介甫（Jeffrey C. Kinkley）教授的文章。文章評論說，中文文學面目模糊是公認的事實，但詩人鄭單衣最近卻聲名鵲起，成為最受國際讚賞的詩人之一。他的國際聲譽來自其首部詩集《夏天的翅膀》的完整英譯，和他應邀在亞洲和歐美各地的出色朗誦。金介甫說，鄭單衣的詩短小而抒情，採用方言式的漢語，營造出令人印象深刻、而且常常讓人內心難以平靜的意象。文章同時盛讚羅輝的高超英譯，他說：「中英文相得益彰，為理解鄭單衣的強大想像力提供了新途徑。」

的確，正如評論者看到的那樣，鄭單衣的詩具有一種獨特的唯美風格、「女性氣質」：敏感、脆弱、悲觀、病態，有著生命的多種創傷，但也堅韌。他的語言極其大膽，因為他賦予了其以震撼人心的力量和頑強的自我更新能力。這種活力源自於他對傳統和現代的深刻洞察，以及對「抒情」傳統一以貫之的堅定信念。朱大可曾經對他的詩下過一個極為精到的評語：「執拗地向生命情感的深度大步推進，企圖達到現代批判精神和古典抒情氣質、難以壓抑的激憤和異常純淨的語像、永恆的愛的價值和世俗生活題材之間的內在和諧」。（朱大可：《燃燒的迷津》，學林出版社，1991）

我後來（2014 年 1 月 10 日）寫了一首詩紀念我們的交往（其中也寫到他在北京大學進修的事情，以及我們共同的朋友張棗）：

鄭單衣

試酒，1985
便俊賞了西師化學樓，
食堂蛋糕，床邊的酸奶；
試酒，北碚之春
就去了花溪一間農學院，
我們在黑夜中舞蹈，
她從北師大來。

惹是生非，豔福不斷
（那女生好像姓楊）
成都別過，浪遊記快
眼淚一直要流到南京嗎？

有一天中午，
我為你寫下最柔軟的女人
是貴州女人。

幻覺！北方日記；
胡同——「你說呀！」
關於瘋狂豈止十種方式
自行車一輛開始脫手飛旋
——林蔭道在哪裏？
打手來自哪裏？
我不相信他們是北京人！

二十年後，
今朝酒醒，蚊帳不見
我們的朋友非要去德國
銜接過去一個人的夢。
他能喚回昨夜的陽臺神？
看，夏天的翅膀
已插上了英國的保誠。

注釋一：「鄭單衣試酒」，典出周邦彥《六醜．正單衣試酒》。

注釋二：「西師」，西南師範大學的簡稱。

注釋三：「花溪一間農學院」，指位於貴陽花溪風景區的貴州農學院。

注釋四：「陽臺神」，出自庾信詩《春日題屏風》：「何勞一片雨，喚作陽臺神。」

注釋五：「英國的保誠」，指英國保誠集團，即英國最大的保險公司。

接著西南師範大學美術系學生劉大成又辦出第二期現代詩報。

也是在一年（1985 年）的 10 月 30 日，在張棗的提議下，龐德誕辰一百週年紀念會在重慶圖書館二樓舉行，張棗專門譯出了龐德《詩章》的一些片斷。這次活動發生在當時偏僻的重慶頗為神秘，令人吃驚，這也是為什麼這個活動立刻就成為了一條當天重要的國際文化新聞的原因。這個龐德紀念會預示著什麼呢？我至今還在想著它的奧妙……

事件頻出的 1985 年隨著《日日新》的誕生和旋即結束而畫上了一個句號。新的陽光照耀，我懷著某種神清氣爽，進入另一個自由的孟春，詩歌之鳥躍躍欲試，好運氣也趕來湊一個熱鬧。1986 年 2 月，馬高明寄來了《新觀察》雜誌（2 月號），上面編髮了我的一首詩（也是我第一次公開發表的詩）《夏天還很遠》。

八、凝望雲天

來自烈士墓的風盡是春風，他在這春風中成了二十世紀六十年代出生的人的楷模（至少在當時，在重慶），那時，四川外語學院和西南師範大學有兩個忘記了外部世界、交往十分密切的詩歌圈子，前者以張棗為首（其中包括傅維、楊偉、李偉、文林、付顯舟），後者以我為首（包括鄭單衣、王凡、劉大成、王洪志、陳康平）。他在這兩個圈子裏歡快地遊弋，最富青春活力，享受著被公認的天之嬌子的身份，而且南來北往的詩人也開始雲集在他的周遭。在當時的四川詩歌界，尤其是在各高校的文藝青年心中，張棗有著幾乎絕對明星的地位。他非常英俊，1983 年的英美文學研究生，二十二歲不到就寫出了《鏡中》、《何人斯》，而且說話的聲音韻律有一種令人嘖嘖稱羨的吸引力，他那時不僅是眾多女生的偶像，也讓每一個接觸了他的男生傾倒。他在重慶度過了他人生中最耀目的三年（1983～1986），那三年歲月可用王維一首《少年行》來總括：

新豐美酒斗十千，咸陽遊俠多少年。

相逢意氣為君飲，繫馬高樓垂柳邊。

寫詩的快樂壓倒一切。有好幾次，我們甚至決定用報紙上的新聞來寫詩；還有一次，我們看到了彭逸林重慶鋼鐵工業學校的教師宿舍的白牆上有兩行文字：「注意關燈，節約用電。」他便執意邀我以這八個字（各自）寫一首詩。我們寫了嗎？我好像沒有寫，直到二十五年後，我才終於寫出來了：

憶故人

一

很久以前，一到冬天
霧氣就會沾濕你的衣服
你的身體也會由輕變重……

常常，你在想什麼呢？
我在想，我曾有過人的詩才
同時還有秀美的牙齒

多年後，當我老了
我又打開一本你年少時讀過的書
看到幾處幼稚而熱忱的記號

我感到吃驚！是你寫的嗎？
這時室內恍惚，靜如青春
一股憐意流入我的心胸

燈光幽幽，並非空空
似有一個人影坐在我的對面
似牆上那幅畫像正窸窣作響

二

注意關燈，節約用電。
這八字詩法已被我們盯上
在鋼校、在川外、在春天

我們讓詩發生、讓詩銷魂
我們會因交談而休克、發瘋
或行兇嗎？我們昏倒在地……

醒來，哪有什麼伐木丁丁
在夜晚的校園，彼何人斯
毀家者郁達夫不提也罷

但有兩首詩則需要細辨別
恐懼的懸崖會來自哪裏？
《或別的東西》還是《白頭巾》

多年後抒情終於有了下場
散步者總是沉思多於喜悅
憂傷者卻動輒愛走長路

注釋一：此詩開篇便說張棗怕冷，冬天穿得厚。他年輕時的身體本來很輕盈，卻在冬天穿上厚衣服，也是件趣事。

注釋二：詩才與一個人的嘴唇和牙齒有關，本詩第一部分第二節說的是我和張棗年輕時愛說笑的事情，即以嘴唇和牙齒論人，認為壞詩人的嘴和牙齒都不好看。

注釋三：「鋼校」，指重慶鋼鐵工業學校，詩人彭逸林當時在這所學校教書。「川外」，指四川外語學院。

2010 年 8 月 6 日

並非完全獨自研習詩藝，我們也常常陶醉於彼此爭勝的試驗與改詩的快樂之中。改詩也在我當時詩歌核心圈子形成風氣。張棗爭改我的詩，我也爭改他的詩，既完善對方又炫耀自己，真是過眼雲煙的快樂呀！而我是贊成改詩的，我也十分樂意別人改我的詩。張棗就徹底改動過我《名字》一詩的最後一節，尤其結尾二行，就直接是他的手筆，現引來一觀：

你的名字是一個聲音
像無數人呼吸的聲音
當你走進這一座城市
你的名字正從另一座城市逃離

「名字」既是在回答著、也是在追問著一個古老的命題：我是哪一個？敏感的讀者，如詩人江濤就讀出了這層意思，她說「讀《名字》，又不期然想起《何人斯》……」的確如此，僅「名字」一詞便可當場勾起張棗那「何人斯」般的問題意識，隨手將此探問稍作變化植入我詩的結尾之中，也是順理成章之事。不是嗎？從《名字》最後一節，你就能完全看出張棗那特有的最拿手的技術——人稱變換及角度轉動——在我詩中的自然聯接。

另一次，他還為我一首非常神秘的詩取了一個相當精確完美的名字「白頭巾」，他一下就抓住了此詩恐怖的氣氛與主旨。可想而知，他對我那時的人生處境及詩歌語境是多麼熟悉。時至今日，我仍舊認為詩人之間相互空談技術理論，還不如直接動手改正一首詩中存在的問題。最好的修改是在他者（即對方）的詩歌系統中——這裡指每個詩人都有一套自己的聲音節奏及用詞習慣，而修改別人的詩首先就必須進入別人的習慣——進行的（這是最有益的技巧鍛鍊，同時也學到了別人的詩藝），而不是把自己的系統強加於別人的系統；最好的修改不是偷樑換柱的修改，是實事求是的修改，是協助對方忠實於對方，使其書寫更為精確。這也是詩人間最完美的對話，關於此點，張棗在其寫於

1987年《虹》中的四句解說，尤其能體現他那種對他者的同情之理解：

一個表達別人
只為表達自己的人，是病人；
一個表達別人
就像在表達自己的人，是詩人；
……

按中國的說法：「十歲的神童、二十歲的才子、三十歲的凡人、四十歲的老不死。」當時的張棗只有二十四歲，正值才子年齡，銳氣和理想都趨於顛峰，還未進入平凡、現實的三十歲，潦倒、暮氣的四十歲更是遙遙無期，但他對自己的形象卻有相當提前的把握了。他很清楚地知道他是作為新一代高級知識分子的典型形象出現的，這種形象的兩個重點他都有：一是爛熟於胸的專業知識配備、二是輕鬆自如的人生遊戲。尤其是第二個重點，使他的日常行為表現得極為果斷成熟，對於像我這樣五十年代出生的人來說，他甚至應該是超級的早熟，他的青春正適得其所，而不像我那代人的青春期被一再推遲，成熟得很晚。

這裡，我將以幾句話來講一個有關張棗的真實故事：一天深夜，當我在他太髒的斗室談起一個我的女教師朋友時，他突然很肯定地說：「你信不信，我會讓她馬上迷上我。」我當時聽了，頗不以為然，就讓他去試一試，其結果可想而知，他就這樣送上了對我的承諾。如果要繼續談論張棗戀愛的事那就太多了，其中有許多美麗的故事，我不想在這裡多說，那就引來我寫的一首詩，通過這首詩來談論吧：

他們的一生

（為張棗和唐為民而作並在最後涉及老木）

鶴飛得很快很快，發出哀傷的叫聲，聲音裏好像有一種召喚的調子。

——契訶夫《農民》

她剛吸進去一口武漢
就迎春來到川外
為了這兩天的考試
她坐了一趟火車

美長大了，在重慶是有用的……
（而南京自古注定是個插曲）
看，他寫給你的詩的字體
比勤奮的姐妹還要顯得年輕……

幻覺，我們夏天的身體
竟然沒有一絲汗水
真巧，我發現了你的青春
有一種越南的寧靜

一天，在石婆婆巷口
我又怎樣發現了你挑選水果的手指
突然我不信人難免一死
我這顆心的楚國呀，痛……

失眠……蝸牛脫殼，蜻蜓點水
苦桃、老木、巴黎，好快
棗也詩無敵，三天鶴來迎！
傍晚天欲雪，天空要繼續……

2014 年 10 月 23 日

戀愛歸戀愛，張棗的氣質從某種角度說又是舊的，甚至是保守的，但這是他的賞心樂事，也是他自認為先鋒的樂事；他不同於其他一些極端先鋒的年輕詩人，他一開始就喜歡今天派的作品，尤其是北島和舒婷，即便他並不像他們那樣寫，這或許來源於他那「傳統」的詩觀吧。他有時比我還要舊，他早在二十二歲時就深深懂得了真先鋒只能在舊中求得，此外，絕無它途，而我及其他人卻要等很多年之後才能真正恍然大悟個中至理。後來，我見過他的一些訪談文章，他仍沉浸在上世紀八十年代的浪漫理想中，是一個天生的八十年代的懷舊者。對於眼前的新世紀，他有一種恍若隔世的陌生感，深陷於內心並不示人的孤寂中。這種因知音稀缺而產生的孤寂感，早在 1988 年 1 月 18 日，他就在一首詩《雲天》裏，悲欣交集地抒發過，可以想像他當時在德國寫這首詩時的心情：

雲天

在我最孤獨的時候

我總是凝望雲天
我不知道我是在祈禱
或者，我已經幸存？

總是有個細小的聲音
在我內心的迷宮嚶嚶
它將引我到更遠
雖然我多麼不情願

到黃昏，街坊和向日葵
都顯得無比寧靜
我在想，那隻密林深處
練習閃爍的小鹿

是否已被那隻沉潛的猛虎
吃掉，當春葉繁衍？
唉，莫名發疼的細小聲音
我祈禱著同樣的犧牲……

我想我的好運氣
終有一天會來臨
我將被我終生想像著的
寥若星辰的
那麼幾個佼佼者
閱讀，並且喜愛。

詩歌之鳥——那是燕子還是鶴（張棗最愛）？——已經出發，帶著它自己的聲音。張棗的聲音那時已通過重慶的上空傳出去了，成都是他詩歌的第二片短暫的晴空，接著這隻鳥兒飛向北京，飛向馬克思的故鄉德國。一隻鳥兒（張棗喜歡自喻為鳥）孤獨而溫柔，拍動它彩色的翅翼投入廣大的人間，那幸福是多麼偶然……天空是多麼偶然……1986 年，事情依然頻出，在這一切之中，詩還是我們心裏的大事。

一個星期天的上午（1986 年 3 月 16 日），我在黃彥的宿舍隨意翻閱一本任繼愈主編的《中國佛學史》，其中一段談論中國古代東漢時期有一些道士被稱之為望氣的人，其實是指望雲的人，他們通過登山望雲可以預卜凶吉，厲害的算卜者可以望到幾百公里外將要發生什麼事變。雲層在望氣的人的眼裏變幻莫測，一會兒呈現獸形雲塊，一會兒成為皇宮雲塊……據記載當時有一望氣高人曾望到過東漢開國皇帝劉秀曾在布衣時被囚於一間牢房，他本想策動當時的皇上，去那裡沖走劉秀正在蘊集的帝王氣，但後又放棄此想法。就連范增也在鴻門宴前夕登高，望過劉邦之氣並告知項羽劉邦帝王之氣極盛，不可小看。但項羽卻充耳不聞，釀成後來的大禍。這些閃爍不斷的歷史片斷，加上這關鍵的出人意料的四個字「望氣的人」——它看上去分外新鮮刺激雖然其實很古老——我當即感到一首詩正在形成。就在當天，在這個春雨剛過、風和日麗的正午時分，我一口氣寫成了《望氣的人》；接著，又隨手瀏覽一本宋詞選，在讀完一條相關注釋後，乘興寫出了另一首詩《李後主》。

望氣是中國人的專利嗎？也不盡然，在一本書中我就讀到過：1888 年，契訶夫在俄羅斯也望過氣，譬如他望見的空中雲彩是如下一番樣子：「一塊雲像一位修道士，另一朵雲則像一條魚，第三塊雲又像一個纏頭巾的土耳其人。」（見契訶夫：《美人》，《黑衣修士（契訶夫小說選）》，花城出版社，1983，第 106 頁）1889 年呢，契訶夫繼續望氣（望雲）：「一朵白雲酷似凱旋的拱門，一朵白雲宛如一頭獅子，另一朵則恰似一把大剪子……」（出處同上，《古謝夫》第 230 頁）而在俄國詩人曼德爾施塔姆看來，空中的雲就是「黃金在天空舞蹈」。真巧，正是這句詩使他在中國成為家喻戶曉的人物。法國詩人自「我喜歡雲……我喜歡行雲……」的波德萊爾以來，看雲的高手更是層出不窮……譬如勒內·夏爾眼中的天空看上去就單純得像一隻學生書包（見何家煒翻譯的勒內·夏爾詩選《遺失的赤裸》，人民文學出版社，2020，第 140 頁《爪》）。

當然，我這兩首詩的寫成完全取決於閱讀材料的刺激和逗引——後來我寫《在清朝》（1986 年 10 月 17 日於成都）也是因為讀了費正清的書《美國與中國》所致——為此，我樂意象布羅茨基那樣說：「炮彈能飛多遠，這取決於它的材料，而不是體驗。所有人的經驗都差不多。甚至可以假設一下，有些人的體驗可能比茨維塔耶娃的還要沉重。但是，卻沒有人能像她那樣掌握材料，能讓材料完全服從於她。」用材料寫詩，用別人的經驗，並非事事親力親為，這是一個詩人必須掌握的能力。

《望氣的人》使不愛說話的黃彥大為激動，他不停地猛抽他心愛的黃平香煙。當我們正餘興未盡地談論此詩時，張棗突然從四川外語學院來了，他來通知我他將與一位美麗的德國姑娘達瑪結婚（達瑪當時是四川外語學院德語系教師，張棗與其相識非常偶然，是因為「非非」詩人楊黎的引見，其中故事在此就不多說了），而「望氣的人」一下把他原來的思路打斷了。他以少有的驚奇反覆打量我突然的發明——望氣的人：

望氣的人

望氣的人行色匆匆
登高眺遠
眼中沉沉的暮靄
長出黃金、幾何與宮殿

窮巷西風突變
一個英雄正動身去千里之外
望氣的人看到了
他激動的草鞋和布衫

更遠的山谷渾然
零落的鐘聲依稀可聞
兩個兒童打掃著亭臺
望氣的人坐對空寂的傍晚

吉祥之雲寬大
一個乾枯的導師沉默
獨自在吐火、煉丹
望氣的人看穿了石頭裏的圖案

鄉間的日子風調雨順
菜田一畦，流水一澗
這邊青翠未改
望氣的人已走上了另一座山巔

1986 年在進入 9 月的第一周，望氣的人將再次離開他的出生地重慶，奔赴五百公里以外的成都——一個充滿詩意的超現實主義城市。

而張棗已在兩個月前離開了重慶，經香港飛去了德國⋯⋯

九、逝去的甜

在此，讓我們一下快進二十四年——

我將一遍又一遍牢記這一時間和地點：2010 年 3 月 8 日凌晨 4 點 39 分（北京時間），詩人張棗在德國圖賓根大學醫院逝世，年僅 47 歲零 3 個月。

很快，消息開始了飛速的傳遞；3 月 9 日下午我從詩人北島打來的電話中得知張棗去世的消息。這是一個忙亂的下午：我的電腦因突發故障而正在搶修；有關張棗逝世的電話鈴聲不停地響起；我的身子也在輕微地發抖，時斷時歇，直到夜半。是的，我知道他及德國都已盡力了，整整三個月（從肺癌發病到身亡），時間在一秒一秒地經過，然後一切就結束了。

突然閃回一個鏡頭：1997 年秋天的一個下午，我曾與他及一位德國漢學家朋友白嘉琳（Karin Betz）一道漫步西柏林街頭，他突然笑著用手指點街頭的一個 Marlboro 的香煙廣告牌對我說，那拍廣告的牛仔不吸煙但死於肺癌。

接下來，我想到了二十七年以來與他交往的許多往事，不可能太連貫，枝蔓橫斜，繁雜而多頭……他是那樣愛生活，愛它的甜（「甜」由張棗表述；再由其晚年的弟子顏煉軍博士敏銳地提煉出來，作為他那篇——與張棗最後共同完成的——深入訪談的標題），也愛它抽象的性感；他在很年輕的時候，就比常人更敏感於死亡和時間，我記得 1984 年某個夏末初秋的深夜，在重慶歌樂山下，四川外語學院校園內，他輕拍著一株幼樹的葉子，對我說：「看，這一刻已經死了，我再拍，已是另一個時間。」也是在這一年，張棗油印了他的第一本詩集《四月詩選》。在這本詩選的前言裏，他再次莊重地談到死亡與時間：「此刻，地球在自動，這一秒對我和我們永不再來。詩歌的聲音是流逝的聲音。文學的根本問題是生與死的問題。世界的本質是反抗死亡，詩歌感人肺腑地揮霍死亡。人不是活著，而是在死去。領悟不到死亡之深刻含義的生命是庸俗空虛的生命。死亡教導我們慈祥、幸福、美麗和永恆。」最後，他在結束這篇前言時，說了一句意味深長的話：「我很緊張，我和我們又面臨了另一個世紀末。」

的確，諸行無常，「沒有任何東西能夠連續兩個剎那保持不變。如同人不能兩次踏入同一條河流。」（一行禪師語）

他說話、走路、書寫都顯得輕盈，即便他後來發胖後亦如此，猶如卡爾維諾（Italo Calvino）所說：「真是一個身輕如燕的人。……這表明儘管他有體重卻仍然具有輕逸的秘密。」（卡爾維諾《論輕逸》）也如他自己所說：他那「……某種／悲天憫人的情懷，和變革之計／使他的步伐配製出世界的輕盈。」（見張棗：《跟茨維塔伊娃的對話》十四行組詩中的第 10 首）

他幾乎從不談論死之恐怖——除某兩三個極端時刻，譬如在孤絕得令他欲瘋的德國生活之某一刻——只賦予死優雅的甜的裝飾。這種我還在參悟的「甜」，是他一生的關鍵詞，既複雜又單純。而他詩歌中的那些漢字之甜，更是我迄今也不敢觸碰的，即便我對此有至深的體會——頹廢之甜才是文學的瑰寶，因唯有它才如此絢麗精緻地心疼光景與生命的消逝。今天，我已有了一種預感，「輕與甜」將是未來文學的方向，而張棗早就以其青春之「輕」走在了我們的前面好遠了。

張棗一貫是一個很寂寞的人（雖然他表面有一種誇張的笑容可掬，其實是為了更深的掩藏其寂寞），尤其在他生命最後的歲月裏，他在北京或上海，乾脆將其寂寞的身心完全徹底地投入到生活的甜裏。那頹廢之甜是燙的，美食也如花；他甚至對詩人傅維等人說，今夜我們比賽不眠。

我知道他深受失眠的折磨，因此長期靠夜半飲酒才能入睡。個中痛苦，尤其在他德國時期所寫詩篇中最能見出，如《祖國叢書》（1992）、《護身符》（1992）等。

《祖國叢書》當是張棗的啼血之詩，在詩中，他宛若一隻亡命的杜鵑，正拼盡全力從肺腑深處唱徹他至痛的懷鄉之歌，順勢而來他也就唱出了一個夜半詩人借酒澆愁的駭人幻覺，其中盡是一些極端超現實的意象，如其中一句：「那還不是櫻桃核，吐出後比死人更多掛一點肉」。這時，我們的詩人已大醉了，可去空中走，亦可去水上飄，當然更可以「奇語」聯翩驚人。

《護身符》卻是另一番正話反說，詩人用「不」，甚至一鼓作氣用了多個「不」，來表達其用心是何等堅貞、委屈；剎那間，他似乎已鐵了心要給予讀者接二連三的當頭棒喝，以驚醒他們注意那「護身符」的祥中之不祥以及幸中之不幸。同時，詩人所發出的咒語般的「不」字，也是一種「找截乾淨」（張岱：《柳敬亭說書》）、義無反顧的召喚，他不僅召喚他自己，也在召喚我們趕快盡力從反方向進入並認識那不可求的幸福之幻景，下面引來此詩最後四行：

> 「不」這個護生符，左右開弓
> 你躬身去解鞋帶的死結
> 你掩耳盜鈴。曠野——
> 不！不！不！
> ——張棗：《護生符》

且看那「護生符」左不是，右也不是，正不是，反也不是，猶如鞋帶的死結，你無論如何也是解不開的，你企圖解開個中神秘的行為亦是徒勞的，簡直又宛如「掩耳盜玲」。而「曠野」——夢和希望在哪裏呀？我的耳邊終於響起了詩人正話反說的呼聲，那也是反烏托邦（anti-utopia）的吼聲：「不！不！不！」。對於這種類型的詩，張棗有很強的自我警惕：「我不滿意我 1992 到 1993 年一段時期的作品，比如《護身符》，《祖國叢書》等，我覺得它們寫得不錯，技術上沒有什麼可遺憾的，但太苦，太悶，無超越感，其實是對陌生化的拘泥和失控。但幸好它們不是我海外寫作的主流。」（見《黃燦然：未完的訪談：張棗說詩》）的確這類詩不是張棗寫作的主流，張棗寫作的主流毫無疑問是漢語之甜。這種回味不盡的甘甜早從他的《鏡中》就開始了。直到去國之前，他更是以一首《燈芯絨幸福的舞蹈》將漢語詩歌之甜表達到了極致。

然而，突然進入德國，這使張棗的生活出現了陡峭和跌宕：

> 住在德國，生活是枯燥的，尤其到了冬末，靜雪覆路，室內映著虛白的光，人會萌生「紅泥小火爐……能飲一杯無」（按：參見白居易：《問劉十九》）的懷想。但就是沒有對飲的那個人。……是的，在這個時代，連失眠都是枯燥的，因為沒有令人心跳的願景。為了防堵失眠，你就只好「補飲」。補飲過的人，都知道那是咋回事：跟人喝了一夜的酒，覺得沒過癮，覺得喝得不對頭。於是，趁著夜深人靜，再獨自開飲。這時，內心一定很空惘，身子枯坐在一個角落裏，只願早點浸染上睡意，了卻這一天。（張棗：《枯坐》，《黄珂》，華夏出版社，2009，第 197～198 頁）

從以上所引張棗的文字，我們一眼就可見出張棗在德國日常生活之一般，落寞、頹唐，夜夜無眠……至於「補飲」，我和他有過許多，在此僅舉一例，2008 年春，我與他共赴蘇州同里的「三月三詩會」。是夜，宴席才罷，眾人皆散，接踵而來的酒闌人靜剛過了一小會兒，我獨自去了他的房間，他立即又邀我外出，去一街邊小店，炒了兩個菜，其中一個是爆炒肚條（這種類型的菜是他至愛），買了四瓶或六瓶啤酒，「還得補喝一下。」他邊說邊與我走回他那昏暗的房間（那房間恍若他早年在重慶四川外語學院讀研究生時那般昏暗），「補飲」開始了，但我們這最後一次說話——之後雖有幾次可數的電話交談，卻再機會無見面——已沒有了早年那種相互緊逼分秒必爭的說話狂熱，說了什麼我一句也想不起，只記得喝到麻痹後，我飄然回到自己房間倒頭睡去，直至天明。

在我們無盡的談話中，我還記得些什麼呢？是的，他還對我說過，他很喜歡「盲流」一詞，他說他最想去做一個盲流，此說特別令我震驚，因我內心從小就一直有一種盲流衝動，但這種「英雄相惜」的思想，即我內心也有的這個想法，卻從未告訴過他。後來，我在一本書《淡淡的幽默——回憶契訶夫》（上海譯文出版社，1991）第619頁，讀到了蒲寧（Ivan Bunin）回憶契訶夫（Anton Chekhov）的文章，其中他這樣說到契訶夫最後的夢想：

> 他在最後的日子裏常常幻想，甚至說出聲來：
>
> 「做一個流浪漢，漂泊者，去朝拜聖地，移居林中湖邊的修道院裏，夏天的晚上坐在修道院大門口的一張凳上……這樣有多好啊！」

是的，據我所知，包括普通中國人極為崇拜的托爾斯泰（Lev Tolstoy），他的死，也是與其晚年毅然出走聯繫在一起的，流浪——遠方——未知——或對永生的渴盼，曾吸引了多少偉人和平凡人走向流浪之路（「垮掉派」走在了路上，大步流星的「莽漢派」走在了路上，更不用說那超現實的「紅軍長征」了），連偉大的周遊列國的孔子從某種意義上說亦是一個偉大的盲流，更何況當代亡命日本的胡蘭成了。是的，讓我再重複一遍契訶夫的話吧：「這樣有多好啊！」

那些曾經的流浪與漂泊，那些曾經的風與瘋與風，那些空虛滾動的雲……在長沙，在重慶，在德國，也在你最後的北京得以完成。而你如同那中了詩讖的俄底修斯，「甚至死也只是銜接了這場漂泊。」（見張棗：《跟茨維塔伊娃的對話》十四行組詩中的第9首）如今，一切都已過去；很快，圖賓根明朗的森林將接納你（但最終你回到的仍然是你的家鄉長沙）：

> ……
>
> 來吧，這是你的火，環舞著你的心身
>
> 你知道火並不熾熱，亦沒有苗焰，只是
>
> 一扇清朗的門，我知道化成一縷清煙的你
>
> 正憐憫著我，永在假的黎明無限沉淪
>
> ——節選自張棗：《與夜蛾談犧牲》（1987.9.30～10.4）

請休憩吧，我永恆的友人；同時，也請攜帶上你那一生中最珍愛的漢字—

—甜（活與死之甜、至樂與至苦之甜）——起飛吧！向東、向東，請你分分秒秒地向東呀！因為：

一個死者的文字

要在活人的肺腑間被潤色。

——W.H.奧頓：《悼念葉芝》

今天，當我們再一次面對當年這位不足二十二歲（當時離他生日還差二個月）就寫出《鏡中》、《何人斯》、《蘋果樹林》、《早晨的風暴》、《十月之水》，以及稍後，即二十三歲半時，又寫出《燈芯絨幸福的舞蹈》、《楚王夢雨》的詩人來說，張棗所顯出的詩歌天賦的確是過於罕見了，他「化歐化古」、精美絕倫，簡直堪比卞之琳，但在頹廢唯美及古典漢語的「銳感」（銳感一說借自葉嘉瑩論宋詞詩人吳文英的一個觀點）向現代敏感性的轉換上又完全超過了卞之琳，而且，需知，他當時才僅僅22～24歲呀，以如此年輕的形象，就置身在了超一流詩歌專家的行列（指現代漢詩範圍內），又簡直可說是聞所未聞（至少對我來說是這樣）。直到今天，我仍難以相信並想像他已離我而去的事實。我依然對他滿懷信念，耳畔老響起他早年的一小節聲音：

但是道路不會消逝，消逝的

是東西；但東西不會消逝

消逝的是我們；但我們不會

消逝，正如塵埃不會消逝

——節選自張棗：《一首雪的輓歌》（1988.11.21～22，德國特里爾）

他或許已完成了他在人間的詩歌任務，因此，在他生命的最後幾年裏，他乾脆以一種浪費的姿態爭分奪秒地打發著他那似乎無窮的光景。新時代已來臨，新詩人在湧現，他在寂寞中側身退下，笑著、飲著，直到最後終於睡去……

對於更年輕的詩人，張棗是一直留心著的。記得我1997年在德國對他談起年輕詩人楊典時，他就極為關注，並且立刻向當時還在日本的楊典發出召喚，向他約稿。另外，我曾在網上讀到過張棗寫給詩人王敖的一封英文信，其中一句話給我留下深刻印象，他說他在王敖身上看到了他自己青年時代的身影。

對於他晚年的飲食起居及詩藝思考，我暫不做過多評論，我只是想，如果可能的話，他也許願意成為李漁式的享樂主義者，帶著他的詩歌夢在明媚的江南、在清朝穿梭雲遊。不是嗎？在他生命的最後幾年裏，他已一頭扎進生活之甜裏，在美酒與美食中流連忘返。即便如此，我依然堅信，他最後的身體力行，仍昭示著另一個真理：

在苦難的歡騰中
歌唱著人的不成功；
從心靈的一片沙漠
讓治療的泉水噴射，
在他的歲月的監獄裏
教給自由人如何讚譽。
——W.H.奧頓：《悼念葉芝》

順勢也引來他人生中最後一段文字，以啟發我們的聯想，且看看這位曠代詩歌奇才（「奇才」一說借自北島論張棗的一個觀點「張棗無疑是中國當代詩歌的奇才」）的最後願景是何等的輕逸而美麗：

而我還不想睡，便獨飲著。忽然想起自己幾年沒寫詩了，寫不出，每次都被一種逼仄堵著，高興不起來。而寫詩是需要高興的，一種枯坐似的高興。好像弗羅斯特（Robert.Frost）也有同感：從高興開始，到智慧結尾。或者可以說：從枯坐開始，到悠遠裏結尾。想著這些，覺得這暗夜，這人世，都悠遠起來，覺得自己突然想寫一首悠遠的詩，講一個魯迅似的「幽靜美麗有趣」的「好的故事」。（張棗：《枯坐》，《張棗隨筆選》，人民文學出版社，2012，第 6 頁）

但一切都沒有等得及，那「悠遠的」時間似乎剛開始就結尾了。但我此時仍籠罩在他那年輕影像的幻美之中，我要說的是：極有可能由於他的早逝，由於這位傑出的詩歌專家的離場，我們對於現代漢詩的探索和評判會暫時因為少了他，而陷入某種困難或迷惑，張棗帶給我們的損失，至少目前還無法評估。

還有一件事是那麼神秘。張棗去世近兩個月後，也是我中斷寫詩近二十年後，我寫出了一首悼念他的詩。後來，我又翻來覆去把這首詩寫成了兩個不同的版本，並且從此首詩開始，我又重新進入了詩歌寫作，可惜張棗再也無法讀到我現在的詩歌了。我從此痛失了他這個完美的詩歌之鏡，常常我不得不在看不清自己面目的情況下寫作。

好了，讓我們一起進入這首詩《憶江南》吧。我知道江南早就有你「深秋的故事」，在那裡，你會在哪一座小石橋上與我相逢？

憶江南

——給張棗

在我最孤獨的時候
我總是凝望雲天
我不知道我是在祈禱
或者，我已經幸存？
——張棗《雲天》

江風引雨，春事寂寂
今年的語言好陳舊——
晚來燕仍按套路遊戲……
這是我病酒後的第二日
一首詩有一首詩的命運
我的俊友，來，三月三
繫馬高樓垂柳邊，別說什麼
「我欲歸去，我欲歸去。」
讓我們再來玩一會兒
那失傳的小弓和掩韻

不，不要中途起身告別
這告別的學問深奧
需要我們一生去學習
是的，我還記得你，昨夜
同里燈下補飲的樣子

未來……未來在哪裏？
山水於山水，歲月於歲月
人於人……我開始回憶
一面鏡子，一朵花，一次黎明
一位隔江人在雨聲中梳洗

注釋一：「江風引雨」，出自王昌齡《送魏二》一句：「江風引雨入船涼」。

注釋二：「繫馬高樓垂柳邊」，出自王維《少年行》。也順手借自張棗《鏡中》一句「不如看她騎馬歸來」。

注釋三：「我欲歸去，我欲歸去。」此句乃我虛擬的張棗的聲音，即張棗在此開口說話了。另，此句亦出自陶潛名句「歸去來兮，田園將蕪胡不歸！」當然也出自蘇軾的流行調《水調歌頭》中一句「我欲乘風歸去」。

注釋四：「小弓」乃大弓的對稱，不是正式的武器，只用於遊戲，定制二尺八寸，步垛距離以四丈五尺為準。「掩韻」亦古時遊戲之一種，取詩中句子，掩藏其叶韻的一字，令人猜測，以得早猜中者為勝。

注釋五：為何說「這告別的學問太深奧了，需要我們一生去學習」？里爾克（Maria Rilke）有一個觀點，即他認為人的一生中最難掌握的一門學問就是「告別」。我們該如何向親人、情人或朋友告別呢？里爾克用他的一生在學習這門告別的學問。他在《杜伊諾哀歌》第八首結尾時就說過「我們活著，不斷地告別。」（程抱一譯文）之後，曼德爾斯塔姆（Osip Mandelstam）在其一首詩中亦唱道：「I have to study the science of good-bye.」翻譯過來，便是：「我得學習告別的學問。」那「學問」對一位藝術家來說，可是了不得的「科學」（science）呢。帕斯捷爾納克也說過「做一個人，意味著懂得告別。活著意味著失去。」（見德．貝科夫著，王嘎譯《帕斯捷爾納克傳》，人民文學出版社，2016，第688頁）順便再簡說二句，中國人也有自己一套告別的學問，如莊子「鼓盆而歌」及陶潛的「託體同山阿」；而日本人則有「一期一會」呢。告別的學問深似海——這一點我在許多地方反覆說過——需要一代又一代人來不斷發現。這不，一朝閱讀，又發現博爾赫斯對告別也有研究：「道別就是否定永久分離，也就是說：今天咱們權且分手，可是明天還會再見。人們發明了道別，因為，儘管知道人生無常轉瞬百年，但卻總是相信不會死去。」（《博爾赫斯全集．詩歌卷（上）》，浙江文藝出版社，1999，第121頁）

注釋六：「同里」，地名，蘇州同里；2008年春，我在那裡舉行的「三月三詩會」上，見到張棗，那也是我們最後一次見面。當時他是那麼高興，他還帶領大家去看他在蘇州買的房子。他對我說，他一定會在蘇州寫出好詩。我也為他感到高興，好像他寫詩的生活正在從江南悄悄開始。可惜兩年後，他就去世了。

注釋七：最後一句化用吳文英《踏莎行》中一句「隔江人在雨聲中」。

2010 年 5 月 4 日

正因為這首詩是我中斷詩歌寫作二十年後的第一次寫作，如果我不說，讀者很難想像我這首詩的修改次數，真可以說是反覆折騰，十分艱難，大大小小的修改次數如果都計算在內，恐怕有一百多次，接近兩百次。

第四卷　成都（1986～1988）

一、萬夏：宿疾與農事

不在花重錦官城
不會想到，有一天
成都失去了萬夏
如同重慶失去了我
——柏樺

活著度過一生
是件不容易的事情
花開在樹上
樹下的人在香氣中想死
——萬夏：《度光陰的人》

是否存在著一本書比我們的生命更充實？你的手邊肯定會有這本書。它可以是梁宗岱譯的，可以是程抱一、陳敬容、戴望舒譯的，也可以是錢春綺、郭宏安、劉楠祺譯的，甚至王了一譯的文言文——波德萊爾的《惡之花》。這是逍遙絢麗的老頑童戈蒂葉喜歡的書，也是自以為一個時代的詩歌都被他徹底埋葬的雨果所喜歡的書。這本書也早已超越法國國界，傳遍了全球，它甚至還深深地刺激過日本文學的一代偶像芥川龍之介，芥川對波德萊爾的詩有多麼喜歡？他認為「人生還不如波德萊爾的一行詩」。在此，我可以猜想《惡之花》這本書也一定是萬夏早期喜歡過的書。一本生命之書、宿疾之書。

萬夏在他的一首詩《本質》的結尾，這樣流露出他對自我宿疾的自信與放肆，同時他也給予了芸芸眾生一個波德萊爾式的刺激，這個刺激不僅讓我聯想到波德萊爾對芥川龍之介的刺激——「人生還不如波德萊爾的一行詩」，是的，這個刺激也讓我想到人生還絕對不夠萬夏腐朽的一面：

最高最完美的是一些殘缺的部分
我們完善在兩次事件之間
這一切又僅僅是過程
僅我腐朽的一面
就夠你享用一生。
——萬夏《本質》

結尾兩句可看成萬夏早期詩歌中的「宿疾」重音，這重音一直持續到萬夏對「漢詩」的親近後，才轉入一個幽雅的「農事」敘事曲。

宿疾是每一個詩人內心的疾病症候。萬夏詩歌中的「宿疾」是什麼呢？我們可以從下面一個簡潔的履歷表——1962 年～1986 年——進行一番考查。

兒童時代（1962 年生於重慶，後隨家遷居到成都）：對繪畫著迷。

初中時代：繼續著迷於繪畫並開始臨摹。

1977 年，十五歲：參加了四川美術學院的考試，失敗。

沒有考上美術學院倒使萬夏產生了其他幻覺（內心深處的宿疾在潛滋暗長）：虛無的形而上的飛行渴望強烈地吸引著他。紙飛機、航空模型、全世界各種飛行器成了萬夏的一時之選，他在夢中駕駛著這些飛機飛入他想像的「人造天堂」。是的，雖不能成為畫家，但心靈總需要進一步飛昇。

1985 年，他巧遇了法國詩人聖瓊・佩斯的一首詩《飛行》，接著完成了他純詩意的最激動人心的一次萬夏式飛行——他決定轉向寫詩。這一寫詩時刻的到來，也就宣布了他畫家夢的結束。

萬夏曾告訴我：「我一生中最幸福的時刻是掌握一架高速行駛的飛行器，閃電般的疾駛。如果這一切不能辦到，我就設想我的死亡是一次赤身裸體的在高空展開雙臂的急速下降。」

1979 年中學畢業時，萬夏本已考上了西南政法學院，終因身體檢查不合格而未果。1980 年以出人意料的「低分數」考入四川省南充師範學院（今西華師範大學）中文系。命運總是不濟，等待萬夏的會是什麼呢？

宿疾的飛行表在 1980～1986 年加速了它的進程。1980 年夏末，十二小時的公共汽車把這個十八歲的青年從成都運送到南充。美的飛行拉開了距離，美在南充開始了最初的歷險……

1980 年代初，像全國所有大學一樣，南充師範學院不無例外的也有一個詩社。萬夏是詩社社長，在他周圍聚集了一群年輕詩人。其中有後來成為中國「莽漢派」詩歌的第一人李亞偉，有不可能默默無聞的強大的馬松。一所不知名的學校在一個不知名的地方加速醞釀著幾個具有神化色彩的新時代的詩人。

在此，讓我們簡單推進一下這群詩人的生活快鏡——逃學、瞌睡、狂歡、吃茶、吉它與歌唱、獵豔、打架、變賣衣服、借債遠遊、考試作弊、寫詩、飲酒……他們被他們青春的宿疾煎熬著，萬夏當然不會例外。同時，很可能！他們自身的騷亂也體現著文明的騷亂。

苦悶的青春正遭受現實生活的壓力以及超現實想像的折磨。這兩股力交織著他們最早的詩篇——那獻給無人擁抱的絕對美人的詩篇。正如李亞偉所說：「因為我們的荷爾蒙在應該給我們方向感的時候正在打瞌睡。」正如我前面所說：中國大學文科男生讀書，總是與瞌睡攪混在一起。一直瞌睡嗎？不是。很快，南充成氣候了，詩歌突然在這裡猛烈生長了。

萬夏、胡冬（四川大學歷史系學生）、廖希（西南師範學院中文系學生）三個人於 1982 年暑假在成都策劃了第一次大學生詩歌運動。儘管這場策劃並非出於刻意，但它確實在冥冥中成就了「第三代人」和「第三代詩歌」。這是一場關於青春與追逐的故事，「因為一個美麗的女人，因為一次說不清楚的幽會（或者說相像中的幽會），才偶然地走到了 1982 年夏天的那個晚上」，楊黎在他的回憶錄《燦爛》裏這樣寫道：

> 少女帥青是一個美麗的少女，是萬夏中學時代的同學。1982 年那個炎熱的暑假，已經是大學二年級學生的萬夏，興奮地敲開了他的女同學的門。像他那個年齡的大多數人一樣，帶著一種可能的衝動。僅僅是一種衝動，青春的，沒有其他任何的意義，甚至沒有目的。她對他說，晚上我們在國營冷飲店見。她對他說這句話的時候，根本就沒有想到後來的事情。
>
> 而後面的事情，就從那天晚上的聚會開始了。
>
> 胡冬作為萬夏最好的朋友和詩友，陪同著萬夏一起去了那間國營冷飲店。這種陪同在我們那個時代是非常正常的，甚至也是必要

的。而廖希，作為少女帥青的男朋友，也被帥青叫了過來。……就在那天晚上，就在那個國營冷飲店，就在少女帥青的面前，在她青春和美麗的召喚下，坐在了同一張桌子上。

那次聚會是安靜的。它和後面轟轟烈烈的運動差異太大了。當然，它其實也是那場運動一個合理的部分。在反抗的旗幟下，在反文化、反崇高、反英雄的激情之下，在怪異的二十世紀六十、七十年代像一本連環畫一樣翻過之後，「第三代人」打一開始，就和所有的革命表現出了不同的方式。

所以，直到現在我都在懷念少女帥青。

所以，當我準備開始我的工作之前，我必須把這個故事講給大家聽。1985 年的冬天，在成都寒冷的街邊小酒店裏，胡冬半醉半醒地對我說，你一定要記住，那是偶然的。他說的就是 1982 年夏天的那次聚會，他和萬夏認識了廖希。我理解他的意思。但是，我更願意這樣來看這件事：因為少女帥青，使「第三代人」有了一個好的開始。

我們本來就是喜歡美女的人。（楊黎：《燦爛》，西寧：青海人民出版社，2004）

同年十月，各路詩人來到重慶西南師範大學校園內，他們正火熱地討論著「這一代人」這一生死攸關的問題。他們準備聯合反抗一個他們認為太陳舊、太麻木、太墮落的詩歌時代。這次聚會的目標有兩個：一是起草宣言，二是出版詩集。

三股詩歌之力在這裡匯合了：成都的胡冬、趙野、唐亞平等五人代表四川大學、成都科技大學（今屬四川大學）、四川師範學院（今四川師範大學）三校詩社；萬夏和朱志勇等代表南充師範學院；廖希和郭紹才（馬拉）等代表重慶師範學院、重慶大學、西南師範大學。

這是一次盛況空前的詩人聚會。近三十名詩人聚集在西南師範大學桃園學生宿舍。學生們變賣衣服、收集飯票、騰空房間來歡迎他們。

接下來連續的三天是爭吵的三天，狂飲的三天，顛覆的三天。三天後，大家正式將「這一代人」命名為「第三代人」，一個重要的、日後在詩歌界被約定俗成的詩歌史學概念就這樣呼之欲出了。同時他們還決定出版《第三代人詩集》。萬夏曾告訴我：「第一代人為郭小川、賀敬之這輩，第二代人為北島們的「今天派」，第三代人就是我們自己。」

在這次聚會上，風頭主義成了合作的阻礙。兩派形成了——廖希和郭紹才等人的重慶派，萬夏和胡冬等人的成都派。不過最終還是決定由萬夏負責起草《第三代人宣言》。

同年十二月，胡冬、趙野赴南充與萬夏討論《第三代人宣言》提綱。

時間已到達了 1983 年 9 月，「第三代人」這個口號已傳遞給中國一個信息：北島之後的一代新詩人已經快憋不住了，就要呼嘯而出了。萬夏、李亞偉、馬松等人要熱切地向這個世界發出他們的聲音了。萬夏曾在一次喝酒中對我說：「我們當時的確覺得與以前的人寫得不一樣。」

1984 年的詩歌即將從一艘開往巴黎的慢船起航（詳情見胡冬當時非常有名的一首詩《我想乘上一艘慢船到巴黎去》），我們的耳朵早已準備好了。

1984 年春節，萬夏和胡冬在一次喝酒中拍案而起：「居然有人罵我們的詩是他媽的詩，乾脆我們就弄他幾首『他媽的詩』給世界看看。」幾天之內，兩人就寫出近十首「不合時宜」的詩，並隨便命名為「莽漢詩」。胡冬寫出《女人》、《我想乘上一艘慢船到巴黎去》，萬夏寫出《打擊樂》、《莽漢》等，「莽漢詩」最早一批傑作出世。真是一氣呵成，痛快淋漓。

就在這個春節，在這個寫出「莽漢」詩的同時，萬夏立即寫信通知李亞偉，叫他火速提前返校。幾天後的南充，萬夏向李亞偉和馬松朗誦在無聊的春節中他與胡冬寫下的「莽漢」詩，接下來，神來之筆幾乎是一瞬間就出現了，最能代表莽漢詩的傑作產生了，李亞偉寫出了轟動中國的《中文系》。而「莽漢」肇事者萬夏、胡冬卻只當了三個月的莽漢就改弦易轍。而李亞偉和馬松卻在莽漢的路上越走越遠。

而「莽漢」早期組織者、發難者萬夏，這時卻鬆馳起來，遊山玩水起來、纖細和潔癖起來，第二個萬夏或許是更真實的萬夏，從「宿疾」到「農事」，從西方到東方，他從反方向朝我們走來。李亞偉也談到這一點，兩個萬夏這一點：「八十年代萬夏的奇裝異服及髮型花哨是相當有名的，他不能代表英國服裝師及紐約夜生活的玩意兒，他不屬於資產階段，但他可以代表莽漢主義理論。……萬夏這個時候（按：莽漢之後）像是封建主義糟粕，落後也引人注目。」（李亞偉《流浪途中的「莽漢主義」》，《豪豬的詩篇》，花城出版社，2006，第 216 頁）

1984 年夏天，萬夏大學畢業、回到成都，立即又捲入更大的一場詩歌風暴。四川青年詩人協會成立，他被選為副會長。這時，他與楊黎過從甚密，日復一日喝酒論詩，做著文人的功課。

1985 年，他與楊黎、趙野一道主編了《現代主義同盟》，後來此書改為《現代詩內部交流資料》。萬夏在目錄裏的欄目設計上作出了一些名堂：①結局或開始（北島及「今天」詩風），②亞洲銅（具有東方傳統意識的詩歌，海子，石光華、歐陽江河、周倫佑、廖亦武等），③第三代人（張棗等，強調北島之後的新詩人）。這是第一本鉛印的中國民間先鋒詩刊，劃代的問題也第一次正始亮出來了。詩歌以這本萬夏主編的書的形式，完成了它的神秘轉移，詩歌風水從北京到成都簡直就像從雅典到羅馬。

1986～1990 年，萬夏的第二個履歷表被給出了，「農事」履歷表出現了：

萬夏載著他詩歌的一葉扁舟開始了「獨釣寒江雪」的山水遠遊，「宿疾」的西式飛行器在這裡減速了或者乾脆擱置不用了，而「莽漢」，他早就告別了，這隻斷鴻零雁找到了新同類，石光華、宋煒，另一場漢字煉金術的冶煉開始了，「漢詩」這個更奇瑰的詞語誕生了。他同石光華、宋煒共同創辦了《漢詩 · 20 世紀編年史》86 年卷、87 年與 88 年合卷。

他在 1985 年的尾聲，寫出了 300 行長詩《梟王》，一首耐人尋味的詩，一個轉折點。

1986 年，在孫文波成都火車站附近那間幽暗的密室，我當時常在那裡碰見他，他在那裡細緻研讀了《易經》半年，從而完成了轉入「漢詩」的精神準備。

1987 年寫出小說中的小說或詩歌中的小說，典型的「漢詩」小說，我們詩人的寵物三篇：《喪》、《宿疾》、《農事》。這也許是二十世紀後半葉中國偉大小說的一個影子、一個序曲。我敢肯定，這三篇珍奇豔異的小說總有一天會被重新發現。

1988 年，萬夏寫出《空氣 · 皮膚和水》、《呂布之香》。1989 年 3 月，又寫出《櫻桃樹下》。

兩個萬夏的畫面：一是 1980～86 年的萬夏，「莽漢」派的萬夏，「宿疾」的萬夏。二是 1986～90 年的萬夏，「漢詩」和「農事」的萬夏，民俗、讖諱和中藥的萬夏。這兩個萬夏互為鏡像，常常也並不是那麼涇渭分明的，他們互為感染交叉，有著魚水般的必然關係。

從內心的「宿疾」到漢詩般的「農事」，對萬夏來說其實也是早有其淵源的。萬夏從小就熱愛植物花草，在屋外自製花臺，種下十多種植物。後來仍在居室外用竹籬欄了近三十平方米的花園。綠色在他身邊一隅生長，他由此體味著生命的有限性及無限性。

之外，還有兩本書也令他繼續保持對「綠」的鍾愛，達爾文的《物種起源》、《人類的由來》。哪怕在 1990 年～1992 年他最悲慘的歲月裏，他仍在那「黑暗」中熱愛著綠色，他不止一次說起過這是他最喜歡的兩本書，他竟然反覆細讀了兩遍、沉思幻想了兩遍，用了整整七百三十天。還用說嗎，綠意，那植物般的綠意將潛在地影響著他的詩歌。

我曾在一份草稿裏讀到萬夏的一個簡潔詩觀，這個詩觀與我早期詩觀第三節不謀而合：「詩人相信，詩歌至始至終是一個人的生活方式，也是他內心生活最高、最隱痛的部分，詩人一開始就注定將它們保留一生。」萬夏保留了生活——這個詩人的「姐妹」，這個最核心、最動人、最原始、最豐富、也最重要的部分，那是源泉部分，也是激情部分，正如 T・S・艾略特一再所說的保持強力（Keep intensity）的部分。萬夏保留了他生活中的宿疾，並表達了它——這生活中「最高、最隱痛的部分」，生活中的愛、遺憾、歡樂、甚至憤怒、甚至傷心的部分，他美麗的《雪中鏡子》部分——這呈現出來的部分又有著「農事」般的優雅，他甚至「用絲綢生火」：

在一場大雪中
布鞋埋在大雪下面
你打開門，澡身於溫泉
數著下雪的日子

你早上出門，打開東窗
雪正向你落進來
坐在鏡前
亮出受傷的地方，語言平靜
手上的果子在寒氣中格外樸實、紅潤
如你用木器飲茶
泉水在雪天滑入夜裏的身體
……

我想在此特別回憶一下我與萬夏的第一次見面：1985 年秋天的一個下午，萬夏和宋煒來到重慶、西南師範大學校園內，在我那間乏味的斗室匆匆見了一面。他給我留下的印象非常新鮮，一個新鮮的典型藝術家。這種形象我只在書本《美的歷險》中讀到過，並未親身接觸過。他風一般出現的大膽色彩對我無趣的生活本身就是一個活生生的反諷、刺激和震驚。

很快，萬夏又像風一樣從我 1985 年的生活中消逝了，我記下他的一個簡潔的素描：三分之一的現代藝術家氣質，三分之一的古代遊吟詩人的浪漫，三分之一卻是美的歷險中的色彩之子。

1990 年 3 月我接到鐘鳴、傅維來信，得知他捲入廖亦武詩歌錄相帶事件，他作為一個電視藝術片的編劇、導演，作為甘願在平庸生活中創造夢、奇蹟和美的詩人突然離場了。一個從 1980 年代中期以來一直是全國眾多青年詩人注目的焦點詩人，一個 1980 年代以來貫穿始終的詩歌之書的策劃者，大膽而令人驚變的詩歌流派肇事者，非常不幸！他從我們的視野中消失了，整整兩年我們得不到他的消息，看不見他的形象。多年後，我在一首詩中寫到了他從消失到再次復出後的形象以及種種際遇：

度光陰的人

——致萬夏

天色晚了，遂想到什麼……
缺了詩集就少了夜色
但終會有一個人適合在
監獄裏讀《物種起源》，
他兩年讀了兩百遍。

讀過，也是為了度過……
度過光陰去，人和人不同
有人伐木或捕魚過一生……
有人研究心臟或地理過一生……
你倒數著剩下的三個字過一生

什麼字？我不說。
年年我什麼都不說，只印書。
什麼事？我愛做，
年年我在家裏開辦菊花宴。
行行有真意，欲辨已忘言——

人的靈魂真只有一克重嗎？

秋天，北京；三月，紐約
今夕是何夕，此地是何地
月食之夜有白馬閃過呀！
唯錦官城永遠失去了你……

萬夏的聲音是複雜的，有時不易辨認。他不屬於任何團體，但又屬於任何團體，他是「莽漢」但是短暫的「莽漢」；他是「非非」又不是「非非」；他是「整體」，又不是全面的「整體」。他應該說最終落到「漢詩」。他的這種複雜性導致了他藝術的綜合性，導致了眾多詩派投過來的親切的目光，而在現實生活中，他一會兒是一個表現主義畫家，一會兒是唯美主義攝影家，一會兒是一本精美書籍設計師，一會兒是一個李漁式的溫暖的品灑專家或飲茶專家，一會兒是一個花草種植園丁，一會兒是一個陶潛式的都市隱士。

他的古臥龍橋之家成了各路詩人的風雲彙集之地，成了詩歌江湖的「梁山泊」。當時他整個人的出現就是魔力、風、色彩……當然，他也是一個從 1986 年起就開始熱愛古代的詩人，一個迷戀於創造一個詩歌江湖、笑傲一個詩歌江湖，又相忘於一個詩歌江湖的詩人，一個生活趣味決定著更年輕的詩人的生活趣味的詩人。總之，他身上的大部分品質是中國文人的品質，只有小部分是西洋式的先鋒。因此，從人到文，他有著一種罕見的古典的洋氣。這品質通過古代的文風神秘地遺傳到他身上，當然也遺傳到石光華、宋煒身上。

他偶然寫出的小說《農事》是這個時代詩意的奇蹟，一個古老生活的現代奇蹟；它超越了「宿疾」，或者說把「宿疾」擴大化了、植物化了，使之更寬廣、更中年了。這小說堪稱天作之合，不是寫出來的，是他天生血液中自然流出來的，他身上的懷舊之風和先鋒之風奇妙地混合在一起了，和諧地律動起來了……

他僅通過三篇小說《喪》、《宿疾》、《農事》及附詩，通過《空氣・皮膚和水》就到達了更廣大的風俗和中藥的民間，到達了井、麻鞋、絲綢、絹、織機、漂麻、桑葉、養蠶、酒、竹子、斧頭、瓷器、溫泉、田壟、豌豆、神秘的北山。

從他的小說中，從上面我列舉的這些意象和詞彙中（詩人必定是詞的鑒賞家、把玩者，當然最重要的一點是詞的發明家！），我不是看到了，而是親撫到了、聞到了中國的氣味，「喪」之氣味、「宿疾」之氣味、「農事」之氣味，我甚至從萬夏的小說和漢詩中聞到了一個時代的天氣、溫度、用具、店鋪、山坡、樹木、少女或一個老人的氣味。萬夏堪稱我們這個時代偉大的詩意發明家。

最後，我想再強調一遍：這三篇小說是中國當代文學的瑰寶，它們隱秘的優美與這個匆匆忙忙的時代不合拍，但我相信總有一天，它們一定會被重新發現。

二、在清朝就是在成都

一首詩的誕生總有一些機緣。這個機緣寫作者可以公開也可以不公開。比如《表達》這首詩，我曾透露過最初的契機是因為在翻閱一本英語詩集時讀到了一首英語詩，它的標題正好就是表達。但其實還有一個觸媒我一直沒有說，直到 2019 年在一次周東升博士對我的訪談中，我才說出了真正啟動我寫出《表達》的原因：

> 電影啟動了我去寫一首詩。透露一個秘密吧，從未說過，這是第一次說（以前不說是因為害怕別人說我幼稚），1981 年秋天，我在廣州外語學院的一個夜晚，當我看完一部根據魯迅小說《傷逝》改編的電影後，我突然很想寫一首詩，而很快我就一口氣寫出了《表達》，幾乎一字未改，也算一個奇蹟。（《從封閉到瞌睡到寫作》，《草堂》詩刊，2019 年第 5 期）

《在清朝》這首詩能夠寫成，同樣因為遇到了一個幸運的機緣。1986 年 10 月，有一天我在成都歐陽江河家裏翻書，一下發現了一本費正清寫的書《美國與中國》，這本書當時還是內部出版，沒有公開發行。我借了這本書回去看。當時並沒有想到會用這本書來寫詩。結果奇蹟出現了，我讀完這本書，我的《在清朝》就寫出來了。借古喻今，《在清朝》一看便知，它展現了成都內在的古典精華。又過了很多年，在一次會議上，我說了：我寫的在清朝其實就是寫的在成都。

《在清朝》的寫詩人用緩慢的口氣講述「牛羊無事，百姓下棋」的清朝，如前所述，我們完全可以把這個畫面想像成在成都。只有在這裡，人們的安閒和理想才會越來越深……成都就是這樣的一個慢城。猶如一種中國慢、清朝慢，猶如「他是一個中國人，他有點慢」（茨維塔耶娃語），慢不僅是一種中國性，它更是一種成都性。慢也是一種祝福，在華語文化的語境裏，最是如此。請人吃飯是慢慢吃，送人別離是慢慢走，聽人傾訴是慢慢說，凡此種種，皆以「慢」字當頭。可如今的時代，是朝花夕拾，分秒必爭。縱使個人等得了，時代也是等不得的，為此每一座城市都要「快」，快到日新月異。

但說到底，世上風景閒流水，白米飯、蚊子血，端的還是要人慢下來。中國這如許多的城市中，最是成都得了各中要領，且還將它生氣淋漓地揮灑出來。舊時候，成都街頭擺賭局的地攤主便有這樣的順口溜：「不要慌，不要忙，哪個忙人得下場？昨日打從忙山過，兩個忙人好傷心。一個忙人是韓信，一個忙人楚霸王。霸王忙來烏江喪，韓信忙來喪未央。……」對成都人而言，有慢且閒，並非什麼傷及顏面的事情，這裡頭反倒有幾分自豪的心氣。

這心氣便是成都街頭巷尾、江畔公園里數不勝數的茶館、茶鋪。一個人在清晨端端正正地起來，到茶館裏一坐便是一天。「一個人無事大街數石板，兩個人進茶鋪從早坐到晚。」成都自來給人的印象便是節奏緩慢，茶客眾多，人人都有足夠多的時光來豢養其閒情逸致。而這奢侈的形象，想來也只有波德萊爾筆下的巴黎漫遊者堪比了，他們游手好閒，四處觀看，懂得生活的樂趣，是「發達資本主義時代的抒情詩人」。

但成都的抒情，不是先鋒與個人，而是大眾。「一市居民半茶客」，無論高低貴賤，人人都得以在這方寸之地內，花上三五塊錢享用一天的生活，建築起日常的詩意。縱使成都也不乏琳琅滿目、裝飾華貴的茶樓，但終比不得這些用竹椅竹凳隨意「砌在」路邊的茶鋪。茶客們呷著那用老茶葉和茉莉花特別薰製的廉價花茶，臨街而坐，觀看風景，路上往來行人及一切發生的事情，都會增添他們的樂趣，豐富他們的談資。

「杯裏乾坤大，茶中日月長」。這裡的吃茶，真是用時間「泡」出來的。各式各樣的茶鋪雖不設雅間、躺椅，但椅子卻務求舒服。本地產的竹椅子，有靠背，有扶手，任你要橫要斜，都是一個舒適，這無形中就延長了坐茶館的時間。這正是忙人閒人，街頭茶館。人們不僅在這裡會友、交易、推銷、賣藝，或者無所事實、閒聊觀望，必要時還可「吃講茶」，評斷社會俗務，了斷個人曲直恩怨，儼然是一個社會民事的大法庭。李劼人的小說《暴風雨前》雖對此頗有微詞，卻也生動反映了成都茶館獨特的社會風貌：

> 即使你與人有了口角是非，必要分個曲直，掙個面子，而又不喜歡打官司，或是作為打官司的初步，那你盡可邀約些人，自然如韓信點兵，多多益善……你的對方自然也一樣的……相約到茶鋪來。如其有一方勢力大點，一方勢力弱點，這裡很好評，也很好解決，大家聲勢洶洶地吵一陣，由所謂中間人兩面敷衍一陣，再把勢弱的一方說一陣，就算他們理輸了，也用不著賠禮道歉，只將兩方幾桌

或幾十桌的茶錢一併開銷了了事。

（李劼人《暴風雨前》，人民文學出版社，2008，第 48 頁）

就這樣，在成都，散眼子（閒人）走過，花毛峰（茶）走過，龍抄手（餛飩）走過，夫妻肺片（材料為牛頭皮、牛心、牛舌、牛肚、牛肉，並非牛肺）走過……「管領風光唯痛飲，都城誰是得閒人」的黃庭堅也從成都的細雨中走過，直走到城西的酒家。

如此悠閒的成都，悠閒大師林語堂雖沒有直接說它，但在他說北京的如下一段話中，我覺得完全可以把這段話套用到成都身上：「悠閒，一種對過去的認識，對歷史的評價，一種時間飛逝的感覺和對生活的超然看法油然而生。中國文學、藝術的精華可能就是這樣產生的。這不是自然狀態下的現實存在，而是一種人們頭腦中幻化出的生活，它使現實的生活帶上了一種夢幻般的性質。」（林語堂《輝煌的北京》，陝西師範大學出版社，2003，第 26 頁）誠哉斯言！如此「飲酒落花，風和日麗」，真是閒人的一天，成都的一天，當然也是清朝的一天：

在清朝

在清朝
安閒和理想越來越深
牛羊無事，百姓下棋
科舉也大公無私
貨幣兩地不同
有時還用穀物兌換
茶葉、絲、瓷器

在清朝
山水畫臻於完美
紙張泛濫，風箏遍地
燈籠得了要領
變法得了海國圖志
一座座廟宇向南
財富似乎過分

在清朝
「太平世」哪來危言

詩人不事營生、愛面子
飲酒落花，風和日麗
池塘的水很肥
二隻鴨子迎風游泳
風馬牛不相及

在清朝
一個人夢見一個人
夜讀太史公，清晨掃地
一個人愛在下午喝茶
關心邊防、鹽務和漕運
而朝廷增設軍機處
每年選拔長指甲的官吏

在清朝
多鬍鬚和無鬍鬚的人
嚴於身教，不苟言談
農村人不願認字
孩子們敬老
母親屈從於兒子
民主自然是民的主人

在清朝
用款稅激勵人民
辦水利、辦學校、辦祠堂
編印書籍、整理地方志
建築弄得古香古色
高層機構、低層機構
官民匹配，如魚得水

在清朝
維新之後，維舊
哲學如雨，科學不能適應
有一個人朝三暮四

無端端地著急
憤怒成為他畢生的事業
他於一八四二年死去

1986 年 10 月 17 日，成都，四川大學

關於這首詩，我再說兩點。第一點：記得我寫完這首詩拿給歐陽江河看，他指著這首詩的第一行「安閒的理想越來越深」，建議改成：「安閒和理想越來越深」。就這一個「和」字，徹底改變了這首詩的聲音節奏，意思當然也更豐富了。這又使我想起瓦雷里那句我無數次說起過的名言：「我寫詩考慮的是句子，句子，句子。」還用說嗎，我當然喜歡第二個句子：「安閒和理想越來越深」。

第二點：，此詩的結尾我虛構了一個人在 1840 年（鴉片戰爭開始時）死去。後來我修改了這個結尾：他於一八四二年（鴉片戰爭結束後）死去。為什麼他不 1840 年去死，而是 1842 年去死。那是因為開戰時，他還存有一個僥倖的心理，或許中華帝國會贏得戰爭，打敗英國。但結果呢？卻是被打敗。為此，他才更加著急、更加憤怒，並且徹底絕望，所以決定在 1842 年死去。

關於鴉片戰爭，這首詩裏並無涉及，只是在結尾通過「1840」或「1842」這個時間點，透出信息。這正是本詩張力之所在：開篇是安閒的希望，結局是憤怒的絕望。後來，詩人胡續冬簡短地闡釋過這首詩，他在評論最後一節時也這樣說：

> 1840 年爆發的鴉片戰爭被認為是自足的中國古代文化氣象開始走向衰微的起點，考慮到這一點，我們就會明白為什麼這一節裏的「他」會「無端端地著急」，以致「憤怒成為他畢生的事業」，同時，我們也會進一步明白，這首詩所詠懷的「清朝」在作者的文化情感座標裏到底指代了什麼：「清朝」不僅僅是清朝，它是作者心目中臻於完美卻又「突然死亡」的中國古代文明形態以及這種形態之下的個人修為的全面濃縮。（見蔡天新主編的由三聯書店出版的書《現代詩 110 首》）

鴉片戰爭，多麼浩瀚的題目，它在我的心目中是一個什麼樣子呢？藉此談論《在清朝》的機會，我願意把我的一些相關讀書心得告訴大家，這裡我只談鴉片戰爭後期及善後情況：

寧波於 1841 年 10 月中旬陷落後，國人反倒鬆了一口氣；道光帝亦很篤

定地認為，英國人（這海戰之王）終被拖入吾國的強項——陸戰——之中了。時間還多得很呀，就讓我們一塊慢慢謀劃來年的春季反攻吧。

在經過了連綿四天的輾轉沉思之後，道光帝挑選出他唯美的堂兄奕經——一位優雅的書法家和辭章家，當然亦是皇帝眼中了不起的詩人——作為這次遠征江南的統帥。

接下來，奕經一到蘇州：

> 就在軍營裏舉辦了許多茶會、筵宴和詩社文會。勝利好像是沒有問題了。事實上，在軍隊實際進入戰鬥之前的一個月，一位有名望的畫家以北宋美麗而色彩鮮豔的院體畫法描繪了一幅凱歌高奏的戰鬥圖畫。奕經本人甚至舉行過一次作文比賽，這使他忙了好幾天以決定哪一篇宣布即將來臨的勝利的文告寫得最好。他最後選定了一篇，其中虛構了交戰情況和對每個帶兵官怎樣傳令嘉獎。——〔美〕費正清、劉廣京編：《劍橋中國晚清史.1800～1911，上卷》，中國社會科學出版社，1985，第 198 頁。

接下來，奕經問卜於一座杭州的寺廟，當一支虎形簽被抽出時，發兵時刻便理所當然地被他定下了：1842 年 3 月 10 日破曉 3 時至 5 時。這時：

> 碰巧是春天雨季最盛的時期。於是在戰鬥前夕，大多數部隊拖著沉重艱難的步伐，越過泥濘的道路和溝渠而進入了陣地；又因道路泥濘，運糧困難，軍隊曾多日斷糧。士兵體力消耗殆盡，又受雨淋又挨飢餓，他們就是這樣準備進攻的。
>
> ……而且當時甚至沒有一個人想去打頭陣。由於這種畏葸膽怯，對寧波進行主攻的任務就落到 700 名四川兵身上了。他們奉命直到最後一刻才開槍，以保證攻其無備，但是他們的帶兵官剛學會講一點官話，使他們以為他們根本不應帶槍。因此，這些四川土著只帶著長刀溜溜達達地走進了英國工兵的佈雷區和皇家愛爾蘭的榴彈炮射程之內。當英軍開火時，其他沒有經驗的中國部隊被推向四川兵的後面，致使數千人擁擠在西門，死傷枕藉，那裡的幾條大街上血流成河。英國人把一排排驚慌失措的清軍步兵掃射倒地。……（同上）

接下來，在鎮海，剛一交戰，參謀長就躺在轎子裏狂抽鴉片，他的部下一聽見炮聲便作鳥獸散了。而攻打舟山的水兵亦嬌嫩得很，剛一出港就個個暈船，長官更是怕遇到英軍，20 多天裏，這些清朝的海軍一邊在沿海作來來回回散步式的航行，一邊向朝廷呈遞假戰報。「就這樣結束了中國人在這場戰爭中的最後進攻，從而也葬送了締結一項體面和約的任何實際的希望。」（同上，第 199 頁）

怎麼向皇帝交待？官員們從傳統中非常自然地拿出一個法寶，即（歷來）戰敗之原因都是由於我們內部出了「漢奸」。接下來，在整個長江流域，士兵們只要看見某人面色驚慌或某人慾避開他們或某人看上去不順眼，就認為他們是漢奸，就把他們殺死。這種大規模捕殺漢奸的工作，導致的結果當然又是：防務近乎癱瘓。

有關殺漢奸這一節，我後來在魏斐德《大門口的陌生人：1839～1861 年間華南的社會動亂》（新星出版社，2014）第 46～58 頁《第四章　我們中的漢奸》裏，也讀到更為準確的數字：「在林則徐看來，最壞的敵人不是英國人，是漢奸。在他眼中，只要與英國人來往的商人、水手、苦力都是漢奸。著名的三元里抗英，英軍只被殺死一人，但卻有一千兩百餘名所謂漢奸被三元里的鄉勇們殺害。」

1842 年，夏末，在南京，中國以戰敗國身份與英國簽訂了南京條約。一年後的 6 月，中方首席談判代表耆英對割讓給英國的香港進行了五天訪問，他又見到了去年夏日在南京共簽南京條約的英方首席談判代表璞鼎查，他裝出一副友善的樣子，竭力討好對方：

> 在書信裏把後者稱為他的「因地密特朋友」（即英語的 intimate）。他甚至表示想收璞鼎查的大兒子為養子，且與璞鼎查交換老婆的相片……（同上，第 212 頁）

在耆英最後寫給璞鼎查的告別信中，他也不忘老子「以柔克剛」的古訓，企圖以抓感情的中國方式軟化對方；他那些「抒情」話語，讓人聽起來頗像一封情書（借自費正清的觀點），似乎很有些肉麻而虛偽呢。他說：

> 一年多來我倆均在致力於同一工作，且彼此瞭解對方都是一心為國的：既不為私利之動機所驅使，亦不被欺詐之盤算所左右，在商談和處理事務中，彼此心心相印，我們之間無事不可相商；將來人們會說，我們身雖為二，心實為一……分袂在即，不知何年何地再能覿面快晤，言念及此，令人酸惻！（同上）

三、闖蕩江湖：一九八六

很快，我們已看清了「莽漢」激情。它是一種不同於「今天」的激情。「今天」是「道」與「道」的對抗、「理想」與「理想」的交戰，「莽漢」是生活、肉體對「道」的重創，對「道」的焚燒。儘管「莽漢」詩人李亞偉看上去有些內向，但他從來沒有絲毫表現過對「道」的挑戰的妥協性。他質樸無華、揮舞銅錘迎面打來，奔向更為廣大的生活，從南到北徹底拒絕了所謂的精神玄學。

「莽漢詩」就這樣成了青春的重金屬搖滾樂，成了硬要一頭撞過去的驚人之舉，成了肉體本身的劇痛，成了時代毀滅的衝動。他們要掙脫焦慮和束縛、痛打壓迫、高歌自由，他們年輕的呼吸真的不夠他們出氣了。正如李亞偉本人所說：「莽漢主義幸福地走在流浪的路上，大步走在人生旅程的中途，感到路不夠走，女人不夠用來愛，世界不夠我們拿來生活，病不夠我們生，傷口不夠我們用來痛，傷口當然也不夠我們用來哭。我反覆打量過 1980 年代，眺望當初莽漢主義的形成與操作，多少次都面臨這山望著那山高的刺激場面，我反覆告訴那個年代，我要來，我們要來，我們要回來！」（李亞偉《流浪途中的「莽漢主義」》，《豪豬的詩篇》，花城出版社，2006，第 214 頁）

新時代的「老知青」——李亞偉、馬松開始了新時代的自我精神放逐和「上山下鄉」。他們就這樣走著，大步流星地到處「插隊落戶」，蘭波式的販運、醉臥舞廳、刺客般投宿、書稿買賣、雪亮的匕首、暗夜裏的火藥槍、馬松的美女照……新一輪的行走（散步！）開始了。

新的意識形態把異己力量的詩歌冒險家侷限在一個被遺忘的南充小城，與此同時國家正在忙於把經濟界的冒險家侷限在深圳這樣一個大城。損耗和消解在南充和深圳同時發生，終於「莽漢」們從南充出發了，走在路上了，新的遊吟時代到來了，仗劍遠行，「我本楚狂人，鳳歌笑孔丘」的新詩人形象當然也就出現了。請聽李亞偉二十歲的聲音：

> 聽著吧，世界，女人，21 歲或者
> 老大哥、老大姐等其他什麼老玩意
> 我扛著旗幟，發一聲吶喊
> 飛舞著銅錘帶著百多斤情詩衝來了
> 我的後面是調皮的讀者，打鐵匠和大腳農婦。
> ——李亞偉《二十歲》

莽漢主義的敵人是社會，革命的手段是自我毀滅的激情。1986 年，當李亞偉第一次讀到垮掉派詩人艾倫・金斯堡的《嚎叫》時，他用他調皮的川東鄉音也嚎叫了一聲：「他媽的，原來美國還有一個老莽漢。」

「老莽漢」於 1956 年出版了他的《嚎叫及其他詩》。本書至 1978 年 6 月反覆印刷了 29 次，共出版了 375，000 冊。而我手邊這本《嚎叫及其他詩》正是城市之光出版社（一家美國舊金山專印爆炸性地下詩冊的出版社）出版的 1978 年 6 月平裝版。這是一本最危險的書，毒中之毒也是花中之花的書。此書故意裝訂草率，紙張質量低劣，就是明目張膽地要向中產階級表明：裏面藏有誘人的躲也躲不脫的炸彈，這炸彈要毀滅你們平庸、乏味、禿頂的生活。

這本自惠特曼《草葉集》以來唯一震動過全美國的詩集，開篇是威廉、卡洛斯・威廉斯專為此書作的序，序中文字最後一行這樣寫道：「女士們，提緊你們的裙子，我們就要穿行地獄了。」李亞偉、馬松正在帶領我們穿行於懾人心魄的、幽默而反諷的中國式地獄。而早在 1956 年，美國人也曾穿越金斯堡的地獄：

> 千年之後，
> 如仍有歷史，
> 它將這麼記錄：
> 美國是個討厭的小國，
> 它充滿了狗雞巴。
> ——金斯堡《田園對白詩》

從學校到工地到江湖，中國的莽漢們無師自通，他們遍地都可以拾起莽漢詩句，舞起來就圓，唱起來就好聽。「莽漢」們向中國、甚至向壓抑的全亞洲急促高吼、活蹦亂跳。他們是不可打敗的，是成人的父親、是絕不會頹廢的。

> 我心比天高，文章比表妹漂亮，曾經在漫長的時光中寫作和狂想，試圖用詩中的眼睛看穿命的本質。除了喝酒、讀書、聽音樂是為了享樂，其餘時光我的命常常被我心目中天上的詩歌之眼看穿，且勾去了那些光陰中的魂魄。那時我毫無知覺，自大而又瘋狂，以為自己是一個玩命徒。（李亞偉《天上，人間》）

正是在萬夏急於走向反面，更換形象的同時，莽漢闖將李亞偉卻日復一日喝酒論詩、雲遊江湖，做著文人的功課，實踐著莽漢的事業。他已經被生活帶上了大道或小路，他以一己之力苦撐著風流雲散的「莽漢」，代表了第三代人詩歌運動的精神。「就像金斯堡之於『垮掉的一代』一樣，真正能體現第三代人詩歌運動的流浪、冒險、叛逆精神與生活（按：也包括文本）實踐的，無疑是『莽漢』詩派，尤其是李亞偉本人，無論從哪個角度來看，李亞偉都可以稱為源頭性的詩人，直接啟迪了『後口語』的伊沙和『下半身』的沈浩波等人。」（李少君：《從莽漢到撒嬌》，《讀書》，2005 年第 6 期）因此，討論李亞偉，就等於命中了莽漢的精髓和實質。

李亞偉來自川東，行止激蕩，怒髮衝冠。他的傳奇故事被李少君看作是真正的「身體性」寫作，也就是張英進所謂的「漫遊性」寫作。這種寫作與生活相連緊密，對莽漢詩人來說，其實質就是邊流浪邊寫作。李亞偉夫子自道，「『莽漢』這一概念從一開始就不僅僅是詩歌，它更大的範圍應該是行為和生活方式。」莽漢的重要姿態，正如凱魯亞克所示，「在路上」。這是漫遊的起點，也是寫作的關鍵。通過漫遊性行為，莽漢詩人組建起了詩歌的基本內容和意涵。且看李亞偉的詩歌《進行曲》，通篇以「走過」、「要去」為線索，把「看看」、「告訴」當作行為的要求：

走過大街小巷
走過左鄰右舍窮親戚壞朋友們中間
告訴這些嘻嘻哈哈的陰影
我要去北邊
走過車站走過廣場走過國境線
告訴這些東搖西晃的玩意兒
我要去北邊
走過人民北路師範學院
走過領導的面前
把腳丫舉過頭頂高傲地
走過女朋友身邊
告訴這些尖聲怪氣的畫面
我要去北邊
我要去看看長城現在怎麼啦
我要去看看蒙古人現在怎麼啦
去看看鮮卑人契丹人現在怎麼啦
我要到很遠很遠的地方
去看看我本人

今兒個到底怎麼啦

——李亞偉《進行曲》

與昔日「新感覺派」小說家漫遊在上海街頭，享樂式地心觀物遊不同，莽漢有很強的個人介入性。新感覺派小說家試圖借「日常生活的美學化」來緩解現代性帶來的創傷，以及救亡圖存帶來的政治壓力，「漫遊」是他們希望獲取道德寬容的必要途徑。而且他們必須以團體的方式來實踐它，他們必須混跡到人群中去，成為其中的一個人，這樣才能更有效的保證漫遊的合法性。但莽漢「詩人們惟一關心的是以詩人自身——『我』為契子，對世界進行最全面、最直接的介入。」他必須把自己獨立出來，他的生活必須要帶有傳奇性，而不是新感覺派小說家的普適性，它本身更像一次冒死的赴宴，廝殺反叛，被人當作異端。

新感覺派小說家的展開方式是為了獲取安全，它本身就是日常生活的一次小型展示，漫遊是在美學的層面上對生活進行凝視，它是晚清以降「被壓抑的現代性」最美麗的面向之一。另一種的被壓抑的面向則由莽漢提供，它很有些接近五四「感時憂國」的精神。「今天」代言的激情，就是把整個民族國家的命運跟個體的情感和寫作關聯起來，是傑姆遜（Fredric Jameson）意義上「公私不分」的「民族寓言」。但是，區別於「五四」、「今天」把話語權力和民族命運相連，莽漢是要把身體跟民族連接起來。

把身體投入社會，而非觀念和思想，就意味著一種更熱烈的燃燒和極樂。這種極樂首先就是語言和聲音上的冒險，那是與詩有關的行為，決不需要理論和觀念的裁決。且讓我們來一聽李亞偉充滿男性荷爾蒙的川東之音：

一九八六年，朋友在煙圈邊等我，然後攜煙圈一起離開大路

一九八六年，火車把夏天拉得老長，愛人們在千萬根枕木上等待這個瘦高的男人

愛人們！愛人們在濃汁般的陽光中裸戲，終因孤獨而同性相戀

一九八六！一九八六！

你埋葬在土地下的內臟正在朝北運行

你的肩膀，在正午在湖北境內朝北轉站

這樣的年月，無盡的鐵軌從春天突圍而來惡狠狠朝江邊酒樓一頭扎去

一九八六年！

每天所有枕木毫無道理地雷同，一九八六！

你這黏糊糊的夏天，我額頭因地球的旋轉而在此搖向高空等待你迎頭痛擊

這首《闖蕩江湖：一九八六》正是漫遊的直接產物，它完成於莽漢詩歌活動和傳播的高峰期，那時候他們俠遊結客，以炮製出一種名詞密集、節奏起伏的長句式詩歌為志業，混合一種在熱中拼出性命，騰空而起的青春氣息。它產生了令人迴腸盪氣的影響，以及那讓人目眩的效果。我還記得這首詩我當時讀到時的情形：太震撼了！這首詩的聲音把我完全震住了。

這種效果從根本上講是川東，是重慶賦予的。因為重慶的本質就是赤裸。詩歌也赤裸著它那密密麻麻的神經和無比尖銳的觸覺。川東，沈從文生活的湘西就緊緊挨靠在它的身旁。黔北、川東、湘西勾連成勢，自成一派，「浪漫情緒和宗教情緒兩者混而為一」，於此間嫋嫋升騰。在女子方面，它是性的壓抑與死亡，沈從文從此處受惠，寫《邊城》，寫翠翠，輕輕地挽唱著田園牧歌的女性之聲。而莽漢李亞偉的聲音從另一個意義上補足了這種綿密的細膩，提供了另一個地理之聲，那是男性的，遊俠的聲音。沈從文的《鳳凰》一文對此做了詳細描述：

> 遊俠者行徑在當地也另成一種風格，與國內近代化的青紅幫稍稍不同。重在為友報仇，扶弱鋤強，揮金如土，有諾必踐。尊重讀書人，敬事同鄉長老。換言之，就是還能保存一點古風。有些人雖能在川黔湘鄂邊境數省號召數千人集會，在本鄉卻謙虛純良，猶如一鄉巴老。有兵役的且依然按時入衙署當值，聽候差遣作小事情，凡事照常。賭博時用小銅錢三枚跌地，名為「板三」，看反覆、數目，決定勝負，一反手間即輸黃牛一頭，銀元一百兩百，輸後不以為意，揚長而去，從無翻悔放賴情事。決鬥時兩人用分量相等武器，一人對付一人，雖親兄弟只能袖手旁觀，不許幫忙。仇敵受傷倒下後，即不繼續填刀，否則就被人笑話，失去英雄本色，雖勝不武。犯條款時自己處罰自己，割手截腳，臉不變色，口不出聲。總之，遊俠觀念純是古典的，行為是與太史公所述相去不遠的。（沈從文：《鳳凰集》，劉一友、向成國、沈虎雛編選，江蘇教育出版社，2005）

沈從文的記述與李亞偉本人的自道互為照應，點出了莽漢的農耕氣質和民間氣息。這是一種更多的受惠於傳統的事實，是傳統的跟進。「垮掉」以自

由、民主、平權為尚，做著邊緣式的反叛；而在李亞偉這裡，更多的是一種質樸民風的英姿煥發。李亞偉的長句，正是這種生命力的勃發和噴湧，他的川東口音自然是為了回應這種必然的生命無意識的衝動和民間集體記憶的脈動。

再不揍這小子
我就可能朝自己下手
我本不嗜血
可我身上的血想出去
想瞧瞧其他血是怎麼回事

這一曲《打架歌》以充分的口語表達和熱血上湧，昭示了川東口語的活力和一個生命對於尋找新起點的迫切決心。這種決心有一種稚氣，或者說古風。它純正的古典氣息，使他不像「垮掉」那樣帶有撕裂性，而是一種諧趣和真摯，坦然面對，剖開胸膛，是健康快樂的人類天性。所以，在這個意義上，莽漢不是在反文化，而是在沿用一種傳統生氣來籌建加固原有的文化路徑。莽漢的口語意義不在於對抗語法、消解常規語義，因為它是以其天然的方式在生長，它本身帶著混沌和敏銳，愉悅和自由。這樣的自由，正是文本空間上的漫遊性，它通過語詞的隨意性，抵達了極樂的邊境。意義破散，詩意的聯想漫遊激蕩。被壓抑的風格本來就有其潛流暗湧的通道，自己的路徑，它根本無需侵蝕他人的田畝，宣告為經典或正統。同時，在此我要再補充一句，即李震的一個觀點：「語言之於李亞偉，不是他作為一個『知識分子』進行學習和思考的結果，而是一種天賦的才能，是他健康天性的存在方式。」

另外，莽漢詩人八十年代的生活形態與發生在明清士人間的城市交遊和尚俠風氣也頗為相通。「明清城市中的俠遊活動所開展出來的各種社交場合，是一個可以讓士人重新伸展生命活動力，追求自我表現的社會場域，在此，士人被科舉規範所制約的寫作能力，重新獲得了解放。他們可以踰越制舉文字的限制，另外從事詩詞、古文的寫作、呼應，在許多詩酒酬答的場合中，他們的文才可以適時得到響應，他們因而可以藉此來展現自我，肯定個人的文字能力，乃至生命價值。相應於此，他們也在科舉之外，積極營造非制舉文字的價值：他們別於『時文』──制舉文字之外，另外從事『古文』的寫作，而從事此種古文詩詞寫作者，往往被稱為『文人』。如此區別正表示他們在寫作意識與身份認同上已經有別於從事舉業的士人。這是一種新的人生觀，本此新人生觀，他們建構了一種新的身份認同，開啟了新的社會活動，進而營造了新的文化表現形態。這正是明清時期別具特色之社會文化——『文人文化』的發展的契機。」（王鴻泰：《俠少之遊——明清士人的城市交遊與尚俠風氣》，見李孝悌編《中國的城市生活》，臺北聯經出版事業有限公司，2005）讀完王鴻泰這段關於明清「尚俠」文化風氣的論述，我們完全可以將其看作是對今天莽漢詩人的寫作與生活風尚的論述。

同時莽漢的出現，無疑也是對「今天」的反撥（僅詩歌內部而言）。正如我們看到的，「今天派」詩人是以時代代言人的形象出現的，他們無疑像一群受難、擔當，有責任感的傳統知識分子，他們更樂於展開宏大的歷史敘述和壯懷激烈的抒情表達。莽漢，代表第三代詩歌的總體轉向，是一種個性化的書寫，農耕氣質的表達，他們用口語、用漫遊建立起「受難」之外另一種活潑的天性存在，吃酒、結社、交遊、追逐女性……通過一系列漫遊性的社交，他們建立了「安身立命」的方式，並為之注入了相關的價值與意義，同時也呼應了前面王鴻泰「俠少之遊」的觀點。

李亞偉說：「1980 年代中期在中國出現的數也數不清的社歌社團和流派不僅體現了中國人對孤獨的不厭其煩的拒絕和喜歡扎堆，更多的是體現了中國新詩對漢語的一次鬧哄哄的冒險和探索，其熱鬧和歷史意義決不亞於世界各地已知的幾次大規模的淘金熱。」在這樣的團體性行為過程中，莽漢詩歌建立了自己重要的發表方式：酒桌朗誦。借著醉酒與詩意，莽漢確立了其文化姿態和詩歌寫作的本體關聯，打開了詩歌的生活風格。

這種生活風格可以看作是日常活動的價值表白，他來自集體無意識的個人「志向」，一種以「義」為中心的遊俠習氣。同「今天」英雄式的崇高美學相對，莽漢的「俠遊」行為，不必是兢兢業業的生活態度，高遠的美學意念，或是特殊的人格類型。他充滿著個別性和偶然性，「身體」在此過程中被發現，「道」和「主體」被刻意迴避，莽漢的形象意義、特殊心態同社會生活緊緊相合，另外開闢出一條生命實踐的路徑，使一種「今天」美學價值上的對抗精神變異繁殖出一種日常的現實性與實踐性。

飲酒、豪歌、愛情、逸樂，恰是這種日常生活美學化、美學意念日常化的產物，它促成了一種相當普遍的生活態度、生命姿態，乃至人生志業。在現代性的追求方面，它開啟了新的文學實踐方式，即它不是受難的、悲劇式的，而是個體的、日常化的。俠少之遊，開闢了個人寄掛生命的通道；闖蕩江湖般的漫遊之舉，建構了天賦價值的民間氣息。

莽漢詩歌作為一種風格，莽漢主義作為一種自稱的流派，已在 1986 年夏天到來前，從其作者的創作中逐步消逝。而作為精神的莽漢，則不同程度的出現在這一代人的夢想、生活或詩歌中。這種精神的繁殖力，沿生在整整一代人的生活之中，成為一種空間的、時間的無止境的江湖「漫遊」。這漫遊用李亞偉自己非常詩性的話來說就是「上路，去遠方，不管是青年、中年還是老年，很多人心中都有一個共同的甚至很可能是一模一樣的遠行的夢，它也許是祖先遺傳下來的，也許是銀河系某個星座託給地球的夢，相信吧，它絕對是真的，因為我們的人生，我們的一生，不過是在路上，永遠是在路上，絕對是在路上。」（李亞偉：《在路上》，《山花》文學期刊，2022 年第 5 期）

四、非非主義的終結

歐陽修作《非非堂記》說是是非非
「是是近乎諂，非非近乎訕」

非非說成人不自在自在不成人
非非說山水吾喪我，老子隨老來
——柏樺《兩次非非》

水袖波浪，如詩非非
口音裏有一種聲音的遊戲——
——柏樺《黨在發燒》

楊黎至今仍給我留下最初的印象：個子不高、身體很胖、有一張看上去像孩子一樣的圓臉，但當他爽快的大笑起來時又有一種誇張的成年人的感覺；他是一個很快樂的人，快樂消除了權勢，我彷彿對這個形象一見如故。

他六歲時玩結婚遊戲。九歲時對女性完全入迷。十二歲時嘗試文字創作。十五歲時與同學魏國安等成立「草堂」詩社並沉入課外閱讀，學業荒廢而主攻小說。十八歲時戀愛、同居、寫詩輪番不停，在銀行幹部學校印地下詩刊《鼠疫》，受公安部門追查。二十一歲時嚮往「走」，即渴望「在路上」，失望籠罩一切——哲學、詩、人生，搖晃在神、仙、巫術、氣功和宗教之中，在一個冬天學習太極拳。二十二歲寫出《怪客》，無端端出走重慶，朝天門碼頭，又在徹底絕望中返家。開始接識萬夏、周倫佑，辭去銀行的工作，放縱於酒、色、詩。二十二歲時從糊塗生活中蘇醒，深入川西、川南鄉下，心境漸趨明朗，進入詩創作第一個高峰，寫出《街景》等作品，並通過萬夏瞭解到「他們」「海上」詩人。二十四歲時圍繞「非非」從事大型詩歌活動，想辦宗教性組織，成立詩歌教，寫出《高處》。二十五歲時同藍馬、吉木郎格深交並和李亞偉去海南，同年與小安結婚。二十六歲流浪全國，為生活而生活。1992 年與藍馬、吉木郎格、何小竹創辦成都廣達軟工程公司，涉入廣告、策劃及信息等經濟領域，1993 年 10 月公司解體，非非消失。

楊黎的非同凡響之處是他從未寫過一行感傷的詩，他曾告訴一位詩人：「如果你要寫好詩，首先不要寫痛苦。」就這樣，這個快樂的詩人在 1986 年 9 月的某個向晚時分來到了四川大學我那建築工地式的研究生學生宿舍，他繫著一條狹長而晦澀的絲巾，這絲巾確立了一個標新立異的詩人形象，生活中可能傷痛的唯一證據。那絲巾在暮色中零亂地捆在脖子上，似乎要像詩人魏爾倫一樣絞死雄辯；他的詩正在絞死雄辯，但不像魏爾倫用歌，而是用一長串矛盾、更替、中斷、任意、短路的帶有非非式「還原」論的名詞。

他當時正以非非第一詩人的身份登上詩壇，繼漂浮不定的《怪客》之後，寫出撲朔迷離的《冷風景》。就像阿蘭・羅伯——格里耶的小說《窺視者》或《橡皮》，這些作品本身就是一座沒有出口的迷宮，是有意送給讀者的一個懸在半空的安慰的虛構，「物」在「冷風景」中排列著，全然不顧意義的擺佈，他妄圖在此收回詩喪失給小說的地盤，一個有待分析的詩歌案例。

我們永遠無法弄清貝克特的《莫洛伊》中莫蘭碰見的那個穿厚大衣、戴厚帽子、拿著根粗重的手仗的男人究竟是什麼人，無法弄清格里耶《去年在馬里安巴》那些靜止不動的畫面中讓人費解的男人或女人，我們也無法弄清楊黎《高處》中的「A 或是 B，看貓、火山、一條路、還是夜晚、還是陌生人、彷彿 B 或是 A。」這些 A 或 B 的口感和調子把中國詩歌的試驗從某個方面推向極端。無論 A 或 B 或怪客，以及楊黎在其詩中所寫的所有角色都給人一種神秘隱藏之感。

不知為什麼，楊黎筆下人物老使我想起戴笠的形象，「戴笠這個名字還指一個人的臉被一頂尖頂帽半蓋住的意思，即含有隱藏的意思。就像中國畫裏河流上的老人，頭戴一頂斗笠坐在一葉輕舟裏釣魚，背對著看畫人。從這個意義上講，『戴笠』是指一個衣著平常的孤行者，一個你不會注意到的消失在景色裏的人。」（魏斐德：《間諜王：戴笠與中國特工》，江蘇人民出版社，2007）這些冷風景中的怪客詩行不僅在當時，即便在現在，在無數學者和詩人熱衷於西方後現代理論研究、引進、傳播、實踐的今天也屬驚世駭俗的了。這種遠離現實的四大皆空的語言還原論、這種完全徹底的烏托邦式的寫作術在詩歌界內部引起了一陣震驚、騷亂和不安。

非非寫作是不可理喻的，正如德國學者顧彬在《今天》1993 年第 2 期《預言家的終結》一文中指出的一樣：「因為非非派更屬一種國際現象，對普通中國讀者來說，它只能是陽春白雪。」非非對於當時的我同樣也是陽春白雪。我很長一段時間困惑於他們為什麼這麼寫，為什麼要消解現實、抒情、經驗，甚至一首詩的基本點——感受，我第一次真正目睹了什麼是徹底反傳統的詩歌。我保持著強烈的好奇，僅對孫文波、歐陽江河說：「非非詩的語言很有特色。」他們詩歌中（主要是楊黎的詩）的實驗性、先鋒性、拒絕性也引起了我抒情般的打量，就像 1966 年夏天傍晚我曾對成千上萬的紅衛兵好奇一樣，童年的第一次「先鋒」體驗又來到今天的「非非」體驗。

「非非」，我初次聽到這個名字是 1986 年 5 月，當時西南師大美術系的一個學生王洪志告訴我周倫佑邀請他加入非非。「非非，這是什麼意思……」我在想，我想到周倫佑，一個有綜合才能和有抱負的文人，一個不知疲倦的激昂的演說家，他就是非非主編。我在 1985 年見過他，他當時正在全國進行漫遊和演講，他來到西南師範大學接近尾聲的浪漫的一站。在一個月夜，在一間燈火通明的階梯教室，黑壓壓的學生抬起激動的臉朝向一個很有經驗的雄渾的聲音，他正講到「象徵」或「超現實」……而現在他卻駕駛著非非的夢船起航了。這行動——卓有成效的「非非」集體行動——本身是否也滿含著激進的抒情力量呢？儘管他們在詩歌中有意反對抒情，但卻從反面走向了抒情，正如 T．S．艾略特所說：「向上的道路就是向下的道路。」一極必達另一極。

我和楊黎的交談一直與詩無關。我對他談到了毛澤東，他後來也津津樂道於毛澤東及他的一句語錄：「凡是敵人反對的我們就要擁護，凡是敵人擁護的我們就要反對。」這條座右銘是一個啟示：它啟示了一種楊黎式簡潔、樸實、「還原」的話語，他是否決定了在毛文體的基礎上繼續從事語言革命？他後來告訴李亞偉：「文化革命曾帶來一個口語徹底書面化的時代。廢除古文以來，中國一直沒有出現成熟的現代漢語文本。魯迅的語言不是完全的現代漢語，沈從文也不是，只有到了《毛澤東選集》才形成真正的現代漢語，這堪稱現代漢語的一個里程碑，毛文體統一了新社會的口徑、約定了口氣和表達感情的方式，新一代人民用起來極為方便，報紙、電影和講話、甚至戀愛都採用這種語法和修辭。」楊黎說得非常內行。

是的，中國的長城在當時正有效地阻擋著西方資產階級的話語入侵，而如今城門一開，人們就爭先恐後要丟掉「毛澤東語言」這個傳統。其實，丟掉這個傳統並非一件容易的事。從《延安文藝座談會上的講話》到延安整風運動，政治學習形成了一個極好的毛話語普及模式。我們對此早已習以為常。從非非聯想到「毛文體」，如下順勢再多說一二。

毛澤東通過「延講」，1949 年以後又通過報紙（最好的手段）、雜誌、政治學習（這最厲害的形式），思想總結，甚至包括寫檢查（見前面有關論述）建立了一整套更完美的學習制度。我們在這個學習制度日復一日的訓導下，從小就自然而然培養了毛話語的思維習慣。想想看，不僅僅是我們，連早年那些奔赴延安的青年俊才們，如何其芳、卞之琳、艾青等，幾乎也是一夜之間就放棄了自己早已形成的個人現代性話語而進入毛話語體系，心甘情願脫胎換骨，這的確是一件令人百思不得其解的事。或許是「毛文體有一個優勢——他的話語從根本上是一種現代話語——一種和西方話語有密切關係，卻被深刻地中國化了的中國現代性話語。」（李陀：《丁玲不簡單——毛體制下知識分子在話語生產中的複雜角色》，《今天》，1993 年第 3 期）或許是某種天意的（神秘）力量而非毛話語本身。誰說得清呢？據說愛走偏鋒的法國哲學家福柯（Michel Foucault）晚年也被毛話語所吸引。而垮掉派詩人金斯堡邊讀《毛選》邊寫詩，也是他青年時代的常態。

毛主席本人很清楚，為了轉變意識形態必須改變語言和寫作，語言是意識形態和政治的一個最基本的因素。正如毛澤東很早就在《反對黨八股》一文中說過：「一個人只要他對別人講話，他就是在做宣傳工作。只要他不是啞巴，他就總有幾句話要講的。所以我們的同志都非學習語言不可。」毛澤東的語言和文體倡導簡潔，這種簡潔文體有一種樸實的權勢（一種現代文本的快樂），這種權勢猶如一股道德威力的確深入人心，詩歌界的葉文福不是就以這種道德權勢進行現實主義的漫罵嗎？駱耕野不是也以這種道德權勢寫《不滿》嗎？這並不可怕，可怕的是偏離，即擺脫權勢的基本程序。「今天」作了一次可貴的偏離，但又墮入另一種「今天」式的話語權勢，而偏離在一般情況下卻是相當困難的。而「非非」式的偏離很可能是迄今為止最為成功的偏離。從偏離這個意義上說，非非簡直是在進行一場語言革命。

我有一位研究音樂學的朋友付顯舟，與我同年，中央音樂學院畢業的博士生，他有一次對我說：「很奇怪，我一寫文章很自然地就是毛文體所規定的那一套話語；我老想偏離這種文體，但做不到，用毛文體來寫文章就是得心應手；我也嘗試過運用西方現代批評話語或五四時期的話語，但文章就寫不動了，語言也不靈了，還出現詞不達意的情況。我明顯感到毛文體話語的強大。」他自歎恐怕這一輩子只能在毛話語體系下生活、工作、寫作。我同樣也感到偏離的困難。寫詩碰巧能作出有效偏離，創造出一種新詞法，新句法，新文體；但常常一寫文章又陷入某種文體套路——車爾尼雪夫式、別林斯基式、列寧式（許多人在背離毛文體時採用這類文體）。言說如此困難，我們將如何開口；我開始帶著這個問題意識，追蹤非非的創作及理論。

如果說「今天」是對毛話語體系作出的第一次偏離（對所指的偏離），那麼非非對毛話語體系作出了第二次偏離（對能指的解放）。楊黎曾告訴我：「詩是能指對所指的獨立宣言。」就這樣，非非突破了文字的恐懼症，獲得了全面的身心自由。放開手腳、顛覆中心，走出文字的禁忌。他們首先集中火力殲滅詩歌中的形容詞，清除語言的道德含義；他們以最大的可能讓名詞、動詞獲得它們的最初存在的意義。在這個意義上，出現了楊黎先驗的「無意義」的聲音，即能指漂移：

> 下面請跟我念：安。安（多麼動聽）麻。麻（多麼動聽）力。力（多麼動聽）八。八（多麼動聽）／米。米（多麼動聽）牛。牛（也依然多麼動聽）或者／這樣念：安麻。安麻（多麼動聽）力八。力八（多麼動聽）米牛。米牛（也多麼動聽）一片片長在地上長在天上……／

這聲音出現在《A 之三》。他試圖在原語言基礎上建立一個龐大的能指系統，推翻所指的長期「暴政」，讓能指脫穎而出，姿意漫遊。純聲音、純書寫、純發現、純還原及純「不在」或純引領——向高處，沒有知覺的高處，本來的高處（這是一次更徹底的虛無主義的不可能勝利的努力）。這裡，在「安、麻、力、八、米、牛」的世界裏，沒有悲觀、沒有時間、沒有意義、也沒有形容詞帶來的等級化或失語症，只有「最初的」極簡單的聲音的再現和詞語的碎片。楊黎曾滿懷這種創造了「簡單」的奇蹟之情告訴我：「1986 年非非創刊意味著第三代人的論爭結束。第三代人其實質是用一個數詞來指三種創作傾向：北島式、楊煉式、萬夏楊黎式，特別以第三種區別北島的朦朧和楊煉的史詩，並不是斷代的意思。所以今後不再會有什麼第四代、第五代之類了。」

如今幾十年彈指一過，看來看去，還是楊黎最先鋒。何謂先鋒？第一條就是：冒犯。楊黎的詩和其他詩人比，是最冒犯的；為何？楊黎的冒犯超越了道德和美，甚至超越了身體，其他詩人的冒犯總逃不出道德和美（包括反道德反美）的框框。楊黎的詩高超就在於他沒有主體先行，更沒有政治表態，他的寫作是完全不動心的寫作，是超然物外的聲音遊戲。從最低限度來說，他寫的是客觀詩，而且像陶淵明那樣不重修辭和文采。是嗎？蘇轍在《子瞻和陶淵明詩集引》中說：陶詩「然其詩質而實綺，臒而實腴」。這句話完全可以用來說今天楊黎的詩，楊詩同樣是「然其詩質而實綺，臒而實腴」，譬如《打炮》。但我個人最喜歡的是楊黎寫的那些短詩，其中許多好到非人的境界，如下面這首《遠詩》，一般讀者可見識他處理時間（瞬間）的機智，我卻感到了一股仙氣超然於時間（瞬間）之外：

遠詩

我想了一下
然後停了一下
才又想起
他們說的某一下
那些一下
和一下之間
我等著
重新開始的一下
並在一下後
出去看了一下

有關非非楊黎，我還寫過一些零散筆記，從中挑選三節如下：

高貴事，覃賢茂採菊東籬；
在廬山，陶潛寫楊黎的詩。

小酌酒後，你要來大開口，
「非非詩」真出自陶元亮？

一帶一路楊怪客，出四川——
看，他成了青年們的偶像。

接著非非主義理論家藍馬在一個 1986 年十月的黃昏由敬曉東介紹給我。我知道他是「非非」的命名人。他的《前文化導言》試圖為人們的頭腦打開一扇可怕的窗戶，他層出不窮的非非理論被認為是一個超越了德里達的狂想，他最初的詩作《沉淪》就已表現出反文化的堅決傾向。按照他的理論：「先有奔月的藝術，才有登月的技術。」而非非所進行的正是無跡可尋、需要承擔最大風險的奔月的藝術。從「知」到「行」還是從「行」到「知」？他也懶得深究，一個率先的迷失者，一個沒有座標的探險者，一個只對非非命題命名有興趣的人（他在 1993 年還對我談起于堅正在對一隻烏鴉進行非非式命名），他日繼夜以非非的名義對世界命名：「指船／指帆／指鴿／指鷗／指海……／水與水一位一體／手與水二位一體／走船／走水／走鴿子／……／指遠／指近／指周圍……」在這首他所寫的《世的界》中，他實踐其「還原」理論，履行其「走向迷失」的諾言，破壞世界的基礎形容詞、破壞世界的結構動詞、破壞世界的元素名詞、破壞世界的綿延和場所數詞、副詞、度量詞，總之破壞世界一切的語言制度，破壞所有對語言的記憶制度，從這些制度中把一切解放出來，解放從「世的界」開始，從其中的「的」字開始，世界再不是世界而是「世的界」，這個小小的「的」字在此起到了一個革命性的作用，世界的面貌由此改觀。從此地出發，從「的」字出發，藍馬退出了世界，退出了價值，退出了語言，退出了文化，退出了人。同時又把語言、把人、把世界引入對語言的絕望境地，藍馬從不說開始說：「在沉默中堅持一片喧嘩。」「能說的，都是不必說的，必須說的，恰恰是無法說的。」（維特根斯坦語）

世界在「世的界」中形成了非非的世界。

我曾在一首詩《各色人等》第一節中這樣寫道：

喝酒不兑水的人是簡單人
鬆開皮帶的人是如釋重負人
那頹廢人是遊山玩水人
那口語詩人是老實厚道人

這最後一句說的就是非非詩人中，當時最有名的重慶大學生詩派的主要詩人尚仲敏。關於尚仲敏，我無需多說，他揚名於 1980 年代，他一出現就完全與眾不同，給人印象深刻。尚仲敏有一句很重要的詩觀：「口語詩是一種老實厚道的詩。」除此之外，我覺得他寫的詩不僅僅是老實厚道，他還有很多其他品質。前不久我讀到了他剛出版的一本新詩集。如同看一部緊張的偵探小說，我一拿到尚仲敏的這本詩集《只有我一個人在場》就被強烈吸引，開始一首一首往下讀。仲敏的生活真是處處都是詩，無時無刻不是詩，可以毫不誇張地說，他渾身都是詩。即他發現詩意的觸覺、嗅覺，感覺簡直是十分驚人，只要他願意，他可以把他每一分鐘的生活都寫成詩。而這樣寫詩的手腕和眼光是罕見的，我在仲敏的身上看到了這一點。他的詩口語，機智，親切，有事實，有來處，有生活，有餘味，以小博大，耐人尋思，更耐人驚歎，說他開一路新詩風，完全名至實歸。在此我只抄錄他的一首小詩，從中，我們完全可以管中窺豹：

邊走邊說

自從愛上了走路
很多習慣隨之而變
過去和別人談事
都是坐著，喝茶或吃飯時說
偶而也有躺下說的
現在無論多大的事
我都會一臉誠懇地
詢問對方
我們能不能
邊走邊說

難道不是嗎？面對邊走邊說這樣的詩意，它本來是那樣容易被人忽略，誰會注意呢？但尚仲敏一下就抓住了這詩意的亮點——「邊走邊說」。如我前面剛剛所說，生活中的點點滴滴，他都可以用詩意的眼光去打量它、發現它、說出它。而「行走」這個主題也是我一貫偏好的主題，不然，我怎麼會在本書第一卷寫來這麼長一篇《知青散步記》。無獨有偶，從尚仲敏這首行走詩——《邊走邊說》，我又讀到了他另一首更令我驚豔的行走詩——《雨中的陌生人》。平凡的生活中到底有著怎樣的神秘？那個行走在雨中的人是個什麼人？晚歸人，失意人還是特務人（聯想到作者幼時的理想是當一個特務）？他為什麼深夜獨自在雨中行走？在窗口觀望的人已為我們說出了答案：「星座不合是個大問題」，那似乎又是個戴望舒筆下雨巷般的失戀人？好了，不多說了，讓我們直接沉浸在這首小詩中，它值得我們從頭至尾反覆品嘗，尤其是最後三行：

雨中的陌生人

雨天總讓你心動
特別是深夜，雨落在樹葉上

落在一個孤單行走的人
的雨披上
那個人是誰啊
在窗口你是看不清的
他為什麼這麼晚了
還一個人走在雨中
「星座不合是個大問題」
你似乎幫他找到了答案
但是雨，可能一直要下到天亮

1985 年底，另一名號稱「鬼才」的非非詩人何小竹正坐在涪陵的家中寫《牌局》、《大紅袍》、《葬儀上看見紅公雞的安》，他對自身寫出的文字感到驚恐。他不清楚到底發生了什麼事？但有一點他是清楚的，這些已經寫出的《鬼城》組詩（這些詩共十首，被非非命名為鬼城，發表於非非創刊號上）已將他置於一個無法評說的境地，他感到恐懼似乎在抓住他的頭髮叫他離開地面，返回已不可能了。這時的何小竹正在不自覺的進入非非冥想。緊接其後，在藍馬《前文化導言》的衝擊下，他開始自覺地、有意識地進入非非。他以盲人摸象這一成語對非非作出自己的解釋：「非非是幾個盲人摸的那個大象。我、藍馬、楊黎、吉木郎格等人就是摸象的盲人。我們寫出的詩各不相同，但組合起來就是一頭『非非大象』」。其中有沉思的藍馬或奔放的楊黎。

1988 年初，何小竹完成了極有爭議的《組詩》並將它題獻給藍馬，以表對這位「前文化」理論家的敬意。一個題辭的插曲：《組詩》在《非非》未刊發前，周倫佑曾建議作者刪掉這個獻辭。理由是，這個獻辭會給《組詩》造成誤讀，以為《組詩》即是「前文化」理論的注腳，作者沒有接受他的建議。作者認為能夠讀《組詩》的人，就不會誤讀，假如誤讀了，也是一種美妙的誤讀。最後題辭完成了它自身的工作。

在《組詩》「太陽的太」的章節中，何小竹開始了這樣的「造句」：

1. 陽光普照大地。

2. 高一、二班有個謝曉陽。

3. 今天，物理老師在物理課上叫我們打開上冊第 23 頁第二章第一節：預習：「陽離子。」

4. 我舅舅在「紅陽」三號當水手。

5. 星期三我沒去夜自習，偷偷去「向陽」電影院看了電影《陽光下的罪惡》，這是不對的。

6. 大掃除，我主動要求和班長去打掃又髒又臭的陽溝。

7. 農忙假，我在家幫母辦陽春。

8. 陽雀喳喳叫。

9. 陽萎……

首先我要說，我非常喜歡這首詩。這是一種典型非非式有趣的（不，應該是機趣的！）、局部的字的練習，一種對可能出現的「陽」字的美的反覆細緻的認識。在此，陽字的寧靜來到這個寧靜的青年的一張白紙上，他發覺了一個平凡的「陽」字的本來目的。如最初倉頡造字，感天地泣鬼神，這個「陽」終於回到陽自身，回到藍馬式前文化（還原）的理想。中國的象形文字通過「陽」字帶給我們一種初逢的驚奇。

「一個點是非非，一個面是非非，一種滋味還是非非，天也是非非，地也是非非，一個月亮非非，兩個月亮更非非，而寶石特別非非，不過挑子也同樣非非……一切皆非非，直覺亦非非，宇宙之謎被還原。」（藍馬：《非非主義宣言》，《非非》，1986 年第 1 期）太陽的太或者陽，當然也就是非非之太或非非之陽。

《組詩》企圖努力告訴我們一種語言的自在，字呈現實際本身的樣子，字與時代、處境、理論、價值、甚至對象全無關係。在這裡，字僅僅是「張大嘴巴」開始言說，僅僅是一個通過詩的形式解構詩歌的文本。

我其實讀了很多何小竹的詩，其中給我留下深刻印象的也很多。譬如有一首寫「晨勃」的詩。還有寫一棵樹的詩。正好我是那樣喜歡樹，最偏愛讀到有關樹的詩。何小竹這首《一棵樹》雖然很短，卻回味無窮：

一棵樹

我回頭去看那棵樹
又退回去摸了它一下
只是因為我曾經在這棵樹下
躲過雨

當藍馬突然在《日以繼夜》、《九月的情緒》中偏離他的非非理論時（他轉入帶有象徵意味的抒情），吉木郎格正帶著他那一貫克制的憂傷進入出奇不意的「很短」的非非，他寫出一批很短的詩，被非非同人認為妙不可言。楊黎給我背誦了吉木郎格的《消息》，我記住其中這樣的一些句子：

6月6日是一個普通的日子
早上下雪
中午出太陽
晚上有風
……

在另一首《妙》中，他用一種典型後現代的直陳式書寫，說起關於看了一本書的情況，大約是「我看了一本書，一本關於進攻和防守的書，看完後什麼也沒記住，只記住一個妙」。這個「妙」倒使我想起北島早年一首詩《生活》——「網」。

吉木郎格在《消息》或《妙》中關心語言的去向，而不是語言的意義或象徵，他在詩中讓語言流露它自己的「6月6日」一個普通的「純在」狀態。就像他日常生活中不帶危險的形象一樣，他也不帶任何要求「偉大」的妄想念頭在平凡的「字」裏進行字本身的探索。這探索從兩個方面進入詩中：一是生存體驗，二是語言體驗，就像經歷對人來說也有生活經歷和心理經歷兩個方面一樣。作為詩人，他認為只有被他深深體會過的語言才與他息息相關，並通過對語言的「發現」才會讓詩在文字中發光。

在他的詩歌中同樣刪去了痛苦，正如他自己所說：「我早已把自己的全部獻給了詩歌中舒服的一面。」即使他在生活中痛苦著、憤怒著、感動著（甚至對感動時所說的話後悔），即使他在十月，在一個視線最佳的山坡上獨自坐下點燃一支香煙，觀看收割後的田野裏靜靜的穀樁或一些積水的小坑倒映出秋天的天空，即使三兩白鶴臨空飛過、此起彼落，他好像若有所失，有某種來自外部的寄託。但他最終拒絕了這些情緒進入他的詩歌。只是在詩以外，他感歎過「一年又要過去了」，在那個山坡上他一次又一次感傷地觀看著並點燃生活中的第二支香煙，因為非非詩歌是反對在詩歌中點燃抒情的香煙的。

羅蘭・巴特與非非的契合。

「文學中的自由力量並不取決於作家的儒雅風度，也不取決於他的政治承諾，甚至也不取決於他作品的思想內容，而是取決於他對語言所做的改變。」（羅蘭・巴特：《寫作的零度》，李幼蒸譯，吳芳玉校，臺北久大文化股份有限公司，1991）非非就在這樣一個背景下做出了對語言的改變；物質力量正消解著這個時代的激情，從風景到地貌毛澤東時代的影響已一天天蕩然無存了，典型的社會主義式大樓已被西洋式賓館所替代，精美的資產階級生活改造著我們的意識形態，人們曾有的「朦朧」激情被物質所困擾、所擠壓、所扭曲、所澄清，服裝革命、美容美髮的流行、電腦普及、遺傳工程對農業的應用，變性手術、手機、傳播和流通的量向擴大，後現代主義正在對中國社會進行它全面的「時代整容」。

如果說「今天」、「莽漢」反抗了毛文體的激情，那也是在激情範圍內迎戰了現存的道德觀念，以一種激情對抗另一種激情，他們仍是高揚主體性的，這在當時的青年心中達到如癡如醉的程度也是可想而知。非非則超越了激情、消解了主體、與時代合拍了。在非非中，他們通過「還原」的語言把物質還給了物質、甚至延綿了物質的直立意義，鬥爭的矛頭在這裡不是指向道德，而是指向任何一種道德語言施以他們的「暴力」——抒情暴力。為此他們大刀闊斧消解現代主義的精英意積，大一體性、消解超現實主義發明的專利——神經分裂症式的話語模式——這種模式的首創是蘭波，在此他們進而力圖消解蘭波式智慧中的含糊其辭以及後來狄蘭·托馬斯式的「個人情結」的句法扭曲。從這個意義上說非非所做的對語言的改變也是國際改變語言運動的一部分。

1950 年代的英國詩人拉金早就開始用樸素簡練、表意清晰的嫻熟技巧消解詞義晦澀、歪曲句法、故弄玄虛而又浪漫狂熱的狄蘭·托馬斯了。他使用不加渲染的、克制而稍稍壓抑的文體、平易近人的語氣來書寫日常性題材。拉金曾說過：「對我來說，整個古老世界、整個古典的聖經的神話都沒有什麼意思。我認為在今天再去搬用這類東西只能使詩充斥讓人費解的陳詞濫調，阻礙作者去發揮獨創性。」（《第四次交談》，《倫敦期刊》，1964 年第 4 卷、第 8 期）

「接照一種現存的美學和一種現存的倫理去行事要容易得多了。」（羅蘭·巴特：《寫作的零度》，李幼蒸譯，吳芳玉校，臺北：久大文化股份有限公司，1991）而非非必須忍受「發明」的痛苦，對於現實無用的痛苦，他們的痛苦來自於藍馬的首先「走向迷失」。迷失之後，他們想通過語言的「還原」來獲得一種超越詩界的涵蓋整個中國社會生活更廣大的話語體系——非非式的話語帝國。但他們所作的是一場前途未卜的較量，他們或許最終將輸給「傳統力量」，即：人們從道德的優勢上可以承認「今天」甚至「莽漢」，但很難承認非非，因非非是反傳統、反道德的，他們的「還原」長征也是虛無主義的長征，雖然何小竹曾自信地說：「非非誘人的近乎神話般的詩歌理想可以實現，為此我們對一切有關非非的誤解和非議不想有太多的申辯。」可隨著新時代的到來

「日出而作、日入而息」的語言理想是否真能實現？非非本身也進入了一個當代的「西西弗斯」神話。

「風格是一種衝動性而非一種意圖性的產物，它含有某種粗糙的東西，這是一個無目標的形式，它是一種個人的封閉的過程，決非進行選擇和對文學進行反省的結果。風格僅僅是一種盲目的和固執的變化的結果，一個本能與世界交界處滋生的「亞語言」部分。風格其實是一種發生學現象，是一種性情的蛻變，風格位於藝術之外。」（同上）而非非屬於那種無風格的詩人，他們以自己的技巧方式探討了從某種古典超然氣質中引發的現代性愉悅，非非回到語言結構本身，而風格則在非非之外。

「馬克思主義式寫作和一種行為結合起來後，實際上立刻就變成了一種價值語言。例如工人階級一詞替換了『人民』一詞。」（同上）藍馬的前文化還原理論已排斥了語言中這一故意的含混性、即排斥了價值語言。

「在現代詩中，名詞被引向一種零狀態，同時，其中充滿著過去和未來的一切規定性。在這裡，字詞具有一種一般形式，它是一個『類』。詩的每一個字詞因此就是一個無法預期的客體，一個潘多拉的魔盒，從中可以飛出語言潛在的一切可能性。現代詩把話語變成了字詞的一些靜止的聚集段。現代詩是一種客觀的詩。在現代詩中，自然變成了一些由孤單的和令人無法忍受的客體組成的非連續體。」（同上）楊黎在他《十九個名詞》或《十九個名詞上與下》中實現了這種名詞的「零」狀態。這些陡然直立的互不相關的名詞是一種令人不安的話語，這名詞以「靜」的「聚集段」摧毀了一切倫理的意義並徹底吸收掉了風格。

「社會主義現實主義的教義必然導致一種規約性寫作，這種寫作應該十分清楚地指明一種應予表達的內容，卻沒有一種與該內容認同的形式。」（同上）非非通過他的「還原」把形式和內容結合在一起並反對了社會主義現實主義文學的硬化症。

「這種中性的新寫作是種毫不動心的寫作，或者說一種純潔的寫作」（同上）：非非就像最早在《局外人》中運用這種透明語言的法國作家加繆一樣，完成了一種「不在」的中性寫作風格，語言的社會性或神化性在非非的詩中被消除了並獲得一種理想風格——「不在」即在、空即實，無個性即個性的最高實現。非非就是以這種「不在」征服了寫作中的意識形態，放棄了對一貫典雅或華麗風格的傳統文學的依賴，達到了一種純語言或純方程的狀態。詩歌，傳統意義上的詩歌被非非克服了，詩人被重新追認或重新發明了，詩失去了色彩，詩人成為一個誠實的人。在非非詩中，詞語獲得了自由，語言恢復了最初的新鮮，雖然這新鮮是沒有什麼意義的，非非變成了傳達原語言的信息行為。一切祈禱式或命令式的語勢——詩歌傳統意義上的抒情話語權勢——被一種直陳式寫作所替代或消解，被巴特式的「純潔寫作」（零度寫作）所替代。詩歌達到了一個要求——形式就是文學責任最初和最後的要求。

1993 年，非非詩人將非非語言引進市場經濟發展軌道，提出中國首次語言大拍賣方案。接著，他們還評選中國最佳夢孩，在全國範圍內徵集夢文、尋覓夢友。他們還身體力行創立中國第一個左派小區，即共產主義村。他們的非非之夢指向了共產主義之夢，同年十月非非作為一個集體形象最終又被這個夢所消解，如楊黎所說「非非在堅決與溫柔中解體了。」真的解體了嗎？而我則想到世間一切法其實都無是無非，無生無滅，猶如佛陀所說「非空非滿、非成非壞、非垢非淨、非增非減、非來非去、非一非多、非聚非散。」

文學走到了盡頭，後現代主義在中國迅速完成了它自身的一場集體退出行動，拒絕行動，自殺行動，非非也以它「中性」般的「純潔」姿態完成了這一最後的行動。

五、三個詩人從「紅旗」出發

1. 紅旗

《紅旗》真成了四川抒情詩刊！

——柏樺《求是與裙邊》

1986 年的成都，中國詩歌正在此經歷繁花似錦的一幕。流派紛呈，春風化雨，一個新的抒情小組已在四川大學以帕斯捷爾納克的「白夜」或「秋天」的旋律集中。這一年，潘家柱（趙楚）考上四川大學中文系美學專業研究生。傅維也從重慶來四川大學進修。向以鮮——一位哪怕在無言中眼睛也總是浸滿淚水的詩人——剛從南開大學研究生畢業，在四川大學古籍研究所工作。孫文波——成都當時唯一的抒情詩人——在這裡找到了抒情的同志。很快孫文波、潘家柱、傅維、向以鮮合辦了一個雜誌《紅旗》（紅旗即抒情，即血染的風采……）。

這個只出了幾期的油印雜誌引起了一定的注目，這些詩即便現在讀來仍有相當價值，它忠實地記錄了一群正值青春的詩人怎樣渡過青春的險境：

孫文波在《1987》中，「他整日關起門窗獨自痛定思痛」以及在《午夜的廣場》上「人們為了自己的命運獻出了青春，愛情和熱血。」

趙野在繼續經歷青春的「超我」，「要知道偉大的風暴中，這一切多麼瑣屑。」這句詩很能代表他的形象，讓我們看到一個充滿幻覺的大氣磅礴的青年活潑潑的樣子。真是文如其人也。

潘家柱以一貫的赤子之心歌唱道：「人啊，我的兄弟／你怎能拋下你的生活／一匹棕紅的小馬／也會在夕陽下回家／人的孩子啊／你怎能長大」，並在《痛飲一月》中表達了他壯懷激烈的遠大抱負「讓幾個仁人志士大顯身手。」

青春的巨痛在鄭單衣身上變成無數莫名的敵人，在「又一個春天」裏，他「使這埋葬著死者的星球暈眩、厭倦並在肉體的堤岸上大肆吞食又一個春天」，接著他晦澀的波德萊爾式的青春在兇猛地進入《日子》，「日子咬牙切齒，出出進進／日子深入人心／看守著血、看守著骨頭，而死去的是你，在另一些日子裏。」

傅維的青春在溫婉中進入「晚風送來靜謐和芬芳／一片古典的光輝，我倆喃喃細語」，他以他特有的溫柔低聲輕唱，就像他所熱愛的宋朝詩人周邦彥那樣，他賦予詩必要的優美和安寧，他的幻想也是柔和的，疼痛遙遙無期或排斥於他安靜的內心之外，「更美更長壽的動物在遙遠的森林夢遊……」(《故事》)。

我彷彿也長久地迷失於 1986 年寒氣逼人的冬天。我在墜入那個年代特有的集體主義詩情裏，墜入而一時無法說出，還需要時間，需要等待——一種奇妙混亂的痛苦等待。

臉，無數的臉在呈現，變幻，扭曲。在四川大學的校園裏，人們（包括逃學的學生，文學青年，痛苦者，失戀者，愛情狂，夢遊者，算命者，玄想家，畫家，攝影師，浪漫的女人，不停流淚的人，詩人，最多的永遠是詩人）在這個冬天奔走相告，剖腹傾訴，妄想把一生的熱情注入這短暫的幾天。一個人的淚水奪眶而出，她嘔吐著，並用煙蒂燒傷自己的手背；在另一個黑夜，有幾個人抱頭痛哭，手挽手向著車燈的亮光撞去；還有一位卻瘋狂於皮包骨頭的癡情，急迫得按捺不住。而其中最恐怖的是我逢著了一個屍體般的女人，她的名字當然我不會說出來，我在一首詩中寫到了她：

側影

「關於死去的人，我們不可以寫太多。」

——題記

你不必耐心太多
她已無法承受
她的熱血太刺眼了
她決定自殺

宴席正進行
窗外飛鳥不動
樂曲舊地夢遊
人們不斷地打開話匣

有人憧憬形象
有人長大成人
有人雌雄同體
有人退出勝利

而我看著這個燈下人
我為她難過
她賦予夜色屍體的美
這一點是否令你吃驚？

1986 年 11 月

吃驚之後，終於，我宣布了我剛寫成的一首重要詩歌：

痛

一

怎樣看待痛的地位
醫生帶來了一些陳述
他教育我們並指出
我們道德上的過錯

每個人肉中的地獄
貫穿每個人的頭腳
無論你警惕還是恨
都不能從其中逃脫

痛影射了一顆牙齒

一個耳朵的熱。頸子！
他寫詩後突然腫了——
好恐怖，好神秘

二

痛——幻覺的核心
傾注於虛妄的信仰
研磨著突如其來的
自然主義悲劇的深度

報應和天性中的惡
不停地分配著懲罰
怕痛？或更怕恥辱？
今天我們層出不窮……

對己忍耐甚於反省
對人憐憫多於寬恕
對幸福生活的嚮往呀！
黨會教你如何止痛

寫於 1986 年 10 月

而我最具紅旗詩派的詩歌，也是向老帕（帕斯捷爾納克）致敬的詩歌，竟然要等到 2022 年 1 月 13 日星期四，我才終於寫了出來：

1953 年

難道紅痣在她身上像星星在天上
還不夠抒情嗎？讀老帕的白夜
「涅瓦河邊那蝴蝶似的煤氣街燈，
清晨用第一次顫抖觸碰……」

真的只有在俄國？！女詩人才
被捕如初戀。你準備來寫什麼？
「天空落在路上，無人拾撿……」
我要反起搞！寫黄河之水天上來

後來，廣播來了個體操，那是
情報所的生活，後來，在川大

有了一個流淚的詩派叫「紅旗」
生活的意義又從西方來到東方
一首詩最好的呼吸在哪兒呀？
那說話和行走的韻律學我已學會……
是的，除了 1953 年，年輕人
還有什麼成就值得我們期待

注釋一：為什麼偏偏是 1953 年值得我們期待？因為這一年，帕斯捷爾納克寫出了名詩《白夜》。

2022 年 1 月 13 日

「紅旗」詩人直抒胸懷，發而為歌。這種詩風在北京詩歌圈很有好感，因為北京自「今天」開始，就有一個抒情詩的傳統，「今天」已成為最早抒情的榜樣。北京——一個大喊疼痛的城市，它給予詩人的唯一任務就是歌唱。而四川詩壇最早的局面是這樣展開的：重慶作為一個悲劇城市是抒情的，成都作為一個喜劇城市是反抒情的。重慶的悲劇來源於它的生產和辛勞，成都的喜劇來源於它的商業和優閒。紅旗派的詩人大部分來自重慶這個「悲劇」的故鄉，他們情感生活自然而然就出自抒情詩這一古老傳統。在這個抒情的傳統上，「紅旗」詩人留下二十世紀八十年代中葉，一代中國詩人在西南邊陲所走過的心路歷程和美之歷險。他們從自身的疾病出發，激昂地表現了一個時代的痛苦、焦慮、憤怒和悲哀，他們面對生活的真相首先從自身撕下一道慘烈的傷口。

一年之後，「紅旗」三劍客向三個方向分散出去：潘家柱匯入石光華、宋煒、萬夏的「漢詩」；傅維和鍾山、鄭單衣在 1989 年後進入超現實主義的抒情勞動，創辦《寫作間》；孫文波與蕭開愚、歐陽江河一道也在 1989 年之後從事知識分子式的理性「反對」和提倡中年寫作的「九十年代」。熄滅了青春的烈焰，「紅旗」的任務業已完成。

2. 漢詩

「漢詩」的前身是整體主義，其實質同出一轍。「漢詩」這個美麗的名字本身就蘊含著詩意和一個誘人的中國神話。1989 年之後，由芒克、唐曉渡主編的「現代漢詩」又再一次體現這個名字（雖然加上「現代」二字）經久的魅力。

1986 年，三個詩人——石光華、宋煒、萬夏——憑藉成都的古風，本著孔子「吾從周」的精神，致力於為古老的漢詩注入新鮮的活力。這一年，《漢詩：二十世紀編年史，一九八六》創刊，開篇是石光華寫的「漢詩自序」，序言結尾這樣寫道：「詩人是人類對宇宙的最完美的顯示。中國詩人體味到了這種幸福。稟賦著『天行健、君子以自強不息』的生命精神，超越、更新、創造，將自身投入整體的生命循環之中，以中國人的綜合性直覺和明澈的領悟力，揭示著人類新的存在和意義，那麼，這一代詩人是人類可以期待和信任的。」

這時「漢詩」已給了我們一個清澈的外貌和內心。文如其人，石光華在更詳細的「整體原則」中為我們說明了關於漢詩的意見：一個當代漢語詩人，無論怎樣標新立異，都需要一個無法拋棄的廣大的傳統背景。這個背景在中國古代被稱之為「氣」（語言之氣）或天人合一（語言合諧），而今天這種「氣」或「天人合一」被稱之為詩應來之漢語、煥發於漢語、創造於這個「整體」的漢語，所有當代的漢語詩歌的實驗都應在這個「整體原則」下展開。漢詩的方向或「整體」詩歌方向是一個包容性很大的方向，它的視野包括從古代生活一直到當代生活，唯一的限定是一切大膽嘗試只在「漢族文化和場景」這一特定範圍內進行。這是一個正確的限制，符合一個民族主義者的心理。的確，詩人首先應該是一個民族主義者。只有遵守這個限制才能使我們同西方文化，即所謂強勢的「世界詩歌」，保持相對的距離，並給予必要的敬意但不一味盲從。

漢詩是一個符合中國精神的穩重提法，即富靈感又富建設性，經過了嚴格的深思熟慮。漢詩的出現在 1980 年代中期，它與中國五千年文明史一脈相承、一氣貫通。自改革開放以來，西方文化長驅直入，輕鬆沖洗大多數中國青年詩人的頭腦。「漢詩派」詩人第一次以「整體」的形象自覺地抵制了這種外來的西式詩歌「催肥劑」。

「漢詩派」詩人這一可貴的抵抗行為使我想到日本小說家谷崎潤一郎和川端康成。他倆一生都在孤獨中捍衛日本精神，是日本古風的傳人。而名躁一時的《金閣寺》作者，山島由紀夫卻不能代表日本靈魂。雖然他以日本傳統方式切腹自殺，但他更多的一面是一個王爾德式的唯美主義者在日本的翻版。而谷崎和川端才是日本美學的純正代表。他們創造了不可能的奇蹟，在二十世紀的今天重現了「枕草子」的光輝——「往昔徒然空消逝……。人之年齡。春、夏、秋、冬。」尤其是谷崎，在他後來成熟的作品中，讓人欣慰地看到他解決如下一對深刻矛盾的高超手腕（這對矛盾是所有第三世界國家，尤其是亞洲，特別是東亞國家無法避免的），即在不得不順應西方現代性的同時，又著力保

持自身古典的原汁原味。的確，「偉大的作品必須自成一格，原汁原味，忠實無欺。」（土耳其作家奧爾罕·帕慕克的一個觀點）

漢詩的理想也是近代中國文人的理想，王國維、蘇曼殊、辜鴻銘、甚至陳三立、鄭孝胥的理想。有關這一理想在石光華一則極短的自述中可以玩味至深：「石光華，男，四川成都人，1958 年 1 月出生。除幼時玩於深巷和青春時節下鄉務農兩年外，就在讀書、教書和做書生意中打發了三十五年的日子。寫了十餘年的詩，也寫了一些零散的文章，自覺均不成氣候。只是覺得寫詩是中國文人的一件平常事，寫得多些好些就算詩人，次一些就只是愛詩的人。」這是一則典型的中國文人自畫像，行文淡泊寧靜、氣韻悠長，尤其是「幼時玩於深巷和青春時節下鄉務農兩年」這一句漢風熠熠，深入堂奧。自述頗有張岱寫《柳敬亭說書》一文之風骨，我彷彿初逢漢字的驚喜一樣，在此初逢「深巷」和「務農」的靈氣。漢字能做到如此古為今用，也是今日中國文人的福氣了。寫詩屬於文人的修行日課，中國文人應以平常心對待之。

在「漢詩」詩人中最為奪目的是對詩歌始終持某種比較保守或過時看法的宋渠、宋煒，他們在詩歌中活命，與傳統為伴，除此無大事。他們寫出了《戶內的詩歌和迷信》以及《戊辰秋與柴氏在房山書院度日有旬，得詩十首》這二篇組詩，由此成為「漢詩」派當之無愧的絕代雙驕。他們在守舊中走向「落霞與孤鶩齊飛，秋水共長天一色」的極端，走向「中藥」和「迷信」的極端，活著並無礙。

潘家柱對詩持有一種更古典和素樸的看法。我同他、萬夏、宋煒有一些交往，1980 年代中後期我目睹了他們的生活日夜浸淫在漢族文化的濃鬱氣氛裏，他們對漢詩江湖的美好夢想，對古代美女、劍俠、書生、鄉紳的偏愛使他們保留了並洋溢出漢族文人的傳統品質。在一個全面消逝的古老中國的今天，他們的詩歌染上了古中求新的輓歌色彩。被宋煒稱為「小旋風柴進」的潘家柱此時已離開「紅旗」（「紅旗」已不存在），深入「漢詩」，進入他「美麗的漢人生活時期」（或仗劍或負籍遠遊的時期）。

世界早就是舊的，猶如天長地久的茶、蘭花、魚、蔬菜、竹、磁器、酒、絲綢、亡城、易經與算命術、甚至精忠報國、忠孝節義之道……漢風猶存，詩人欣慰，舊瓶新酒，藉以還魂。

3. 寫作間

「寫作間」顧名思義，這個名字已點明主題——勞動。「男兒的事業本該晝夜不停」，「勞動」成為浮士德最主要的精神，勞動之美也成為世界之美。「紅旗」之後，傅維在思考著一個問題「流派和運動必然帶來原則和教條，教條下面難得有持久如一的詩，詩勿需任何教條來規定。」這位最初熱愛聖瓊、佩斯的抒情詩人，這位寫出《回憶烏魯木齊》、《雲貴高原》、《阿壩之行》一系列在風景中感悟神恩的歌吟者，這位只要情緒緊張就會夢見考試或教學的詩人，在1989年與另一位文質彬彬的詩人鍾山，創辦了一個雜誌《寫作間》——繼「紅旗」之後更為成熟的一個提倡忘我勞動的超現實主義寫作車間——強調工作著是美麗的這一世界性主題。

這份雜誌不以流派或運動為推動，沒有任何宣言來統一選編的詩歌的規格和型號，當然更談不上口號、規則和教條了。詩篇被客觀和地放在一冊裏（包括外國詩人的譯作），不像通常的排列，中國詩人放在一起，其他語種的詩之譯文則放於書尾。因為選編者傅維、鍾山認為，深諳詩歌鑒賞之道的高手可以逐一品評，如僥倖讀到值得傳頌的詩並給與褒獎，那寫作者心靈的勞動就得到了酬報。

《寫作間》由於各種複雜的原因，只出了兩期，但我亦認為是一個成功的嘗試。詩篇和文章引人注意，尤其是傅維所寫《詩人周邦彥》一文，文采和見解讓我至今讀來也很喜歡。鍾山也寫出他難得的聲音《致秋天》。

溫恕（1966～2016），我一直長期關注的詩人，是「寫作間」供獻出的一顆抒情之星（三年之後我終於見到他初露的光芒）。抒情詩人說畢生的時光，科學家說畢生的時間。度過萬事不關心的老年，除了王維，還有誰？可惜天不假年，溫恕剛到五十歲就因病去世了。

我也想到這個或那個老詩人每天都朝土裏邁出一小步。我想到的不是他或她的形象，而是他或她的聲音。死去一個人就是失去一種獨一無二的聲音，死去一億人就是失去一億種獨一無二的聲音。我不止想聽到你的聲音，也想聽到至少五十億種不同的聲音。為何我們說聲音永恆，那是因為我們懷念一個人時，常常就是在懷念他的聲音。詩人溫恕在他1999年寫的詩歌《練習曲》裏，這樣說到聲音的壽命，他說得很好：

因為聲音是時間的減速器
和往事的回憶
比廣場上的石碑活得更長。

是的，溫恕的詩歌之聲一定會比他的生命活得更長，重慶出版社於 2017

年 5 月出版的《溫恕詩集》也一定會是一本有待被不斷發現的傑作。

面對溫恕的去世，我能做什麼呢？我只能在我寫的四首詩中懷念他：

青春

川大少年的海市蜃樓
怎麼成了彼得堡的白夜？
皮包骨頭的抒情成了什麼？

「請讓我有一條出路，
請讓我有一個未來……」
愛抱怨的人找不到醫生。

懷才不遇就當街撞車！
「你們怎麼還不帶我回去？
我已經看見德陽了！」

等著吧，我的詩歌兄弟，
會有個滔滔不絕的矮子
要來德陽的墓地找你；

會有個小地主的女兒
要來朗誦你王爾德的最後時光
但現在我必須說再見！

為這白得耀眼的愛情！
為這白得耀眼的夏天！
為這白得耀眼的神經病！

1986 年冬

紀念一個詩人

——給詩人、學者溫恕（1966～2016）

臨死前大半年，一個淺淺的晚間，
你悄悄來讀了我的詩，這我知道。

臨死前一個月，你還是那樣自戀
撒嬌：世界只剩下我們兩個人了。

餘下細節，可沒有一個說得上來

那麼多計劃，那麼多書，那麼多錢……

朱湘之後，張棗之後，余虹之後
我總覺得，你是一個沒有死的人

這不，我來對你說我的一個新發現：
烏克蘭小俄羅斯。高爾基大話包子。

這不，五十年很可能不如一夕談
多說多福，舌頭能把你帶到基輔。

注釋一：「舌頭能把你帶到基輔」出自「舌頭能把人帶到基輔」，俄國諺語，意思是：只要多開口問路，就可以走得很遠。含義是：多說話有益。這裡是說溫恕生前一個可愛的特徵：話多，愛抒情。

2016年10月26日

一九八六年之後

成都人何必笑重慶人
鼴鼻人何必笑側睛人
無一無二，無是無非
離家出走終歸是個夢

愁人不惜夜，剖腹說
一月不梳頭，將進酒
Revolution，天文學
的繞轉，人世間革命——

川大一九八六年之後
溫恕二零一六年之後
並不一定非得在俄國
「我回來時將是雪崩」！

2016年12月30日

溫恕小像

他身體來自德陽
有股酸奶味
薄得像一溜煙小報

瞧，不是他眼在看
是他耳在聽
他急於吻而忘了唇

成都的細雨啊
有遠行的生活
也有返回的生活……
急什麼急？

世上還有什麼
令人回味的事物？
風，來自德陽
它接我回家。

2019 年 3 月

「寫作間」不是一個流派，沒有明確的主義，也並不立志於掀起一個運動。但他們仍是有跡可尋的，從風景到抒情到玄想到超現實主義之夢再到時代之詩，最終落到最樸實的一點——勞動。正如傅維自己所說：「詩歌的里程碑直到豐碑都不是由主義和流派來完成的。絕對是一首一首超凡之詩，甚至幾個具體詩人的名字來完成的。從這個意義上說，我只相信進入選本的詩人，而不相信進入文學史的人。」

4. 反對及九十年代

詩人孫文波如今已成為一名獨樹一幟的詩人了。他為此付出了極高的代價，但終有所收穫。正如傅維所說：「他身上體現了多種美德：勞動是一種美德，成功是一種美德。他在比他年齡大或者小的詩人面前都像一位兄長，都能保持雅量和寬懷。他對自己的詩非常自信，但同時又賦之以艱苦的勞動來使自信能夠名符其實。他最終將對中國現代敘事詩作出貢獻。」他最初作為「紅旗」抒情詩的發起人，抒情的偏愛一直持續到 1988 年。1989 年是他最為關鍵的一年，這一年他同蕭開愚、歐陽江河創辦了「反對」雜誌，及一年結集一本的「九十年代」。「反對」作為文學革命的永恆話題，「反對」詩人正以這一「反對」形象實踐著這一永恆的話題。

「反對」詩人以「抑制、減速、開闊的中年」特徵，反對了詩歌中的抒情品質，努力將詩歌詞彙擴大到非詩的性質並將詩之活力注入詩的反面——世俗生活。他們崇尚知識、熱愛閱讀、關注世界文學的最新動態。知識分子精神或知識分子身份是他們詩歌中強調的重要核心。他們以羅蘭·巴特或福柯為理論武器重新檢討文學並消解抒情的權勢（按照巴特說法這種抒情話語的權勢是不純潔的，他們贊同這一觀點），以達到另一神話——「反對」神話或「中年」神話。孫文波順利結束了「紅旗」的青春，進入安之若素的中年，大量的「現實」進入他的《散步》、《還鄉》、《地圖上的旅行》以及最近的《新聞圖片》：

其實還是說說看的見的事物好一些。
綿綿的雨絲，泥濘的道路，以及
樹的黴暗，瘟疫襲擊的人群，……
——孫文波《枯燥》

這種「現實」的運用使這些作品獲得了特有的現實意義，也獲得了真正有力量的現實感。人們將這種現實感，稱為詩學上的「敘事性」，它使得孫文波的詩歌具有一種親切可靠和道德感等可信賴的特徵。特別是他在敘述中對於詞的選擇、安排、調度、控制所形成的張弛有度的節奏和語調，更是成為其詩學特徵的重要方面。「反對」的語言策略在此顯示了一種新的寫作的可能性，孫文波及「反對」詩人在 1990 年代向遠方的羅蘭·巴特、德里達作出快速而必要的致敬。他們的作品裏迴響著某些解構大師的聲音。

我在此所談到的孫文波詩中的現實並非十九世紀的現實主義，也不是龐德所說的現代主義的現實，更不是我們習以為常的社會主義現實主義，而是某種帶有後現代觀念和技術的現實。很多年前，在一封孫文波給我的信中，他談到了對現實及寫作的一些看法，這些看法基本代表了他們（「反對」及「九十年代」）寫作的共同傾向，在此將信全文轉錄如下（信中不可避免的第一段和最後一段簡短的客套語被刪除）：

一個人的寫作的變化，我認為一般都存在著兩個方面以上的因素的刺激；一是時代生活的發展狀況，二是個人對詩的行進式的認識，再就是對寫作的歷史的重新估價。八九年以後，中國詩歌寫作中反理性的勢力仍然佔有上風，同時還有受到政治風波和海子駱一禾死亡影響造成的遺書心態，很多人都要求能夠在一瞬間進入寫作的中心殿堂。面對這樣的形勢，我個人感到的是對各種問題的誇大，是心態的浮躁和另一種想建立功名的功利主義；人人都在談論龐大的體系，談永恆的主題，甚至談絕對的形式，似乎中國詩歌真要在一代人手中寫到頂峰了。但是，實際的情況卻是種種現象表明我們並沒有越過世界範圍的詩歌的六十年代，即我曾向你說過的拉金和奥哈拉那樣的寫作。

所有的東西讓人感到仍然沿用著象徵主義的套路，和超現實主義的方法，沒有什麼新鮮貨色。因此，寫一種更實際的，更不哲學化和更進入我們的處境，或者說寫一種乾脆就稱之為經驗主義的詩，構成了我和開愚的基本想法。我們的寫作正是在這一點上與過去的寫作相比發生了變化；它對短暫的，易逝的，帶有現象學意義的現象的關注，對擴大化的物質主義造成的時代中心話語的關注，改變了我們處理詞語的基本態度，使具體經驗而不是所謂的智慧在詩中變得突出和重要了，並顯示出不是苦思冥想的虛構，不是單純的詞語想像，而是有跡可尋，但又非一味抄錄的對待主題，成了寫作的基本方式。

我一直認為這一寫作的態度和方法的變化是有意義的，僅從構成的文本來看，它創造了一種半敘事的寫作風格，使抒情在排除了直接的胸臆坦露後進入到對敘事的依附。同時，這種寫作還帶來了對寫作的專業化，專家化的要求，使寫作變為一項高度嚴肅和正式的工作，排除了它的業餘成份。當然有一點需要指出：我們並不是以那種提倡純詩的人所用的寫經典的方式來達到這一切的，而是賦予了普通的事物以知識分子的嚴謹，和對崇高氣象的迷戀，這就又使我們的寫作在形式主義之外獲得了形式感，從而呈現出在嚴格的對話語做場景性修辭學意義上的處理和把握後（其要點是節制和準確），使任何事物都能達到可信的莊嚴，詞語的非詩化也能在這裡被徹底的排除，變得詩意充溢。我認為我們做到了這一點是一種很了不起的成就。

對於寫作的歷史進程，無論個人的還是集體的而言，我們的這種努力的確具有進步的意義，它在一定程度上拓寬了詩歌寫作的領域，並且在敘述方式上為今後的詩歌寫作提供了新的可能，這包括了對越拔越高的虛假寓言式寫作的抵制，對複雜語境的減化，對歷史文本的重構，以及對各類非詩題材的詩化提升，等等。

在現階段而言，的確已有一些詩人受到了我們的影響，並且接受了我們對詩的寫作的倡導。不過，雖然我和開愚在總的態度上是一致的，但落實到具體的寫作上又各個相異。對於開愚而言，詞語在他那裡始終具有色譜學的意義，他在運用它們時更注重在這樣的含義中賦予它們以活力，因而他的詩帶有十分強烈的濃裝豔抹的特徵，讓人感到詩歌既華麗有充滿喧響。而我一直想到的是「能指」和「所指」的一致性，我希望所有的詞語都能在常態中進入到詩的結構中，在這樣的結構中獲得語意的定向表達。這樣，當很多時候我回想起我和開愚各自的詩歌特徵，以及其他種種時，總感到我們的詩歌寫作實際上具有一種十分強烈的「烏托邦」色彩。因而當我來評價我們的寫作時，它們的確不是什麼「現實」的，而更具有「烏托邦」性質，它是我們在表面的「反烏托邦」進程中，以逆向構成方式和消除詞語的現實壓力，用緩和的態度建立的語言認識論意義上的「烏托邦」。我覺得很多人沒有看到我們寫作的這一點，很遺憾。

六、「我為什麼如此優秀！」

余青年時代「出門一張帕，洗臉又抹肨」（蜀人言兩腿間私處曰「肨」），大學時代念書，忘我至用口袋裏的臭襪子揩鼻子，這一切即「我為什麼如此優秀」之秘訣和潛臺詞……

——鐘鳴

在我同鐘鳴進行的好幾次漫長的抒情性談話中，他反覆對我回憶並描述了黑龍江一個風景如畫的地方——鏡泊湖。為什麼鏡泊湖讓他魂牽夢繞？那是因為他從此地開始了寫詩。

接著他的回憶倒敘到成都火車站一個冬日夜晚的一幕：他就要登上 1970 年神秘的政治列車（1970 年代中國大地只有這種列車，還沒有後來這些繁華的旅遊和商業火車），作為一名部隊文工團的小演員奔赴東北，他將在文工團演出的《紅色娘子軍》——這一紅色時代赫赫有名的歌舞劇——中扮演一個角色小龐。他臉色蒼白，懷著奇異的離別之情，告別了他的家鄉成都和親愛的母親。也不知他是否意識到了這離別的象徵意義——詩歌道路的出發點。

列車載著這個孤單的青年來到鏡泊湖。轉眼已是初夏，風景在經歷過白雪之後，飛揚出它深綠的秀美，巨大的成行的柳樹吹拂清潔的河岸，水波涼快、紅色的鯉魚在搖動它愜意而肥大的身子，垂釣人、木頭房子、穿著鮮豔裙子的朝鮮姑娘的笑聲、清風、白雲、綠水、森林，這夏天的一切彷彿在打開一個他從未見過的夏天，這一切和四川成都的風物那樣不同。

這青年在岸邊徘徊，隨意來到一個永遠充滿溫暖秋天氣息的馬廄，馬廄的草料伴著初夏的涼風發出醉人的青年人能夠體會但難以言表的香味，多麼好聞的味道啊，鄉村、泥土、樹木和馬的味道，這青年歷經了一個冬天的離別，這時已暫時忘記了熱鬧而熟悉的錦官城。他在翻動，好奇地翻動深深的草料，突然在草料的最深處他發現了某種跡象——有人在此掩埋了什麼東西。他深挖下去，一個黑色潮濕的盒子出現了。打開它！裏面有兩本陳舊的詩集和一些俄羅斯文學書籍，《洛爾加詩選》、《紀廉詩選》、《吉洪諾夫文集》……釣魚人的歡笑從湖邊涼爽地傳來，這青年屏住了呼吸，聞到了埋葬盒子的亡人或未亡人逝去的鍾情……

這個文工團的小演員隨著演出在祖國漫遊，他從一地到達另一地，同時也從一本書到達另一本書。他開始試著寫詩，從這個夏天、從這個深深的馬廄、從幾本潮濕的舊書，走上文學的坷坎路。就在鏡泊湖的岸邊，這青年寫下第一首涅克拉索夫式的敘事詩《克里姆林宮的鐘聲》。

轉眼又是 1986 年秋天，當我剛從四川大學郵局走出來，趙野正陪著一個人向我走來，我知道這個人就是鐘鳴。他這時早已從西南師範大學中文系畢業並在四川工人日報社工作。我們終於見面了。

在這之前我已知道他，他作為四川早期（1982～1983）民間詩歌運動的組織者和策劃者已引起我的關注，他率先在成都獨自一人編選《次森林》，第一本早期南方詩歌地下雜誌，作者來自四川、貴州、廣東。他那時剛大學畢業，在川師工作，由於印製這本雜誌受到有關部門的注意並要求說明目的，而具有諷刺意味的是他回答道：「為了出名。」與此同時，鐘鳴還編印了一本《外國詩》，這是全國最早的一本集中介紹西方現代詩歌的寶貴資料，重點介紹了普拉斯、史蒂文斯、狄蘭·托馬斯等詩人，這本書對當時寫詩的青年詩人具有重要的影響。那時我住在西南師範大學，曾收到過他寄來的一篇討論詩歌的長文和他自己寫的詩歌《日車》。

我們的交往緩慢地向前發展。書籍成了我們最先的紐帶。他是一位我所碰到的真正最愛書籍的人。他豐富而巨大的藏書令我眼花繚亂又大開眼界。我們第一次較深的接觸就是我去他家參觀他的全部書籍。我還記得一件趣事：當我發現他擁有一套（上、下二冊）翠綠封皮，上面印有美麗的英國風景的《同時代人回憶葉芝》的英文全集時，我情不自禁地想得到這套書，左說右說，總算以一本英文的《波德萊爾傳》和一本臺灣人譯的《薩克斯詩選》作為交換條件達到了目的。這件事發生在1986年秋天某個堪稱幸福的星期六下午，頹廢、無事的下午被一套新書的快樂臨時填滿。

他是一個奇妙的人，在生活中像一個孩子，積極而熱情；在工作中像一個學者，秘密而豐富。他的詩從來沒有孩子氣，是完全學者式的寫法。這在當時頗為艱深（至今亦如此），我無法讀得透徹。我那時正一頭猛扎進生活中，像一個從未生活過的人一樣爭分奪秒拼命生活，唯恐生活突然溜走。而鐘鳴除讀書、寫作、看電影、買書以外，從不喝酒也不抽煙。我在心浮氣躁的生活中踉蹌著腳步，根本無法靜下來閱讀和思想。我早晚會落後的，有人這樣預言：「抒情詩人先寫氣、再寫血，然後氣血寫盡，就完了。」可怕的咒語。

我的詩是從生活出發的，就像鐘鳴的詩是從文本出發。鐘鳴的確是另一路詩人，他有一個充滿各種思想各種策略的大腦，這大腦產生一個又一個宏偉複雜的寫作計劃，就這樣他從最初的吉洪諾夫式的敘事文學入手，進而穿插中國古典詩歌的話語成分，逐步營建他的巨型詩歌宮殿，如《樹巢》。

他那時已寫出《中國雜技硬椅子》（中國系列史詩之一）。通過這首詩，他探討了一個深刻的中國主題——色情與政治、倫理和書寫的扭曲、人民的力量和權威的微妙關係、人類經驗的隱私領域與脆弱性以及權力關係是如何銘刻在人的身體上的。這是一把多麼實在而有意義的椅子，但這一切最後都通向一個虛無。他在另一首詩《器官商行》中，著手進行了某種後現代主義的純客觀敘述，這種寫法相當富於突破性和預示性，即錘鍊敘事技術是為了下一步更好地寫出史詩，因為敘事是史詩的一個重要品質。

在經過反覆的此類寫作（主題拭探與技術訓練）後，1991年他終於寫出宏篇巨構《樹巢》，他以前所未有的勇氣完成了一個極其複雜的綜合文體的大試驗，涉及的範圍之廣、之深、之精有待於作專門的研究，但它所呈現的規模和意義已引起學術界的一些關注。近期動筆且更具雄心的「大詩」《歷史歌謠與疏》，這首長詩的布局是以若干短詩組成，浸透唐宋風骨、濃豔延綿、深賦韻律感、富有歌謠味道，但仍不失複雜性。《歷史歌謠與疏》也恰恰吻合了他有關南方詩歌的思想背景。他很早就迷戀於地方詩歌並最早竭力倡導南方詩歌。為了追尋「南方」或「外省」這個概念，他逆流而上獨自一人大量研究有關「南社」的各種文獻，從柳亞子、蘇曼殊等人身上找到近代中國文人的「南方傳統」。

他在 1980 年代後期開始了大量的散文寫作，他稱之為隨筆寫作，這些隨筆於 1991 年被花城出版社結集出版，取名為《城堡的寓言》。我是有幸第一個讀到鐘鳴隨筆的人。那是 1988 年初夏我即將遠走它鄉，奔赴南京的某一個清晨，當時我住在鐘鳴處，一覺剛醒，他就急著叫我讀他在那個清晨剛寫出的第一篇隨筆《細鳥》。我的直覺立即告訴我，鐘鳴所從事的一種新東西出現了。我在幾年前曾專門為鐘鳴的隨筆寫過一篇文章《鐘鳴隨筆小引》，對他的隨筆作過中肯的評價，在此就不多說了。他的隨筆把中國傳統小品文和歐洲隨筆文體融為一體，摻以疏證和思辨，有著明顯的文本主義色彩，極富獨創性，備受知識分子推崇。

在詩歌批評領域，他執著於對單個詩人進行縱深性批評，完全從中國批評家習慣的流派批評或群體批評中脫離出來，只專注於個人。他在批評中從個人立場出發強調西方精神中的人本主義東西，而拒絕「大躍進」式的批評或大紙報式的批評，反對以群體抹殺個人的壞作風。他致力於嚴肅、具體、專業的「語境批評」，徹底反對了 1949 年以來空洞的「官話批評」，他融敘事學、比較詩學和中國疏證學為一體的批評風格在《籠子裏的鳥兒和外面的俄耳甫斯》一文中有最全面的體現，使研究漢語詩歌的一些專家注意到南方詩歌的獨創性，認為這篇文章開創了當代詩歌解讀的新局面。

1989 年 10 月，正當中國詩歌萬馬齊喑的時刻，鐘鳴在成都發起《象罔》民間詩刊，當時的參加者有趙野、陳子弘、向以鮮等人，刊物名稱為向以鮮所取，這個刊物共出版了十四期，鐘鳴為該雜誌主編，肩負總體策劃之責。當時我已在南京，我還記得最初收到《象罔》時的新鮮和興奮。打開鐘鳴寄來的郵件，一股白紙黑字的清芬整齊地撲面而來。第一頁印著我的兩首詩《飲酒人》、《踏青》，詩的左上角還套印了一副很像南京雞鳴寺的小畫，一幀小巧的古代風景配上踏青的飲酒人，江南之春呼之欲出，潔白的紙上短短的詩行，一座古寺清爽可人。第一期是恢復詩歌元氣的初步，而「美」卻躍然達到一個高度，一反過去地下刊物裝潢上馬虎了事的做法。這種對書籍美的完全徹底的呈現惟有萬夏可與之相較。

順便說一點：鐘鳴也是一個完美主義者，一個精美生活崇拜者，一個房間裏四季放置鮮花的讀書人，一個緊閉室內吃甜食的悲觀論者。我知道他最無法容忍的就是美的匱乏（這跟他珍愛文房四寶、山水書法的父親如出一轍）。

第二期是「龐德專集」，提出詩歌道德及獻身精神，也在此為「象罔」定下一個基調，「氣」從這期開始釀成。這期主要以大量龐德圖片及趙野的翻譯簡介為主，配上一篇陳子弘所譯龐德的一篇文章《資本的謀殺》，富有暗示性和預見性，提前注意到鄧小平時代最猛烈的市場經濟旋風即將刮來，中國詩人將面臨更嚴峻的壓力。此集一出在詩界一石激起千層浪，我首先震驚於鐘鳴那飽滿的熱力及層出不窮的想像，我無法預料下一期會是什麼模樣？他還會出什麼新招？龐德的春風又綠江南岸，鐘鳴來信告訴我梁曉明已將龐德專集的複印照片激動地貼在杭州大學的牆頭，西川從北京來信談到要繼續重新認識龐德，龐德精神（也是我早年同張棗所提倡的「日日新」精神）在詩人之間無聲地碰撞著、交流著，成為心之鏈條和寫作交流的暗號，元氣復蘇、開始動盪，鐘鳴借龐德之魂為沉默的 1989 年詩壇注入強力。

接著是我的專集《我生活在美麗的南京》，1990 年初春，我在北京戴定南處火速收到，鐘鳴以我的專集為突破口，第一次把對個人的深入批評帶入詩歌。

更精彩的第四期出現了，取名為「我們這一代人啊」，內容是「肖全攝影專集」。此集開篇，鐘鳴寫出《讓個人說話》一文，反覆點明個人在文學進程中的作用，「象罔」不是營造一個集體舞臺讓大家集體表演，它甚至不是舞臺，是通向個人的手段。

接著是「詩人談事件專集」、鐘鳴隨筆記、陸憶敏專集、王寅專集、趙野專集、張棗專集。每一期都不重複，而整個卻是「象罔」在向一個有限的空間要求無窮的美的各個側面。「象罔」敞開它對每一位嚴肅詩人的親切關注，沒有聳人聽聞、故弄玄虛的教規，也沒有吞吞吐吐、含糊其詞，只有唯美是它的一個普遍認同的標準，一個古老而常青的默契。唯有不美的詩歌被排斥在「象罔」之外。而美又在肖全的照片、戴光郁的畫、中國古代版畫這些材料中相映成趣，「象罔」是地下詩刊中一個美學上的例外。

1989 年之後，鐘鳴一直以一個中國知識分子的眼光關注著中國的歷史進程。他一直認為 1989 年是中國的一個歷史分水嶺，當然也是文學的分水嶺。1989 年之前詩壇的喧囂已成過去，1989 年之後要求於詩人的是對整體文化、思想的高度把握，要求詩篇能對歷史作出整體評價。因為一個已經到來的新時代對文學提出了新的標準。許多早年流於生活表面的詩人紛紛倒下了或轉向了，而鐘鳴這個從不喜歡呼嘯成群只樂於書齋生活的純語言詩人已作好了準備。他從早年的萬里路來到近二十年的萬卷書。他正確的直覺早已告訴他，他必須從犧牲中獲救（毛澤東時代為抒情所作出了犧牲），他必須以一種一貫的文本的永恆感拒絕即興的鬥爭感（即抒情的出爾反爾）。突圍不在生活中而在書本中，為此精神來到他裝滿各種書籍與秘典的房間。他以文本的複雜性消解毛時代的簡潔性，以目前的科學時代結束過去的狂熱時代。

他一直感歎，完成這一偉業只有他孤獨一人和他親愛的浩翰的書籍。他開始陷入丹麥孤獨的牧羊人克爾凱郭爾式的孤獨（西洋式孤獨）或阮籍的大悲憤之中（中國式孤獨），兩種孤獨把他逼上生活的絕境，他日復一日在閒散的成都滔滔不絕地雄辯或胡亂地教訓有可能面對的所有人，他在慷慨的說話中感到精疲力竭或怒火中燒。他苦於找不到一個同等級的對話人，他有時甚至只能在挑剔、埋怨、急躁、高傲、得罪人之中惡性循環，而這循環的核心是他對文學的極端真誠。這也使我想起 1987 年深冬有關他的一個故事：那一年冬天，張棗從德國返回成都，我們（我、張棗、鐘鳴、歐陽江河、何多苓）在翟永明家小聚，在歡樂的中途，張棗提議大家來玩抽籤遊戲——看誰能得諾貝爾文學獎，結果鐘鳴中籤。朦朧的燈光映出他欣然嚴肅的表情和其他人若有所失的樣子。

即便他與朋友一道創辦了一份在全國很有影響的民間刊物《象罔》，但實際上也只是他一個人在操作。他對集體有一種天生的厭惡感。他痛惜於自己的才能只用了百分之三十，其中一些被浪費在日常瑣屑中，另一些被別人佔有。他甚至悲憤於常常只能用康德哲學闡釋蔬菜之類，淪落為一個活生生的市場上的斯賓諾莎。

他曾用不到半年的時間偶而染指暢銷書生意嫌了三萬多塊錢，又用不到半年時間花得分文不剩。但最終現實對他沒有傷害，他的冷漠對他起到了保護作用。他雖然也在這種冷漠中同詩界保持了應有的距離，但他的內心卻潛伏著一種火熱的抒情，怪癖而坦然。他就這樣在心靈和肉體的含而不露的激蕩下默默地寫作，唯有夜深人靜之時，他才悄悄對自己打開抒情的心扉，發出「我為什麼如此優秀！」這一壯懷激烈又憤世嫉俗的浩歎！

在這萬古長如夜的浩歎中，他開始了邊寫書，邊做生意。他後來甚至做起了古董生意，從石佛造像到三星堆物件，真是應有盡有⋯⋯除此之外，我也從他那裡聽來了許多當代生活中有趣的故事，現在我就特別轉述一個陪人吃飯的故事（以第一人稱講述）：

我在廣東的一個老朋友曾對我說過這樣一句話：「你如果想折磨一個人，就叫他去陪人吃飯。」後來讀報（恕我說一句題外話：加繆說現代人的兩大特點就是讀報和通姦），見報上刊有一則古怪的消息，說某某著名文人以陪客人吃飯為職業，內心還嚇了一跳，覺得世界上竟有這等古怪行業。但很快，我就親眼看到了這個行業的實際操作者了，他便是 WC。

WC 幹上陪人吃飯這一行也是誤打誤撞。他一天接到一個海南富豪打來的電話，邀他作海南遊。他反正無事便飛去了海南，一周後 WC 回來了，異常興奮地來見我，並告訴我他一周的經過，他去海南什麼事沒幹，就是天天陪那富豪喝酒、吹牛，臨走前那富豪給了他兩萬塊錢，並說下個月又叫他去喝酒。嘗到甜頭後，WC 就開始望眼欲穿地等待下次召見。

果然一月後，他又應邀赴海南，回來時大包小包提著東西，口袋裏又增加了一萬元。WC 這次雖然也是滿載而歸，但面色十分憔悴。一問之下，才知道錢幾乎是用他的命拼來的。據他說，這次富豪喝瘋了，逼他往死裏喝，他本不勝酒力，為討他歡心，也就豁出命來陪他，結果差點醉死。同時他還說了一件頗受刺激的事件：那富豪當著他及另外兩位文學主編的面，一夜便撕毀五千美元。主編看到那錢變成渣渣急得痛哭流涕，他也看得心驚肉跳，女服務員更是嚇得渾身發抖。那富豪便撕錢還便罵：「都是錢害的，我以前也搞文學，當時只想掙一把錢就趕緊上岸去寫小說，哪知生意越做越大，人也越陷越深。」

之後，我想 WC 恐怕再也不敢去幹這有生命危險的工作了。不久又碰到 WC，問他最近有無斬獲，他呵欠連連，一臉苦笑，搖著頭說：「欠瞌睡呀，每天深更半夜，他就從海南打電話過來聊天，一聊就是兩三個小時，他酒喝多了，話又說不清楚，又吵又罵又哭，搞得我一天到晚也跟著他撕心裂肺、五馬分屍。」「那就不理他，斷掉算了。」我這樣勸 WC。「哪斷得了，就這麼混吧。我現在得趕緊回家補瞌睡，晚上還要同他在電話裏大說一場呢。」WC 邊說邊打著呵欠走了。

七、1987 年夏天，黑水

「兩年前的今天，你在哪兒？」
我坐在成都的長途汽車上
觀看西天飛逝的晴空——
近了，黑水縣

近了，我們夏日的黄昏

——柏樺《日記》

森林展開了，

1987 年……

在藍得不像真的天空下，

在岷江，

在黑水河谷

……

——柏樺《回憶的柔板》

獨自一人等待時光的流逝是多麼痛苦。

——里爾克

這個夏天我的身體有一種預感、一種期待，我馬上就要呼吸著她了……

時光流逝的痛苦在八月一個清風送爽的上午突然停止，一束嫩黃色的柔光浸入他的卷門珠簾（她穿著一件嫩黃色的連衣裙走進來了），一個美人帶來了她內心也期待著什麼的笑聲。她不斷地在她豐滿的小腿上擦香水，我賦予她香甜絕倫的潔癖以「自由女神」的概念。女神突然出現在了成都。成都震動了……

究竟有多少天，我們天天在一起，三天，五天……，我根本沒有去想時間，時間令我害怕，時間一到，我們就會永別！是的，我們在四川工人日報社，在水碾河電影院門口，在那個夏天的下午談起了什麼，談了很多很多……你漂亮的爸爸、媽媽；川外，你的哥哥，你多麼愛他；你的妹妹，她就在成都工作……還有一些成都的文人、詩人，甚至音樂學院的老師，我們在一起笑談他們在你面前出的洋相。

時光的流逝已來到一個美的關頭，夏天就要脫下你的黃裙。在一個迫在眉睫的夏夜（8 月 5 日或 6 日），我飲下一杯心跳加快的桂花酒。突然裏面的聲音消逝了，你們剛才還在說呀，笑呀……多麼悲哀，我生氣了，關掉房間的電源，你在黑暗中爆發出一串開心的大笑，我在黑暗中又飲下一杯苦酒。

他走出來，我走進臥室，燈又重新照亮房間。你舒適地坐在床邊，緊張地看著我，我坐在你的身邊，不知說了一些什麼話，突然我猛地失去了意識把頭衝向你的胸口，你好像抽搐了一下（思想中斷如電路中斷），抱住了我的頭。聲音再次消失，我沉淪於一片空白，甚至忘了外面的他。「難道這就是我從未奢望過的豔遇，一個倏忽即逝的節日般的熱烈夢景……」是的，豔遇為人發明了一見鍾情，而一見鍾情的他或她更喜歡複雜微妙的人性。我後來特別寫了一首小詩《豔遇》，來紀念這次相逢：

豔遇

（記一次旅行，從成都至黑水）

伊萬·蒲寧是世上最懂
豔遇的人，而望眼欲穿的
豔遇來得太遲了，是的
我有時會產生一個幻覺

那放在臺階上的小包包
遠看好像一條小狗兒哩
（包裹放著一冊我早年的
詩集，是誰放進去的呢？）

你的書，不也是在茫茫
人海中尋找某一個人嗎？
是的，我們的旅行已上路

真的沒人知道那新來者
是誰？是的，除了我沒人
知道這故事在哪裏結束

2014 年 4 月 20 日

第二日曙色未明，我們三人就動身出發去川西旅遊。在一陣忙亂之後，我們已坐上一輛開往黑水縣的長途汽車。看來這句話是真的——「所有的愛情都需要一場旅行。」

恰巧他也坐在一個高大女模特兒身邊，他倆一路談笑風生，顯得詼諧有趣。她告訴他，她的一件不幸愛情，她去黑水縣看一個多年前獨自一人去了山區的男人，他因愛她而遠走他鄉。當他們輕鬆自如地進入他們旅途的感情遊戲時，我卻靜靜地傾聽我的「自由女神」的故事。

你談起你的學生時代：「我還在當學生時，一個夜晚，我從圖書館返回寢室，一個瘦弱的男生從黑暗中小心翼翼地走來遞給我一封信，然後他痛苦地發著抖，好像馬上就要倒在地上，真讓人害怕。我簡直不知道該怎麼辦……」你講述著一個又一個男人追求你的故事，「有個人，唉，他太胖了……」「還有個人，他會拉手風琴……」「另一個人看上去很嚴肅，可和我跳舞時好像很膽怯，虛軟得就要摔倒。」你就這樣說呀，說呀……

你那些可愛的往事中有一件被我牢記。在此，我要特別轉述出來：你剛上初中時，父親被下放到江漢平原的一個鄉村勞動。那年夏天你去看他。一個黃昏，吃完晚飯，你獨自一人去水庫的大壩散步。風迎面吹拂你年僅十二歲的臉，吹亂你剛洗過的頭髮；風也在夕陽下輕撫涼快的湖水和那漫長的大壩。「那壩好大呀，水庫好大呀。」你感歎著，似乎在盡力要讓我理解這「大」。這大壩「大」的美感，我當時很難理解，我只是彷彿通過你的聲音感覺到了一種奇異的上升的力量……我只是被你的聲音帶動著，我彷彿感到了某種美，但卻又說不出來。

三十三年後，即 2020 年 1 月 21 日，我在黃錦樹的一本小說《彷彿穿過林子便是海》中，讀到一句話：「那巨大的水壩，大得像這新世界本身，……」，我一下豁然開朗。對了，正是「新世界」三個字將我激活並點醒！我幾乎立刻就感受到了那你曾經對我說起的大壩，是的，那大壩有著「新世界」式的年輕社會主義形象，走在大壩上的少女因大壩而發出的感歎是人的內心情感的感歎，這感歎也喚起人對遠方的憧憬，我想起來了，你對我談起了遠方，你即將在暑假之後上初中，那就是一個新世界呀。是的，「那巨大的水壩，大得像這新世界本身」！是的，這大壩上的少女，宛如顧城的一句詩「風一吹就是美人」（見顧城的詩《簡明》），美人一下就長大了。

也是在這一年（2021，多麼不尋常），我看到了或更應該說我幻想了這樣一個場景：你已經六十歲了，教授了一生的英語，剛從一所學院退休，你的女兒三十一歲，你的孫女已經五歲……我還在不停地計算著你的和我的年紀……我甚至有一次還特別借來了胡續冬（1974～2021）翻譯的特德·休斯（Ted Hughes，1930～1998）的一首詩，沉浸了很久，在這些詩句裏，我想像著你的晚年：

……在夜裏
有時我驅車穿過。開著車，
緩慢前行，我發現自己其實僅僅是
在自身的黑暗之中徘徊，回想著
你所做的事情。我幾乎總能

一眼看見你——在某個十字路口，
迷惑地盯著上空，六十多歲。
你周圍是熙攘的人群。你一動不動地站著
……
你想問些什麼但你不能開口。
你注視著每一張臉
試圖認出某個人。
……
而後你看見我在車中，望著你。
我知道你在想：我應該認識他嗎？
我知道你在皺眉。我知道你在努力
去回憶——或者突然間，努力去忘記。
——特德·休斯《城市》

而當時你正看著這水庫大壩的一切：餘輝下伸向遠方的道路、田野、明亮浩瀚的平原、村舍、山嶺，還有目前的湖水以及即將開始的中學生活……突然不知被什麼感動了，你哭了起來……當然這是幸福的哭泣，淚水激勵著你幼小但很有力量的願景，也彷彿在催促你乘風升起年少而勇敢的翅膀去與平原吹來的大風相會……你好像感到了某種力量——那盛大的風景中的朦朧的愛意的召喚，那被侷限著且渴望打開的心扉，那初次想去瞭解世界的少女的理想。在風景中，在這個黃昏，在大壩上，誰向你走來，你就有可能愛上誰……而我那時卻在遙遠的重慶，在巴縣、璧山一帶的山巔漫遊……

此時，我邊聽著我的女神的故事，邊觀看著沿途的風景：盛夏的酷熱已經褪盡，米亞羅——一個美麗的地名，我們正依山而行，途經它幽森又明朗的美麗，耳邊震響著轟隆的流水聲，流水聲裏漂浮著隨波逐流的巨大圓木，浸滿水珠的竹林正迅速地撼動它成片的蒼翠。深山的涼意陣陣襲來，沁人心脾。我知道總有一天，我會在一首詩歌中寫下這個地名。

日暮時分，我們到達黑水縣城。一下車我們就直奔縣委招待所，沿途你受到一些女山民的圍觀。當我們停下來買一些日用品的時候，大膽而淳樸的女山民甚至用驚喜的手指撫摸你雪白的耳墜，睜大眼睛友好地盯著你，誤認為你是深藏於幽林中的仙女，偶然來到這條街上的鋪面，隨便看看。

清潔的山村遠離城市，沒有一粒塵埃。晚風吹動，樹聲喧嘩，幾縷炊煙，山高於天。我和女神的豔遇來到一個萬籟俱寂的「桃花源」，幸福在漸濃的夜色中被純粹地聽、聞、驚訝和發現。我和你在一起，他在他的房間看書。

深夜，你蓋著溫暖清新的被子躺在床上，這裡沒有夏日，天氣永在深秋，就在這恍若秋夜的一刻，我躺在你的身邊，為你朗誦蒲寧的《秋天》：

「那麼明天呢？」她俯在我的頭上說。

我抬起頭，凝視著她的面龐。海在我身後如饑似渴地呼嘯著，白楊聳立在懸崖上，顯出高大的樹影。它們也在狂風中呼喊……

「明天會怎麼樣呢？」我也重複著她的問話，無限的幸福使我熱淚盈眶，我覺得我的聲音都顫抖了，「明天會怎麼樣呢？」

「明天……」我聽見你輕輕的聲音在回應著書中女主人公的聲音。景色是那樣的簡明：你朦朧的眼神在黑水的鄉間憧憬著怎樣的未來……你突然一下將我抱住，打斷了我創造的「秋天（或明天）的戲劇」。我們已經明白了彼此再不需要任何交流，交流甚至朗誦已成為多餘的「饒口令」或負擔，書被放在了一邊，文學的青春結束了，我們默默地淪入了黑暗的長夜……

這個難得的夏夜，在近似於秋天的燈光下，倍受豔遇煩擾的蒲寧被黯然神傷地放在枕邊，他在注視著從我們倆人擴大到萬籟的幸福夜。

「只有今夜，而明天……」我在短暫的神往中想著，一陣有力的翅翼的拍動讓我驚醒，啊，一隻彩色閃亮的蛾子不知從何處飛進室內，它正停在天花板上，唯有寂靜的電流聲伴奏著它一動不動的繽紛。

多美呀，一隻蛾子
它帶來生與死的重量
帶來一個我們夢想的
卻從未到達的風景

山道滑坡，無法通行，我們最終沒有抵達美麗的九寨溝。但就像蛇已脫下它的舊皮，我也從一個女巨人到達一個自由女神，從一件紅裙來到一件黃裙。

黑水，它在我的記憶中早已作古了嗎？我人生的豔遇就這樣結束了嗎？豔遇之美在於不能重複。是啊，酒精過後我只想睡覺。真的只想睡覺嗎？在這一年（1987年）的初冬，在一次醉酒後，我寫成了一首超現實的美人之歌：

美人

我聽見孤獨的雲
燃紅恭敬的街道

是否有武裝上膛的聲音？
又何來馬群踏彎空氣？

必須向我致敬，美的行刑隊
死亡已整隊完畢
開始從深山湧進城裏
或相反從城裏來到深山

而一些顏色
一些偽裝的紅色與黃色
從我們肉體中碎身
我們露出了原形

黑暗在激動、在煩躁！
衰老的雷管定時於夜半的腹部
孩子們在食物中尋找頹廢
年輕人由於形象走上鬥爭

此時誰在吹
誰就是火（玩火）
誰就是木（老木）
誰就是開花的痙攣的脈搏

我指甲上的幽魂
我攀登的器官
在酒中成長
酒不停地敲打我們的腦殼

啊，挑剔的氣候
我們的心的森林
推動著、召喚著
多麼迫不及待的川西——

整整一個夏天，美人
我們相遇就是到達
我們到達就是出發
我們出發就是盡頭

1987 年 11 月

黑水之行，並沒有在《美人》中結束。美從深山湧進城裏？美又從城裏來到深山……隨著時間的流逝，我也邊散步，邊觀看，邊思想，直到 2014 年 4 月 27 日這一天，我終於再次想像並說出了我夢中的 1987 年夏天，我那一去不復返的黑水，我心中永恆的美人（雖然我們早已永不相見）：

1987 年夏天，黑水

一個人有這樣的美，
就可以把世界翻轉過來！
——陀思妥耶夫斯基

學會忘記往昔的歌吧。它會消失。
真正的歌是另一種氣息。
一無所求的氣息。
神的輕吹。一陣風……
——里爾克《俄耳甫斯十四行詩，第一部之三》

往昔的歡遊總髮生在夏日
多嗎？不，其實只有一次
一次已經足夠，可以深埋
直到老年，直到你再次出現
可老美人怎麼也不太懂得
她老年動人的性感。遺憾……

拂曉的天空，古藍雲藏
出發，幸福和幸福已在一起
我倆呼吸著深山如飛——
你對我講起一個又一個少年
深夜或白天愛你到發抖的故事
其中有一個因恐懼而暈倒……

那天下午的流水沁人心脾
那天年輕的綺集只有我們三人
我洗頭時你還在為我擔心嗎？

你還會叫他過來幫忙嗎？
米亞羅……不，我一時口誤
是黑水，我們已經回不去了……

二十四年後，瑞典的南方，
一次旅遊，我又遇見了什麼？
我又想起了什麼……
我幾乎就要說出你的名字了
那林中仙女會消失嗎？
多好，我看見你還在聽：

為什麼我們在森林裏是無辜的？
為什麼思想在森林裏是個笑料？
為什麼風景無論西方和東方
常在森林裏回憶著觀景人？
為什麼風要從老年吹來
那如此動人的老年的性感……

注釋一：「黑水」縣城，位於青藏高原東部，阿壩藏族羌族自治州中部，距離成都 284 公里。

2014 年 4 月 27 日

詩是多麼奇妙的一件事情，它包含了一個詩人既單純又複雜的心緒、情感、思想和故事……《媽媽》，它是那樣隱晦而又直接地談論了我年輕時代的自由女神。這是又一首波德萊爾的《涼臺》嗎？

回憶的母親呵，情人中的情人，
你呵，我的歡欣！你呵，我的義務！
你將永遠記得那迷人的黃昏，
那溫暖的火爐和纏綿的愛撫，
回憶的母親呵，情人中的情人！
——波德萊爾《涼臺》，梁宗岱譯

我常常在想，難道只有我一個人才能理解這其中的神秘？在這個茫茫的世界上，我相信還會有一個人將遇見這首詩（《媽媽》或者《涼臺》），並像我一樣懂得這首詩，愛上這首詩：

媽媽

神不能無處不在，所以他創造了母親。
——吉卜林（Rudyard Kipling）

我洗頭時你還在為我擔心嗎？
——柏樺

仍心懷年輕的預感，你說「別抽煙，
千萬別抽，用心去感覺青春的活力。」
很多年後巴黎床頭還放著我們的書信……
我享受過蒲寧式豔遇，也享受過悲哀。

再聊會兒天，打會兒盹……媽媽，
我也早已開始吃煮得軟爛的食物了，
和你一樣，吃同一種藥，補同一顆牙
我中年的肚子著涼了也發出汩汩聲……

誰說過你的美貌是一種天賦？然而
你還不知道你早過了生命的盛年，
心跳，你不停地問自己為何心跳——
活到一百年，心跳到底要把我怎樣？

所有的痛我們都可以忍耐，媽媽，
與生命相比，痛是那樣地絢爛奪目！
你不會死的，你永遠活在我的渾身
這裡！我們生活中失去的生命全在一起

2018 年 10 月 30 日

神秘的豔遇並不是永遠神秘的，它也帶給我思考。一次偶然的機遇，我讀到了李立揚的一首詩《居留》，現在這首詩不在手邊，我一時也找不到了，但我記得很清楚，這首詩——通過一個男人的手在一個女人身體上的觸摸、遊走和旅行——奇異地刺激了我，讓我想到我年輕時的那次難忘的黑水之行，我為此寫下了一首詩，在這首詩裏，我沒有抒情，只做了一番理性的思考：

去旅行不居留

——因讀李立揚《居留》而想到我年輕時的一次旅行。

那一年，在成都

他多麼幸運
「彷彿觸摸她
就可以讓他瞭解自己」

後來，在黑水
「彷彿他的手在她
身體上移動就可以發現他
是誰，……」

是的，
沒有差異何來認同？
人總是通過他者認識自己
美讓我從恐怖的鄉愁中飛了起來

打破界限，
去旅行不居留
那與我擦肩而過的女人
為什麼總來自上午？

2019 年 9 月 7 日

第五卷　南京（1988～1992）

一、往事

世事漫隨流水，
算來一夢浮生。
——李煜

夏天就這樣過去了，不覺千年夏天也這樣過去了……1988 年夏末，我離開了城中都是火，低垂氣不蘇（見杜甫詩《熱三首》）的重慶，來到了李後主的南京。我到達這座古城的那一年夏天，據報載城中居民竟然也熱死了數百人。

當夜，我非常順利地在瑞金北村（一個不屬於古老南京的新地名）一片新住宅區的五樓找到了韓東。我早在 1983 年初就讀過他的詩，在一本他編選的《老家》（「他們」的前身）上，我領略了他及「他們」的最初風貌——智性，我當時的浪漫主義還不能適應「他們」的客觀冷靜和樸實無華。但他嶄新的詩風還是給了我一個特別的刺激，這刺激後來在「非非」詩人楊黎那裡得到了不斷地加強。回過頭來，我才看清了韓東提倡的「他們」詩學是「今天」之後一種新的詩歌方向。

歷史的銅鏡——詩歌中的南京——悄悄地照著這個初秋夜，一大疊詩稿已經讀完。詩如其人，韓東的確為我展示了一個新方向，他在詩中沉思生活的細節，體察生活的細節並從具體細節裏發現並找到不經意的生活之美的閃光——一雙鞋子、雨衣、煙盒、蔬菜、自行車、灰、汽油桶、深圳的商業、剪枝季節，甚至後來的《焰火》、《甲乙》……

尤其是《焰火》這首詩，多年後，我會在一個上午的課堂上講解，但現在我只想抄錄下來，以便在我心中留存：

焰火

我向你指出這年老的婦人是我母親
在節日之夜我們留下她去觀看焰火
高高的樓頂上看見了被照亮的一切
而她已在電視機前睡著，膝上甚至沒有一隻貓
我向你指出她曾懷抱嬰兒，摟得並不緊
留下適當的空間讓我長大
我向你證明我如何善於擁抱，溫柔體貼
甚至能讓你毫無風險地從平臺上飛起
就像美麗的焰火在我母親的窗口起落
而她抱著我塞給她的毯子，夢見了一個
遠為燦爛的時代，英雄輩出
我的父親是真正偉大的情人

「今天的南京，它的風雅是否依舊，柳敬亭、王月生，「燦爛的時代，英雄輩出」（真是「用常得奇」的形象啊）……」我在想著，思緒從一疊詩稿開始漫遊，跳躍太快，似乎有點不著邊際……這一夜我睡得很沉，我知道我的第一個任務就是熟悉環境，與環境早日融為一體。我的感官在上岸那一刻已經全部打開，森林般古老的樹木、幽暗貼切的街道、瑞金北村一所詩人的房間（在樓頂，夜晚我們可以看到焰火……），這一切已隨著我平靜的呼吸進入了睡夢。

第二日，清晰的線路如一把古老的鑰匙，韓東為我打開南京的風景之門，「到處都是樹呀」我感歎著面前夏末的太陽拾級而上。我們來到了雞鳴寺一間幾無遊人的茶室，憑窗眺望，玄武湖盡收眼底，小橋連結著幾個島嶼，其中有一個島叫梁州，是昭明太子蕭統編選《昭明文選》的地方。在古意盎然的山水間垂柳拂岸，雲彩高懸於湖面，成群的水鳥停在水上或輕輕滑過水面享受著涼爽，南京的初秋就要開始了。我們一邊遠眺，一邊喝茶聊天。

這旅遊的一天，走一走坐一坐的一天，真像我們「在世的一天」，「願這光景常在」——這也是我很喜歡的一首韓東的詩歌：

在世的一天

今天，達到了最佳的舒適度

陽光普照，不冷不熱
行走的人和疾駛的車都井然有序
大樹靜止不動，小草微微而晃
我邁步向前，兩隻腳
一左一右
輕快有力

今天，此刻，是值得生活於世的一天、一刻
和所有的人的所有的努力無關
彷彿在此之前的一切都在調整、嘗試
突然就抵達了
自由的感覺如魚得水

願這光景常在，我證實其有
和所有的人的所有努力無關

吃罷精緻的素面，我們登上雞鳴寺後的古城牆，牆上生長著齊腰高的荒草，我們漫步於長長的城牆，這時我已完全忘卻了旅途的疲勞，享受著這韓東提供的「在世的一天」並「願這光景常在」……後來我常常去雞鳴寺，二十多年後我在一首詩中這樣感受並懷念了它的地學和歷史之美：

南京，雞鳴寺

雞鳴枕上，夜氣方回……
——張岱

雞鳴寺的軒窗並開，對著玄武湖，擺起許多八仙桌供遊人吃茶吃素面。
——胡蘭成《今生今世》，中國長安出版社，2013，第 106 頁

南京，
1988 年的雞鳴寺，
盡都是一些年輕的天涯。
因為簡單嗎？風乍起——
石燕拂雲，江豚吹浪……
我們才吃完了三碗五碗素面，
喝完了一瓶二瓶山楂，

一個僧人剛出門又入門

臨窗望，中央研究院？

還是古生物研究所？

9月23日，到底誰在雞鳴？

四十年前那個上午的光景

到底誰在這裡說：再寄希望於

今後二十年、二百年。

我這首寫於2012年8月的詩歌，讓我們回到了民國這一幕：

1948年9月23日上午10時，「國立中央研究院成立二十週年紀念會暨第一次院士會議」在南京雞鳴寺中研院（按：今為古生物研究所）禮堂舉行。在會上，胡適發言道：「……中央研究院不是學術界的養老院，所以一方面要鼓勵後一輩。我們可以夠得上作模範，繼續工作，才不致使院士制度失敗。第二，多收徒弟。今天我們院士中，年紀最輕的有兩位算學家，也是四十歲的人了。我想我們這一點經驗方法已經成熟，可以鼓勵後一代。再寄希望以後二十年，二百年，本院這種精神發揚光大起來。願互相勉勵。」胡適所說的年輕算學家一位是三十七歲的陳省身，一位是三十九歲的華羅庚。（參見岱峻：《民國衣冠：風雨中研院》，北京聯合出版公司，2012，第3～4頁）

晚間，韓東又帶我去了燈火通明的夫子廟。紅樓、暗樹、風俗、摩肩接踵的人流在古色古香的秦淮河兩岸一點也不顯得擁擠，倍添人間樂趣。我們在平凡而親切的熱鬧間漫步勝於信步在幽寂的閒庭，韓東引我走上一座「車如流水馬如龍」的石橋，石橋的對岸就是典型的「秦淮人家」的深巷，月色朦朧下的烏衣巷依稀可見。我們在石橋上稍稍駐立，秦淮河從橋下流過，兩三隻畫舫從逝水上漂來，我看見臨橋「得月樓」上懸掛的燈盞在晚風中搖晃，人影在鏤花的長窗裏閃爍……我寫下《過秦淮》：

過秦淮

煙花三月，訪翠天氣，過秦淮

於江畔山嶺，於天文渡橋……

侯方域問：會期做些什麼？

柳敬亭答：大家比較技藝。

譬如四川有種粑粑菜叫下鍋粑
世間事哪兒來怪事，遺憾！
龜不能交，而縱牝者與蛇交也
「哥哥高姓，哪裏來？」
過秦淮，世間人不稱自己為小人
但稱小仙或小閒……
晾曬在藍空下的藍布呀……
又是什麼香味飄了出來……
居家好樂事，肥豬頭燒得軟爛？
1901 年，有個日本人過秦淮
他先去哪一家？小獅和陸八
吉。凡事無有不利，淮水無絕……
多年後，讀罷隔江猶唱後庭花
有個中國人過秦淮……
無窮盡包裹萬物的風呂敷啊！
我只要取一匹，來包我的講義

時光的流逝在舊夢中慢下來了。一個新學期已經開始，我在南京農業大學繼續教書的生活。南京農大位於中山門外，中山門是一個界限，以內是美麗而優閒的世俗生活，以外是神聖得令人敬畏的中山陵——中國最偉大的風景聖地，我的學校就位於這片聖地之中。

十月的陽光浸潤我平靜愜意的身體，這身體在深綠的草坪和飄滿落葉的小徑踱步，澄碧的天空和明亮的鍾山抬頭可望。我迷上了這裡的秋天，在這古樸厚重的秋光裏，我也迷上了這裡的素食和柔和稠紅的山楂酒，乘著秋興與酒興，我的思緒漫遊開來，更多地墮入了回憶——「下午」的童年、古老的鮮宅、初秋的山洞、歌樂山下川外的鐵路……如今這一切都過去了。

就在這一年十月的一個夜晚，「往事」借著濃鬱的山楂酒來到秋天的紙上，一首詩讓我步入了中年的感懷，這感懷如胡蘭成在《今生今世》中說過的，一個人在「經歷了多少悲歡離合後，仍要像身上沒有故事」那樣，這才是一個中年人應有的形象，這也正是我在《往事》中虛構那個青年故事的初衷。是的，這裡的往事也可以是別人的故事：

往事

這些無辜的使者
她們平凡地穿著夏天的衣服
坐在這裡，我的身旁
向我微笑
向我微露老年的害羞的乳房

那曾經多麼熱烈的旅途
那無知的疲乏
都停在這陌生的一刻
這善意的，令人哭泣的一刻
老年，如此多的鞠躬
本地普通話
溫柔的色情的假牙
一腔烈火

我已集中精力看到了
中午的清風
它吹拂相遇的眼神
這傷感
這坦開的仁慈
這純屬舊時代的風流韻事

呵，這些無辜的使者
她們頻頻走動
悄悄叩門
滿懷戀愛和敬仰
來到我經歷太少的人生

彷彿有某種命運的契合吧，南京這個蘊含了中年之美、充滿往事的城市，它的良辰美景在一杯沉鬱的山楂酒中消融了我年輕的煩躁和苦悶。夏日已逝去了嗎，但恍若還在，我想起我初來時的日子，辭別韓東後我獨自一人來到這空曠無人的學校，住進培訓樓一樓一間宿舍，盥洗室的自來水冰涼，令人感到舒適。隔壁住了一個老太婆，有點挑剔、輕佻，我的暑假好像還很長……

在詩人閒夢的幫助下我暫且安頓下來，寂寞高大的梧桐、夏日午後的蟬鳴、乾枯的落葉和蔥蘢的草地陪伴我消磨一個又一個白日。中山陵緊靠我的學校，步行略十分鐘便可進入它廣大的風景區，那是我常去的地方，後來我在不同的季節不知去過多少次。沿著它漫長而寬廣的林蔭道，走過古老的石像路，我來到明孝陵一個幽暗的拱門旁，在一株年深日久的蔭涼大樹前坐下，有時我會坐很長時間，看著夕陽西下的柔光反映在明孝陵斑駁的紅牆上，柔光散落、明暗不定、樹影拂牆、涼風習習、真是徒勞而憂傷啊；有時我走進黑暗的拱門，踏著潮濕冰涼的石梯登上陵墓高處的平臺，舉目四望盡是層層疊疊的蒼翠，透過逶迤的煙霞可以看見薄暮時分南京城內起伏的民居，和平的生活，甚至綺麗的高飛於黃昏天空的風箏……一陣清越的鈴聲會把我驚醒，項頸掛著小銅牌的梅花鹿正成群地在灑滿夕輝的密林裏跳躍、奔跑，它們是傳說中的神鹿，為長眠於此的洪武皇帝守靈。

我流連忘返於眼前的風景，領略光景流逝的平淡；我會從口袋裏拿出一本一位老人送給我的發黃的舊書，隨意翻到一頁，正是晏殊的《珠玉詞》：「一曲新詞酒一杯，去年天氣舊亭臺。夕陽西下幾時還？無可奈何花落去，似曾相似燕歸來。小園香徑獨徘徊。」而另一個老人的聲音也響在我的耳畔：「南京使我感覺空虛，空虛到沒有寂寞，也沒有惆悵。」（胡蘭成《記南京》）

但這時我想得更多或更想朗讀的卻是一首張棗不怎麼被外人道的詩，我想到了我們在重慶一起寫詩的歲月，這首他三年前寫於重慶的詩真是太神奇了，竟然特別符合我此時此地的心情，好像就是為我的這一刻專門準備的：

維昂納爾：追憶似水年華

Villanelle：Remembrance of Things Past

像如今我所有的書卷已經寫成
此時汝不讀，以後也不會再讀了
習習涼風，汝啊徒勞而美麗的星辰

不要擊潰我，讓汝中止在向著我的途中
丟失一句話，也可能丟失一個人
像如今我所有的書卷已經寫成

只要再凝眸相視，命運便會水到渠成
汝抵達的時候把什麼都帶來

習習涼風，汝啊徒勞而美麗的星辰
萬不可奔波了，回頭還是萬馬齊喑
某地把汝浪費，汝心中的親人離析分崩
像如今我所有的書卷已經寫成
任汝老矣，舊日子的氣味總是芬芳襲人
偌大的秘密果真能刻骨銘心？
習習涼風，汝啊徒勞而美麗的星辰
別的人圍繞汝也和汝一樣脈脈含情
果實飄落，我早已格外小心
像如今我所有的書卷已經寫出
涼風習習，汝啊徒勞而美麗的星辰

張棗寫於 1985 年 1 月

風景中的漫遊近接尾聲。一天中午我去拜訪一位四十歲左右的中年女藝術家，她微笑著歡迎我遠道而來，態度仁慈，談吐得體，我在她那裡感受到了南京最後的夏天，她給我留下真正難忘的印象，這印象竟然成了「往事」的出發點，連我自己想來也覺得不可思議。一個虛構中完成的故事從這裡開始了，她驀然觸動了我內心神秘的某一點，接著讓我同過去經驗中的很多點連成了一片。一個又一個故事像電影一樣演過去，故事的主角並沒有催迫進展而是慢慢釀造。

在接踵而來的秋夜，某幾個片刻，我怎麼會有一個時代接近尾聲的感覺，那也是幻覺吧……我喝下南京的山楂酒，寫下零星的感受：

> 南京酒知多少，終歸有一種酒我記得，當我初逢於山楂。培訓樓後，一條沙路多麼乾淨，鍋爐房，小森林，一些晚餐：一次，某送報人吃飯快，不說話；一次，某體育老師終於沒有走回家，醉倒在一株春夜的古樹下，醒來便是黎明。
>
> 南京人的一生，終歸有多少東西可以看？很快，我遇見了你……在一間冬天亮燈的語音室，你對我談起你初中身體的煩惱……很快，我也觀燈，看熱鬧，看夫子廟店鋪的黃金鎖子甲（那是傳說中的鎖骨菩薩呀！），看冷熱交替，看炎涼書籍，看人消失在人海裏……是的，別著急，我很快就會寫到她了。

在寫到她之前，我見到了張棗曾經的一個女友，她當時在南京的河海大學教書。後來，我也為她和張棗的故事專門寫了一首詩：

一封來自 1983 年的情書

——為一對曾經的戀人而作

1983 年春，
火車離開重慶開往南京……
——序曲

有個聲音將來消磨於南京
為何不在武漢或者長沙？
有個聲音已經消磨於重慶
不是三年，只有一天——
那天每秒都在變。陡變！
記得嗎？我們翻開一本字典
就看見了 doom（在劫難逃）

歌樂山巔延綿著多少山巔
遠景宣告著我的正午來臨
而我們即將同窗的英語課呢
你沒上，你朝聞道來初戀
夜已四肢相愛……轉眼，
陌生的燈泡出現在了南京
像兒子，弔在我們中間

多年後，你沒有想到吧
我仍喜歡寫信，熱愛登臨
但你卻變了，你不再眺望，
直到一個消息從雲海傳來
世上絕不存在兩棵相同的樹
哪會有兩個永遠相愛的人？
悲劇讓我們在特里爾重逢！

注釋一：「doom（在劫難逃）」，為什麼在詩中直接用了英文，那是為了增強一種現場感。記得張棗曾經告訴我，他和他的女友當時在火車上玩翻字典測命運的遊戲，結果一下就抽到這不祥的單詞。

注釋二：「陌生的燈泡，像兒子弔在我們中間？」見張棗詩《南京》。

還有一些名字也值得記住，記住了這些人名就等於記住了我的生活：足球老師洪幼平、籃球老師徐為人，唯獨忘了那游泳健將的名字，真遺憾。孫飆！體育醫學老師！我們要吃你家的魷魚還是干貝？我們還需要些雙溝酒。糟糕，我又忘了那數學老師的名字。呂波短跑衝刺時，彭偉聆聽婉君時，德吉獸醫又浮了一大白。還有一個矮小愛笑的學生羅南平，他後來死於一場神秘的車禍。對了，前線歌舞團（位於衛崗）的一對中年夫婦寶根與明秀，我甚至把他們倆人也寫進了我在南京的生活：

側身來一碗鱔絲麵

年輕時側身，是一種謙遜
老了側身，只是為了回憶
這不，這輩子難忘側身事
萬般看過來，惟有鱔絲麵

首憶殺鱔者總從腳盆捉出
鱔來盆邊一磕，順勢將鱔頭
斜釘上搓衣板，開膛剔骨
聲音滋滋斜行，我定睛看

春深日靜的衛崗菜場下午
預備赴宴也是場競賽，幸好
競賽是詩不是體育，幸好
寶根與明秀，前線還歌舞

如今小病者側身躺在床上
待那枸杞酒揮發脫了狂熱
病身虛俊味，鱔絲麵何如？
那就側身來一碗鱔絲麵

注釋一：衛崗，南京市玄武區中山門外孝陵衛附近地名，南京農業大學位於這裡。

注釋二：「寶根與明秀，前線還歌舞」，此句是說前線歌舞團（位於衛崗）的一對中年夫婦。

注釋三：「病身虛俊味」，見杜甫詩《王十五前閣會》。

2015 年 2 月 2 日

南京，令我難忘的呂祥，我們晚餐的鯽魚湯，我們的漫步和閒談。後來你去了新西蘭，我只有在詩中懷念你：

致呂祥

——從寶應到南京到新西蘭

半山人家，水邊瓦屋，沒想到吧，二十六年後，我開始幻想你的家鄉，寶應的山水是個什麼樣子呢？如果你一直生活在那裡，又會怎樣呢？我想不下去了……但我們有三次下午的交往浮現心頭，令我難忘……

——引子

還記得我們交往的下午嗎？
第一次，初秋，我們相識於英語教研室
第二次，深冬，我們在中山陵散步
你同意讓我先當講師

第三次，夏天，也是最後一次
我接到你打往成都的長途電話
當時晚霞如此燦爛，我難以釋懷
你說你就要離開中國了……

同樣下午的光景，小呂
你那裡現在是幾點？
奧克蘭星星密集，命途高懸
靠近南極，我不敢評論

再後來你離了婚，又重建了家庭……
我開始問：人命畢竟消磨去
神仙終須閒人做。你是陸游還是少游？
你愛北島還是南島？

新西蘭——人類最後澎湃的天堂
在某個春雨大作的黑夜

有什麼東西突然一閃——幻覺裡
那是我早年的祖國——

披著雨衣的自行車像一個人
（無臉的人淋著雨）
在南京農業大學培訓樓前
嚇了我一跳

注釋一：新西蘭主要由兩大板塊構成，即人們通常說的：北島和南島。

2014 年 3 月 3 日

洪幼平和張鳴，我當然也在詩中記下了我們交往的點點滴滴：

從重慶去南京

——對兩個老師說

說南京梅花黨活著，不如說
重慶的一雙繡花鞋也活著，
我的童年散步於嘉陵江大橋嗎？
我的心剛飛過南京長江大橋——

一部單車上樓下樓，拐彎抹角
好窄，大長干接了個小長干
那頭髮多油的體育老師在笑？
從中我認出他母親的神經質

告別長路後，那天就短了麼？
可從童衛路到棲霞寺，張鳴
登上陽臺，用了一生的時間。

你一生如此自然，何必來感慨——
那最後是什麼讓我們分手了呢？
是歲月，那一筆雕鑿的歲月！

注釋一:「大長干接了個小長干」出自朱彝尊《賣花聲·雨花臺》中一句「小長干接大長干」。

注釋二:「一筆雕鑿」(一比弔糟）南京土話，必須用南京話來讀；意思為糟糕。

有時我的一首詩僅僅來自於聽到的一個故事或一次閒談，甚至一句話（這一點我在前面已經說過）。人生的確如此奇妙，記得張鳴對我談起過一位老師，但這次偶談卻成了我後來一首詩的契機，這個契機一直潛伏著，一直要等到2011年1月27日這一天才出現：

風在說

是風在說嗎？湧金和風……
六十一歲的花花公子何來悲傷，
臉上總溢滿社會主義右派的笑容；
騎著妖嬈的自行車，他常常
一溜煙就登上南京衛崗的陡坡

好風輕加餐飯，鶴背冷龜尖風
如今他已癡呆，整天裹一件睡衣，
赤裸著下體，在室內晃蕩……
他浪漫的妻子受不了他的臭味
以及他外表的蒼老和內心的幼稚

什麼命運在這風裏覺得渺茫？
終於，他最後的時刻到了，
睜眼睡入軍區醫院的病床；
戴上呼吸機開始分秒必爭的長跑
整整三周他似一個初學呼吸的人類

（風跑著什麼？日日夜夜……）
不停地跑呀不能停下，停下就是死亡。
很快歲月在他那曾經燦爛的屌上枯謝了
很快歲月走過的地方都輕輕撒一點
他獨有的尿味、皮膚味、香水味……
——柏樺《風在說》第三部分

死亡依舊殘忍，永不停步……太遺憾了，不，應該是晴空霹靂！就在我剛寫完這本書時，噩耗傳來，洪幼平因嚴重的抑鬱症，2022年2月12日從南京農業大學化學樓跳樓自殺了。除了寫詩紀念他，我還能做什麼呢：

一個體育老師

——紀念洪幼平（1957～2022）

開門見山 1988，愛笑的幼平兄
我在南京農業大學涼快的夏天
第一個認識的人，就是你——
敏捷的體育老師，我一下就
認出了你那詩人般的神經質

後來我們酒後的洋相誰記得呢？
唯有我記得你那震悚的背影
少小離家何日歸？你一生好浪漫
從體工隊到北體，從足球到橄欖球……
從中山門一路登上衛崗的陡坡

夜色復夜色，咬住還咬住……
孤獨就是說話呀，你學會了
但感慨快如電，一次你醉倒
在一株大樹下，睜眼即是天明

2022 年 2 月 14 日

而黃慰願博士，我當時的學生，但我更樂意認為他是我的朋友。我們真可以說是一見如故，彼此心靈相通，我們總是欣喜於無盡的交流暢談……很快他去了加拿大，多年後我也在一首詩中寫下我的感懷以及我們交往的細節：

之外

——兼贈黃慰願博士

一條路謫貶永州或歸老蘇州，之外
便沒有了路；故事可否從衢州開始？
卷雪亭畔，水白池圓，我為你退思……
魚兒相忘於江湖，人們相忘於道術。

哪一年？倫理學潛滋暗長於你心間
之外，春生於加拿大，生於稅務局，
生於推理與沉思，生於旅遊和鍛鍊……
但我們都回不去了，時間已迷路

之外，人老了，身上就會有股尿味。

自己的，總是好聞的，我還喜歡蒜味……
南農大是我們的前生啊，坐而論道
我們從不會因為我們的話而變老
那又何須信只有到老年才能發明出
一種恢復青春的方法。順其自然——
2011 年 2 月 4 日，我寫下成都日記：
「鶴訝今年之雪，龜言此地之寒。」
2013 年 7 月 17 日

二、春日

聽，仔細聽，再仔細聽——
我將憶起你，南京，
憶起你的唇，你的齒……
你的大學的雲南……
——柏樺《回憶的柔板》

春天，隨著梅花頻頻出現在我的詩歌裏，我在南京感到的只有春天，我寫下一些春天的零散句子：

春天裏流逝的是什麼？一秒又一秒，小小的昆蟲，一把細沙……春風釋懷、落木開道……江南遊子雙眉緊鎖，纏綿是否太空，萬種閒愁會是哪一種？細瘦的人，疲乏的人，你看一江春水向東流……春天已給予這一刻，給予一個孤立的美人，賜給她幸福吧，賜給她春風、馬群、宴席以及空氣中舒展的心靈，你聽，請屏息靜聽，她在陽光下舞蹈的聲音……而紅牆裏的人想回家，青蛙躺在白楊樹下，哪一種花在堅持著柔情，迎春花，哦，不，一朵無名的花……看滿天星星，遠處白羊站立，這是春天的一夜，這是難得的一夜……

而在前一年，1988 年深冬，我在南京還注意到了什麼？注意到你突然向我走來的樣子，你走起路來有一種 1978 年雲南大學的美麗，這是你的天賦嗎？這是你要送給我的禮物！

是的，倒春寒裏，一邊冬日迴光返照，一邊春天日益盛大。在南京衛崗的春天——準確地說是 1989 年 3 月某一天中午時分，在南京農業大學培訓樓一樓，我的宿舍，我寫出了一句詩「那大地上成長的美人」。我後來發展了它，寫成了一首詩《祝願》，寫得不夠好，是因為和你的相識來得太快？或是我想表達的心又太急？總之，我後來放棄了它。

同樣是在這間宿舍裏，我讀到查良錚翻譯的普希金《歐根·奧涅金》第八章開篇幾行詩，這些詩應驗了我那突然被你開啟的生活：

我的宿舍的斗室因為她的
突然地降臨而輝煌、明亮。
她為我擺開筵席，她歌唱
兒童的歡樂、青春的戲謔，
她歌唱我們古代的光榮，
還有心靈的顫慄的夢。

你剛從外面的黑夜疾走進明亮的室內（一間語音室），我立刻聞到了你身上黑色皮衣撲面而來的冰涼濕氣。你問我：「你的嘴裏為什麼是甜的？」我說：「我剛吃了咳嗽糖漿。」是的：

有一次，那舌頭有糖漿，為什麼？
下午，那手腕力量壓下，為什麼？
南京，已來到她的親吻期，八周？
始於初春的黑夜！（也來自雲南）
——柏樺《唇》

那糖漿至今（三十二年後）還在我們嘴裏蕩漾……你的手腕依然那麼有力地壓下了我的手腕，這令我驚訝。而我寫詩總是不夠的……我回憶，也還回憶得不夠……我遺漏了什麼？

南京之憶

愛神，回到浪花中去吧，
語言，回到音樂中去吧，
心啊，讓心羞愧吧，
它已與最初的生命融為一體！
——曼德爾施塔姆《沉默》

回憶總是凌亂而多頭
孰先孰後，從何開始？
眉頭一蹙，遇事就特別
當胸一聽，就來掰手腕

別吐痰，別抽煙，更別鬆手
記得嗎？那天算命人雖然不在家，
多麼好的天氣，在屋頂
我們見到了他的愛人和鴿子

我比她漂亮嗎？
我媽媽會怎麼看她和我。
我是你的美人，你不要告訴別人
對了，你還那樣認為嗎？
你告訴我的那首詩是真的嗎？
「你美得連一絲彎曲都沒有，
你那美麗身軀的奧秘
就是生活之謎。」

現在，我來給你講
一個人耳朵的故事吧……
講她初中的身體遭遇了什麼？
講他的那個，那個太大了……
血，好多血，而且我不喜歡狗……
但去美國還是要趁年輕啊
話兒就這樣不停地說呀
從白天一直說到黑夜……

生活不真實？誰說的？
但生活絕不會錯過！
是的，我們已在風景裏散步
從明故宮到孝陵衛到梅花山……
是的，我推敲過多少詩句
從廣州到重慶到成都到南京
遠大前程到底想得到什麼？
我們！讓我們回到我們中去吧……

嘴，那誰在誰嘴裏的嘴？
你驚訝這南洋咳嗽糖漿的韻味

手，那誰握住誰的手？
你驚訝所有的手終歸要鬆開
我們的人生不會各是各的
只要我不信那可笑的預言！
只要那語音室的燈一直亮著……
只要 1989 年的初春永在

千年後，你還會記住
南京的冬天是那樣黑嗎？
記住那一天黑夜裏有我們
生命裏最黑的冬天……
突然幽浮似箭，我朝回跑——
快抓起那童年的孔雀，
投進明亮的夏日魚缸，
十秒？或十三秒半？

注釋一：幽浮，也稱飛碟，不明飛行物（unidentified flying object，簡稱 UFO）。

注釋二：「孔雀」這裡是指熱帶魚的一個品種。

注釋三：最後四句我筆鋒一轉，回到了我的家鄉重慶，寫到了我捉魚放魚的童年往事。這也是一件趣事：小時候，我因喜歡一條孔雀熱帶魚，就從別人家的魚缸裏抓起這條魚投入我家的魚缸中，我整個手中握魚飛跑回家的過程真快！費時十秒或十三秒半？

2015 年 8 月 4 日

還不夠……僅僅一首詩寫到她。我們的相遇是從三個月前（1988 年 12 月）開始的，就讓我再次回到那最初的一幕吧，冬天的咳嗽糖漿會再次出現：

南京，1988

往昔的歲月已化入蒼茫，
我生活安適，雖說沒有你
偶而我也曾擔心地揣想：
你是否健在？你住在哪裏？
——納博科夫《初戀》

有一種酷暑的寂靜最令我入迷
更令我入迷的是她在哪裏？
南京的夏天就這樣年復一年……
早在我們出生前，世界美如詩

轉入隆冬，終於有一本英語書
來歡迎我們準備好了的黃昏
希望馬上從一本詩集開始
命運、黑夜、散步、田疇、風……

小宿舍裏，你用電熱棒燒開水
「怎麼啦，你的嘴裏是甜的？」
冬天的咳嗽糖漿真是冰涼帶電呀
三十年後他們還會為美顫慄嗎！

也許你已不在人世了，誰知道呢？
也許我新毛衣左肩那個洞，你還記得
一代又一代，大地長在，人勞碌
而我仍在那面鏡子前活著並入眠……

2015 年 1 月 8 日

破冰之春來得真快。1989 年的倒春寒是幸福的，因為只有你！故事還很長，回憶才開始，一千零一夜……但冥冥之中，似乎從一開始，我就在內心深處向你告別，一陣風過，再見說來就來了：

風過南京

多年以後，我還在想
年輕人為什麼不比老人
更看重彼此的離別
——引言

1989 年初春的南京
你走動，整個南京才走動
你親吻，整個南京才親吻
累了，我們來到你的小寢室
那裡有一張小床，一把椅子，

一個書桌……還有什麼？
一個熱水棒不停地燒著開水……
冷天，我們來玩什麼遊戲
邀舞？不，是你邀我來掰手腕
真的嗎？真的，我輸了；而你完勝
《遠大前程》裏那個神秘女人
保持清潔，但愛應該緊逼
一次，你的愛太嚴苛了——
我們拉著的手一秒鐘也不能鬆開
一次，那粗魯的鍋爐工氣得你流淚……
但我感激我們的談話延綿不絕……
感激你只告訴我你身體美的秘密
未來，你會一直給我寫信嗎？
永遠……永遠用中文……
未來，一首一首詩寫給我吧
未來，我會在哪裏呢？
我會一直在美國嗎？
怪誰？怪我們都是漂泊人……
怪什麼？怪一個正午
我決定失去你的決心說來就來了，
那麼乾脆，那麼無知
那麼突然，那麼重慶
但其中怎麼總有一種委屈
一種多麼可笑的委屈！
我命中注定的神經短路
終於，一陣風吹過南京……
風豈止拜倒你腳下
風過氣絕，死在我眼前

2014 年 3 月 3 日

多麼神秘，人和人的見面、相識，但最後都要分別，我們又豈能幸免……

但南京已在我心中永駐，直到老年：

是的，年輕有多好？
年輕時談論死亡的人自信
是的，老了有多好？
老人談論死亡更多的是迷信
如今我已六十七歲了
回去，回去，回到南京
回到明故宮 1988 年最黑的冬天
我想再次體驗那恐懼的刺激
那晚總有個黑影繞在我們身邊
你感覺不到，但我知道
那是我倆終歸要分手的預兆
黑暗！黑暗如影隨形
創世紀頭一日就已經宣示
——柏樺《臨刑前的一生．回到南京》

而我倆短暫的相遇在這個春天也來到了它的尾聲：

「我倆在黑夜的初春漫步，從明故宮到孝陵衛……我記得你最初的叮囑，你電話裏的聲音：『一定要去雍和宮看看』……」寫出這幾句後，我難以繼續。不久，我又斷續寫出了另外幾句：「他飛跑，植物園門前風雪撲面；他飛跑，中山陵風景的百科全書翻卷；他飛跑，南京徑直去過南京的生活……。橘子隆冬細絲的閃光——時間的紅與白……」為什麼我總是難以繼續，為什麼你注定要從雲南來；最後，你也注定要到遠方去，而我必須停止思念，否則我將窒息。

但我沒有窒息，在我的晚年（2015 年 1 月），我終於說出了我們的人生苦短：

人生苦短

世界呀現在我發出契訶夫的呼籲
「米修司，你在哪兒啊？」
——題記

每當我感覺，呵，瞬息的美人！
我也許永遠不會再看到你
——查良錚譯濟慈《每當我害怕》

那時，我已在你的家鄉寫作……
轉眼，在你命運手腕的力量下
道路迎刃分叉，你我各奔西東

上半身，下半身，晝與夜——
有個詩人說「身體始終都是業餘的，
所以人才不停地去嘗試和摸索」……

美利堅的律師莫測，未來莫測
穿上美麗衣裳的媽媽也莫測嗎？
我記得你說你坐進了那部小汽車……

南京愛？是的，你說你要回來——
所有曾經的誤解都將得以釋懷……
唯那笨到較真的人配不上你的期待

確是一個中午決定的嗎？分手！
我一夜翻過童年，瞬間來到老年
人生苦短！失去我們就不必重逢。

但一切還不會停止，我還會繼續對你說出我耳順之年的回憶：

耳順之年的回憶

說我喜歡她，不如說我喜歡回憶中的她。
——序曲

1958 年太年輕了，
年輕到無論你抱得多緊，
一眨眼，
你抱著的已是一個老人。

老人打開一本書讀出來：
「於是乳房如帆，
被遠方漲滿……
就這樣，女神上岸了。」

大地，唯一的一次，
思念使我的呼吸混亂，
五十年後？

她還會從雲南來嗎？

在通往犀浦的早班車上
我注意到：
「繩子斷在細處，
事故出在鬆處。」

Power China，你沒早說！
如果你早說，
我們的談話和散步，
就不會觸電般停住

2016 年 6 月 3 日

Power China 就是中國電力建設集團有限公司（簡稱「中國電建」）。「繩子斷在細處，事故出在鬆處」為「中國電建」安全施工的宣傳語。這個宣傳語有一次讓我在去犀浦校區上課的路上凝神遐思、痛惜人生……

那挺拔的女神還會來嗎？思緒依然纏綿不絕，直到 2023 年 3 月 26 日星期天，我寫出了《大橋上》，在這首詩的結尾，我又回到了南京：

當人有理由去高歌！
他會再次聽到鋼琴的急流聲
——那挺拔的女神將到來
在一間小宿舍或一座夢中之橋
我們冬天的接吻宛如長夏
久久地，久久地……
一直，一直快樂到昏厥……
——柏樺《大橋上》

也說一點春遊的事吧……我還記得那個春天的上午，我們去了玄武湖，在「花光如頰，溫風如酒」的天氣裏，我當然只為我們吟詠春曰：

在玄武湖眺望

這是光彩照人的一個早晨
粉紅的梅花開滿庭院
這美景是否足夠了呢？
你，一個眺望風景的人

正站立聞雞亭畔無話可說，
繼續你的眺望——

穿越……1912 年新春
——第一道黎明之光
——南京，東方邊境的風景
如水平靜；孫文與慶齡
合上日記，推開窗，眺望，
世界原來沒有奇蹟，只有落實——

前方，在古代的城門下
公共汽車運送著旅客
濕潤的草藥懸掛於門廊
一口小泉流入幽單的井底
一群孩子在歡呼什麼？
他們的老師從東北實習歸來。

音樂在那兒，朝日在那兒
窸窸窣窣的紙張在那兒
乒乒乓乓的施工在那兒
一個擊劍運動員也在那兒
你端著個小本子，摘抄……
並繼續你的眺望——

三、回憶、自由、麥子

在另一個早春的夜晚，我來到詩人閒夢的住處後宰門（騎自行車略五分鐘路程）。他畢業於四川大學物理系，現在南京一家無線電元件廠工作。我在南京期間，與他交往頻繁；他一貫提倡「非非」革命，精於黃老之術，是我飲酒聊天的朋友：

冬天我的皮膚髮癢，得有個去處
還好，有一個澡堂在總統府附近
有瓶山楂酒在床頭，無線電在哪裏
當然在後宰門，離我的學校更近
——柏樺《在南京》

是夜，我們飲著我們共同的老寵物山楂酒，閒談過去或當今文壇的趣事，偶而他從書架上取出一冊詩來讀讀，共同評點一下這個或那個詩人，甚是好玩。他最推崇的當代詩人是楊黎。他認為我和楊黎都屬奇人異相，我瘦他胖，而「身居高位的人個子胖大的好，年輕人同嬰兒也要肥胖的好，太乾瘦的，想必性子很急躁吧。」「但詩人還是瘦子的好，瘦子是世界上的革命力量。想想看，如果世上缺乏瘦子，將失去多少反對的快樂。」就這樣你一言我一語對談胖與瘦，甚是好玩，我們相視而笑，又同飲下一杯濃酒。

接著我也取下一本紅色封面的書，由徐敬亞與孟浪編選的「地下詩歌總集」，我隨意翻閱，耐心尋找最契合我此時心境的詩來讀，突然西川的幾首短詩令我精神為之一爽，我讀到這樣一個意境（原句記不起來了），生活中有這樣一個人，似乎是一個戰地士兵，他愛去一個嫩葉青蔥的山坡，山坡上有株灑滿春日夕輝的山楂樹，每個黃昏他就坐在這株樹下讀一本 1927 年的舊雜誌。我被這個意境完全迷住了。這正是我此時的心境，我詩歌的靜水順著他「1927 年的舊雜誌」悄然來到這個春夜，我當即寫下《回憶》：

回憶

讀外國文學從何開始
我在初春的陽臺上回憶
一九八六年一個春夜
我和你漫步這幽靜的街頭
直到天色將明

我在幻想著未來吧
我在對你讀一首詩吧
你鬆開的髮辮顯得多無力
風吹熱你驚慌的臉龐
這臉，這微倦的暖人風光

回憶中無用的白銀啊
輕柔的無辜的命運啊
這又一年白色的春夜
我決定自暴自棄
我決定遠走他鄉

春風此時正熱烈地吹進窗戶，酒意闌珊、寒意頓消，勃勃春氣灌入心田，「明天，我會寫出一首好詩……」不出所料，從第二天起連續三天，我寫出了十三首短詩。

第二日黎明，我起得很早，急著趕迴學校上課。當我騎車迅速穿過中山門時，我被從未見過的壯觀景象驚呆了，成千上萬的南京市民正湧出城門去梅花山觀梅遊春。滿山濕潤的寒梅及延綿數里的香氣正把他們從塵世的春夢中喚醒，他們急於將一年最初的歡樂贈於料峭的風景，「多麼易逝的黎明啊，而人流在感謝時光……」我的自由也隨口而出：

自由

自由就是春天的大地
春天的人民湧出城門
自由就是呼喚的山花
山花匆忙地款待我們

命運。別說！這個詞
唯失敗者才對它鍾情
還有什麼東西讓我們受不了
我們的心因歡樂而頹喪

激情是風景中的幾點
運動的或靜止的幾點
哦，純潔的，美的幾點

孩子們，那些孤單的孩子們
你們在草地上，溪水旁
自由正照臨你們頭上

梅花山昔日安葬過汪精衛，其墓後被國民黨炸毀；山腳下有一小墓址，上書東吳孫權墓。梅花山此時滿山寒梅代表了南京的初春，人們在此賞梅，彷彿在春天的大地夢遊。下午直到黃昏只要我沒有課就最愛在這香氣四溢的山坡徘徊，梅花加上明亮柔和的春陽非常招人熱愛。順著石像路下去是「春來江水綠如藍」的前湖，岸邊有一大片青草地，人影散落、服飾鮮豔，遠處是中山門古城牆青灰色的身影，近旁是兩三間農舍，幾頭黑花斑點的奶牛在吃草，幾隻母雞在勤快地啄食，一個男孩割下一筐細緻的青草走上風景中的小橋，漸漸遠去了……我寫下一首踏青詩：

踏青

「1858 年 4 月 21 日。
美好的一天。在花園
和井邊，與農婦們做愛。
我好像著魔了一樣。」

是的，托爾斯泰，這一天
好美。讀你的日記……

還會有更美的事嗎？
當愛的純潔性不僅來自
那些做愛的農婦
也來自別的風景——

不遠處，
你還看到了什麼？
有人磨著兩個核桃
有人手握一把細沙
有人撿回一個皮球
有人牽起風箏奔跑
那不能生育的騾子呢
在有轆轤的井邊
四腳不停地繞圈拉磨
它是怎樣來到世上的？

再翻開書
1945 年的《護生畫集》
看呀，四處春風和氣
燕子飛來枕上
豐子愷踏青入畫
（往昔的風景遠在天邊，
又近在眼前）
年復一年，看呀

總有個舊人不願回家
有個新人睡在柳樹下
1989 年 3 月 7 日

黃昏時分花氣漸濃，前湖碧水間有人撒網捕魚、有人留下黃昏的剪影……我踏過鬆軟的草地來到一片落滿紅色針葉的林地，鮮紅的樹木在春風中輕搖，映紅了暗金色的日暮……我經歷了如此多的夏天，年復一年直到 1989 年江南的春天，我才真心體會到古人惜春、傷春、盼花、愛花的心情，那決不是徒有言詞的詠歎，而是對時光永逝的興歎……我也想到閒夢寫的一本書《愛花的早晨》……

不知有多少次，我乘著意猶未竟的遊興，在清涼的春月朗照下返迴學校。而這一天返迴學校後，一件大事發生了！我得到了消息：海子已於 1989 年 3 月 26 日下午 5 點 30 分在山海關和龍家營之間的一段慢車道上臥軌自殺，被一輛貨車攔腰軋為兩截。他身上留有一封遺書說：「我的死與任何人無關！」自殺時身邊還帶有四本書：《新舊約全書》、《瓦爾登湖》、《孤筏重洋》和《康拉德小說選》。多麼可怕的春夜的寂靜，昆蟲在盛鳴。

一位強力抒情詩人自殺了，接著我回憶了我與海子僅有的一次通信聯繫。1985 年，那時他在中國政法大學學報工作，好像當時還沒有任教。一天我下課（我當時在西南農業大學教英語）回家，收到海子寄來的一冊自印詩集，讀後頗有感觸，提筆寫了一封短信。此後，再無聯繫，直到 1989 年 1 月我在北京時，老木告訴我海子是一位天才詩人並約我與他見面，可惜老木終日奔忙，我同海子的見面竟未實現。當時只見到在北京市內的「北大四才子」中的三人：西川、駱一禾、老木。一禾是兄長式的、西川是典型北大高材生式的。他們倆人有一個共同點，一看便知是那種具有深厚文化修養的青年，屬於思想和見解都很獨立的知識分子詩人類型。

老木卻是北大傳統的青年活動家的形象。他對我談起選編《新詩潮詩集》的逸事，他開始不想編，整整想了一天，然後決定做這件事。當來自全國的詩稿鋪天蓋地地衝向他時，他弄得頭昏腦脹、食不甘味，最後索性把詩稿攤在地下，拿著大剪刀日夜奮戰，左衝右突，最後印出書後又親自用平板車將書運送回北大，「那些時日，我徹底累垮了，還要償還印書的借款……。」他急躁地說著，彷彿這事就發生在目前。

不久，老木和西川相繼來信告訴我海子自殺的消息。兩個月後駱一禾也去世了。接連兩位詩人去世給1989年的詩壇佈下陰雲，彷彿為了這個宿命的「偉大慶典」，歷史莊嚴地遴選出兩名堪稱「日月同輝」的赤子詩人獻出了生命。

迄今為止我讀到過大量寫「詩人之死」的文章，我也不止一次嘗試過寫一篇紀念文章，但終因言不及意而放棄。死亡是一件真實的事情，它使言說變得極為困難。面對死者，我選擇了沉默。

但在這一年（1989）的冬天，我以毛澤東的「為有犧牲多壯志，敢教日月換新天」為題寫出了一首詩《麥子：紀念海子》，我知道「麥子」猶如一枚閃光的抒情的像章，它是海子歌唱的寵物，這寵物帶領他（一位十五歲的少年）從安徽來到北京，最後這寵物又帶領他以及他浩瀚的飢餓滾滾而來又滾滾而去：

麥子：紀念海子

為有犧牲多壯志，
敢叫日月換新天。
——毛澤東

麥子，我面對你
二十五年零兩天
我垂下疼痛的雙手
麥子，我左胸的一枚像章
我請求你停止瘋長！

麥子！麥子！麥子！
北方就要因此而流血
看吧，從安徽直到我手裏
直到祖國的中心
一粒精神正飛速傳遞

是誰兩手空空，面朝黃土
是誰發出絕食的命令
麥子！麥子！麥子！
一滴淚打在飢餓的頭頂
你率領絕食進入第168個小時

麥子，我們的麥子

啊，麥子，大地的麥子！
「神秘的質問者啊」——
長空星辰照耀
南方在肉體中哭泣

麥子，五穀豐登的麥子
請宣告吧！宣告！
下一步，下一步！
下一步就是犧牲
下一步不是宴席

迅速的瘋長的麥子，迅速的瘋長的像章，迅速的瘋長的海子，他持續七年在一間孤單的房子裏寫作，最後兩年（如西川所說）「爭分奪秒地燃燒」，從每日下午四點到翌日凌晨，他灌注給他寫下的每一個字光芒四射的生命之力，飽滿逼人又驚心動魄。他為中國文學引入一種從未出現過的閃電速度和血紅色彩，這速度和色彩在他內心翻騰輝映、燃起熊熊火焰，他的一切外部生活都被這火焰焚燒了，心靈升向天空、肉體擱淺大地。

寫到這裡，我順便交代幾句老木（1963～2020）的命運。老木 1989 年去了巴黎。2016 年，老木結束了在歐洲的流浪，回到他的家鄉江西萍鄉。老木和我以及張棗在 1987～1989 年有很多來往。2018 年 4 月 4 日，我在成都突然收到老木的短信：「我是老木。我於 2016 年回了中國。近期，我周末來一趟成都。」可以想像，讀到短信，我是多麼震驚！時過境遷，我一時不知如何回覆老木。2020 年 11 月 27 日，老木在他的家鄉江西萍鄉去世了。我曾寫了一首詩《致老木》，現錄來如下，以表對他逝世的紀念：

什麼人？隨走隨哭的人
上坡下坡，去了巴黎
又去瑞典，他到底是誰？

查一下經《耶利米書》：
「你也必默默無聲，
刀劍必追趕你」——

「危險變得比保險更可靠」
這還有可能反過來嗎？

我好像患了幽閉症。

萍鄉，老木永恆的家鄉
鴿子在白楊樹上築巢？
這地上有醬油，不是血。

你的鼠鬚，你的鼠鬚
它已經被韓東指出來了
我還有何事情可做呢？

四、上海行

1988 年深冬，詩人鄭單衣從北京參加完「今天」詩歌獎為多多舉行的頒獎的活動後，來南京看我。幾天後，我們一同去了一趟上海。我們住在詩人古岡家裏，接連見到眾多上海詩人不在話下。

而我對上海的嚮往是從 1985 年秋天的一個下午開始的，當時我住在重慶北碚西南師範大學校園內，一個政教系的學生李康送給我一本上海的油印詩集。那時我正準備研究生考試，很少關心外界，除複習功課外，只偶而留心於自己的詩藝，生活乏味而平淡。可就在那個下午我感到生活好像出現了什麼新鮮的東西，這新鮮的東西就在這本詩集裏，其中我讀到了陸憶敏的第一首詩《對了，吉特力治》。

儘管說 1980 年代的地下雜誌宛如過眼煙雲，只是曇花一現，但它們卻也在短暫的流通中堅定地傳達出一種詩歌信仰，而且正是借這些雜誌，我們的詩人得以初試啼聲，他們被發現、被評論，乃至被接受，被肯定。而我也正是在這本油印詩集中讀到了陸憶敏，讀到了這首詩《對了，吉特力治》。在這之前我讀過她發表在老木編選的《新詩潮詩集》中另外幾首詩。當時我在這些詩上停留了好長一段時間，認為這幾首詩寫得已很成熟了，其中一首《美國婦女雜誌》使我立即聯想到美國女詩人西爾維亞・普拉斯的詩歌。

可後來一切都變了，吉特力治向我迎面而來，那個下午我在花園裏漫步、暇想、享受著寧靜和這首詩。這首詩徹底擊中了我，它乾淨利落的聲音讓我讚歎不已，這真是一首臨空而降的詩，一首一氣呵成的詩，一首速度飛快但節奏優美的詩。我感到了作者的呼吸、口氣和姿態，那麼利索、堅決。尤其是它有力的結尾至今仍被我銘記：

如果我抬起手

推開窗要一點兒
外面的空氣
得了，這也是教條
——陸憶敏《對了，吉特力治》

多麼準確、細膩、有力的生活的寫照啊。唯有不斷默默自語地體會著這幾行詩，彷彿我將從這幾行詩中甩掉我周邊「教條」的空氣，舒展自由的心靈。我情不自禁地談論著、迫不及待地告訴我身邊的朋友，叫他們認真注意這位遙遠的上海詩人。

一個有趣的發現：我的一個朋友說陸憶敏從人到詩很像張愛玲。我後來在上海見到了陸憶敏，她的確如此。她在上海天青色的屋簷下，在天鑰二村她的居所寫作，看上去她更像一位在寧靜的室內幻想的詩人。她在一則自述短文中這樣說到自己：「心敏如菌，但敏而不銳。」真是這樣，她從人到詩都顯得剛柔得體、曠遠清新。她的詩是輕盈的，迅速的（迅速中懷以柔情，海子的詩在迅速中帶著烈火），那麼幸福，那麼寬懷（「寬懷」是她詩歌中愛用的一個詞），寬懷中滿含驕傲的清淚，譬如她那首傑作《教孩子們偉大的詩》，讀來令我百感交集，萬千滋味湧上心頭，我不禁要情不自禁地抄來此處，只是為了我再次朗誦並默記：

教孩子們偉大的詩

當我
帶傘來到多雨的冬季
我心裏湧起這樣一種柔情
——教孩子們偉大的詩
教孩子們喜愛精闢的物語

車站外的燈光是昏黃的
牆壁是陳舊的
地上是冰濕的
我和我心中的我
近年來常常相互微笑
如果我的孤獨是一杯醇酒
——她也曾反覆斟飲

我有過一種經驗

我有一種驕傲的眼神

我教過孩子們偉大的詩

在我體質極端衰弱的時候

我的思緒在上海的一個晚間一下倒回到半年前，即 1988 年 6 月。那時我住在成都鐘鳴處。記得 6 月的某一天，我同鐘鳴去了一趟峨嵋山，我們一到山下就去瞻觀寺廟，在報國寺度過了一個愉快的應該說是幸福的下午（這種和諧、無礙的下午在人生中也是很難常有的）。我們談了許多話，其中一個重要話題就是陸憶敏的一首詩《避暑山莊的紅色建築》。我們在寺廟的迴廊或坐或走，非常悠閒，而寺廟的建築正是血紅一片。我們都認為這首詩是一首傑作，也是不可多得之作。這些詩句和報國寺的血紅建築一起呈現在我們眼前，如此自然，使我們的遊覽倍添興味。

避暑山莊的紅色建築

血紅的建築

我為你遠來

我為你而寬懷

我深臨神性而風清的建築

我未虛此行了

我進入高牆

我坐在青石板上

我左邊一口水井，右邊一口水井

我不時瞅瞅被榆木封死的門洞

我低聲尖叫

就好像到達天堂

我隨意流出我的眼淚

我見到了古風

就好像我從來祈見於它

這陳舊的荒冢

就好像我祖先的剩日

我所敬畏的深院

我親近的泥淖
我樓壁上的紅粉
我樓壁上的黃粉
我深閨中的白色骷髏封印
收留的夏日，打成一疊，濃墨鑒收
它尚無墳，我也無死，依牆而行

她所向往的景色是那麼富有詩意，那是唯一的女性才具有的詩意。是的，她是一位立刻發生的詩人，一位「風吹草低見牛羊」的詩人，一個「我見到了古風的詩人」，一位被王寅稱之為愛讀《紅樓夢》和醫書的詩人。

而她的另一首傑作《墨馬》，也在若干年後重新回到我的話題裏。

墨馬

心如止水
在鬃鬚飄飄的墨馬之前
碎蹄偶句
叩階之聲徐疾風揚
攜書者幽然翩來
微帶茶樓酒肆上的躁鬱
為什麼
為什麼古代如此優越
荒涼的合色
使山水跡近隱隱
也清氛宜人

我與我的一位研究生余夏雲反反覆覆地討論這首詩，尤其是不厭其煩地討論「躁鬱」這個詞。整整一個下午，我們就這樣沉浸在這首詩和這個詞裏：

> 《墨馬》這是一首用宋詞筆法寫來的詩中畫。詩人筆端情感飽滿，卻只在紙上點染兩三筆墨，全詩飄逸靈動，體態輕盈：心之如流水，鬃鬚之飄飄，碎蹄之風揚，攜書者之幽然翩來，山水之清氛宜人，意象全都充滿流動、漂浮之感，頗有上升游離的風骨。曹丕稱頌孔融「體氣高妙」，我想移用過來也完全合適。但是，物極而必反，通篇的文氣流蕩，漢風清揚，就很可能有「風流雲散」的危險。曹丕說孔融有過人之處，但卻理不勝詞，一味的「揚」也有它的壞

處。如何才能飄而不離，逸而不脫呢？陸憶敏此處用了「躁鬱」一詞，可謂神來之筆。該詞一出，立馬使得詩文有了重量，它穩居詩腰，上下頓住，前後勾連，使得那些逸氣陡然飽滿而不失質地。真可謂是救活了一首詩。

但有時候，成也蕭何，敗也蕭何。「躁鬱」這個詞，漢風熠熠，乃是微妙的一筆，它漫溢著中國古典的美學風神——幽、曲、複、變，卻又形式簡純。是的，這是一種古典，甚至是一種偏執的古典。它拒絕翻譯，沒有哪個外文單詞堪與它比肩，憂鬱、焦躁、煩悶、落寞、顧慮、衝動……百感交迫，無言以盡；同樣的，它也不屬於現代人、當代人，甚或唐朝人或者宋朝人。因為前者無法擔當它曲折沉鬱的質地，他們過多地被人間俗務所糾纏，以致感情單一，他們缺乏的正是躁鬱者當有的姿態，一種於內心的衝動與外在的矜持間做出綜合的雅美的姿態；而後者，那種剛強的或柔弱的時代特徵已經超越了複雜的變數本身，他們太過明確，以致喪失了複雜和交混。這樣，「躁鬱」只能是晚明時代或清末民初人的專屬情感，而且是那一個在臨水的江南小鎮上穿了步履長衫的漢人的專屬情感。無論民族身份，地理位置，舉手投足，身體服飾，甚或是飲食起居，「躁鬱」這個詞統統都將他們囊括了。

你想想看張愛玲說的，「個人即使等得及，時代是倉促的，已經在破壞中，還有更大的破壞要來。有一天我們的文明，不論昇華還是浮華，都要成為過去。」這是一種何等的「躁鬱」，它又是怎樣生動地映照了上述兩個時代（指晚明與清末民初）的精神氣質呢？是的，正是「躁鬱」這個詞，讓那個在喧鬧的茶樓或酒肆裏落寞吃茶、飲酒的晚明或清末民初人物的微妙心理呼之欲出！一幅同里南園茶社文弱的陳巢南們轟飲爛醉，又懷著一個時代抱負和詩文理想的生動畫面突入眼簾！「躁鬱」，這絕非是一個穿西服、中山裝的洋人或現代人、豪邁的北方人所能領會的精緻江南的生命頹美。這裡，就讓我鄭重地給出兩個具有此等風貌的人物來以供參詳，他們是柳亞子、陳巢南！

是的，「躁鬱」這個詞飽含了太多複雜的隱喻和意涵，所以，一個敏銳的讀者，比如柏樺，就有足夠的理由去要求詩人放慢她的腳步，讓我們再去反覆打量和感受這個詞，並一探這個詞的諸種可能。詩人應當在此處研磨兩三個細節來展示這個詞，並為「茶樓酒肆上的躁鬱」找到一個客觀對應物，這樣，敏感的人將立刻嗅見其中的古典芳香，並真正領悟到該詞的妙處。當然，這兩三句的細節，不僅是出於承接上文，讓我們反覆流連、細品、細偵這個詞的目的去寫，更重要的是它會緊密地呼應下文「為什麼／為什麼古代如此優越」一句。是的，從「茶樓酒肆上的躁鬱」，一下子到達「古代如此優越」，太快也太陡了（柏按：即便這樣，但這個轉折——「為什麼」——還是很有說服力。為什麼呢？我想很可能是作者的語氣，讓我們再來讀一讀，再來感覺一次，聽！她的語氣已經到位了）。當然如果這個時候再來一兩句細節過渡，那麼整首詩的節奏速度就會馬上減下。而且，也為「古代如此優越」這個不明裏底的虛句瞬間找到真實可靠的載體以及可供參照的內容，增強詩行的信服力。如此，虛實相間，平抑相連，一首天上人間的曲詞旋即就會織就。

的確，再好或再平易的語詞都要還原在上下文中作細讀才有意義，都要在虛實的相互參照中才能看出優異。你看，宋祁一句：「東城漸覺風光好，縠皺波紋迎客棹。綠楊煙外曉寒輕，紅杏枝頭春意鬧」（宋祁《玉樓春》），平白無奇的一個「好」字，卻得了後三句話的助力，陡然升起了幽窈美意。「好」、「鬧」兩字，一前一後，一平一奇，參差對照，顯出多少意思，又現出多少風景，更重要是救活一個「鬧」字。王國維對此讚不絕口，卻可惜忘了沒有一個平凡的「好」字在前，哪有這等好處啊。詩歌總是整體之美，哪怕一個詞、一個意象或一行詩，總是要在整體的文本中才顯出它應有的光輝。「躁鬱」再好，也需細節之美來補足。如果陸憶敏能於此處再停頓一二，將細節描出，那真個就是錦上添花，驚為天人了。（余夏雲：《出梅入夏：陸憶敏的詩歌》，《江漢大學學報》，2008 年）

王寅是我認識的詩人中最不易談論的一位，他是那麼隱逸、安靜，甚至飄浮迷離、遙不可及，此外，當然還有他那被眾多人早已指出的品質：優雅。他是我們詩人中最優雅的一位。我對王寅的認識是從他那首家喻戶曉的名作《朗誦》開始的：

朗誦

我不是一個可以把詩篇朗誦得
使每一個人掉淚的人
但我能夠用我的話
感動我周圍的藍色牆壁
我走上舞臺的時候，聽眾是
黑色的鳥，翅膀就墊在
打開了的紅色筆記本和手帕上
這我每天早晨都看見了
謝謝大家
謝謝大家冬天仍然愛一個詩人

「謝謝大家冬天仍然熱愛一個詩人」，這感人肺腑的最末的一行，總使我想起冬天，俄羅斯的冬天，想起費特、蒲寧或契訶夫的冬天。在冬日的火爐邊、外面下著大雪，費特的吟頌讓老托爾斯泰流下熱淚；而在蒲寧式的寒冷和鋒利的星光下，一個詩人的朗誦讓我感到中學時代新年前夜的歡樂；還有雅爾塔的冬天，契訶夫在他的海邊別墅一邊輕聲朗誦一邊飲下一杯櫻桃酒……朗誦，冬日的朗誦，一代又一代，從西方到東方，從俄國到上海，在此，我聽到了王寅的《朗誦》，高貴、寒冷、瘦削……。而 1988 年冬天，我在上海見到王寅時，他的形象正好吻合了我的想像，他的趣味、他的風度、他的沉靜和不屑、甚至他的無言，都那樣恰切適度、流暢優雅、充滿冬意。

梁曉明在《王寅和他的詩歌》一文中有一段話令我印象深刻：「就像當年一份可貴的雜誌《世界知識畫報》，這是王寅極為喜歡的一份雜誌，這份畫報所強調的畫面和文字的精巧美麗，它本身帶來的異域的信息和完全不同於中國的生活場面與觀念，你完全可能從中辨認出王寅詩歌某些要素……」的確，從這段話中，我們可以辨認出王寅詩歌中靜水流深般的洋氣。說到洋氣，在此需稍稍解釋一下，以免誤會。洋氣並非西方獨有，「洋」不分中西，中國古典也有東方之洋味，須知中國本地風物也隱含著洋氣，就看你能否敏銳地發現。

王寅詩歌中的洋氣主要來自西方（或許這也暗示了王寅寫作的另一種可能），這使得王寅看上去更像一個世界詩人，而非一個中國詩人。注意，我這裡只是為了表述的方便而啟動了世界與中國這兩個名詞，我的意思是說，崇洋或者尚古。正像陸憶敏曾經說過的：「八十年代的青年詩人有很重要的兩個審美傾向：一是崇洋、另一個就是尚古。」而他們兩人就恰恰體現了這兩種傾向

——陸憶敏「尚古」，王寅「崇洋」（請原諒，這同樣是為了表述的方便而做的一個不太準確的區分，其實她們兩人從本質上講都是古洋貫通的詩人）——真是絕配而神秘！

王寅對外國詩人的喜愛至少包含下述名單，他們是惠特曼、米沃什、斯奈德、勃萊、萊蒙托夫、沃爾科特、誇西莫多、薩克斯……當然，這份名單還可以鉅細無遺地開列下去，但我想這已經足夠了，因為到最後，要發出聲音的只是王寅一個人。而且不論有多少種詩歌養料，寫出詩歌的最終也是他一個人。好了，讓我們來讀另一首王寅的名作《想起一部捷克電影但想不起片名》：

想起一部捷克電影但想不起片名

鵝卵石街道濕漉漉的
布拉格濕漉漉的
公園拐角上姑娘吻了你
你的眼睛一眨不眨
後來面對槍口也是這樣
黨衛軍雨衣反穿
像光亮的皮大衣
三輪摩托車駛過
你和朋友們倒下的時候
雨還在下
我看見一滴雨水和另一滴雨水
在電線上追逐
最後掉到鵝卵石路上
我想起你
嘴唇動了動
沒有人看見

場景非常戲劇化，筆觸也極其細緻，詩人的手筆宛如一架正在工作的攝相機，沉著鎮靜地記錄下一個發生在雨夜的驚險愛情故事。這故事在中國讀者的眼中充滿了異國情調，這情調正回應著詩題中「捷克」兩個字。是的，此詩雖寫外國，但我依然感同身受，這個故事好像就發生在我的身邊。王寅只是借用「捷克」的能指，來發出自己的聲音。怎樣的聲音？直接用黃燦然的話來說，這首詩（當然也包括王寅的許多詩）的聲音有如下幾個特徵：「異國情調、冷靜的敘述、精確的細節、清晰的節奏。還有間接經驗。」（黃燦然：《王寅的斷裂》，《讀書》，2005 年第 6 期，第 138 頁）說得內行，一語到位。我也就不必在此展開來說了。

只說一點：王寅詩中這三行詩「我看見一滴雨水和另一滴雨水／在電線上追逐／最後掉到鵝卵石路上」令我愛不釋手，真是寫得太傳神精細了，這世上還有比這個畫面更美的畫面嗎？一滴雨水在電線上追逐著另一滴雨水，並且最後掉在了鵝卵石路上。唯有謝謝詩人，如果沒有詩人為我們指出這一點，這種美就不會人發現。那將是多麼可惜的事呀。

再說一點趣事：我記得初到南京時，在同韓東閒談的一個夜晚，我非常好奇地向他打聽王寅的一切。他告訴我王寅很矜持，有點高傲，不愛說話，一說話就有點逼人。他還告訴我：「陸憶敏 1985 年和王寅來我家，王寅和我說話，她在書架上發現一本《精神病學辭典》。以後五天裏，邊讀邊作筆記直到離開。」這最後一句正好用來印證王寅說的，陸憶敏是一個愛讀醫書的詩人。

上海還有一個我熟悉的詩人孟浪（1961～2018），一個寫警句的詩人，我記得他的名言：「連朝霞也是陳腐的，所以在黑暗中不必期待所謂黎明」！他除寫詩外，也奔波於各種詩歌文學活動，我正是在他和貝嶺編選的一本油印詩集《當代中國詩歌七十五首》上面讀到王寅、陸憶敏等人的詩歌。

豐富的上海還有什麼呢？還有一個我聽起來非常奇特的詩歌流派，默默的「撒嬌派」。一個叫京不特的學數學出身的詩人邊寫詩歌邊撒嬌，他後來去雲南邊陲某寺廟當了和尚，常穿著金碧輝煌的袈裟行走於鬧市，再後來他又去了泰國，去了丹麥，似乎一直埋首於哲學研究。「撒嬌」？由此我想到胡蘭成說過的一句話：「人生就是這樣的賭氣與撒嬌」，哪裏能當得真呢。撒嬌是那樣的家常，而「凡好東西皆是家常的」（胡蘭成）。我後來還寫過：很可能，上海只有在上海男詩人身上找到撒嬌，看那戴鴨舌帽的詩人也戴了一個陰莖保暖套。還有什麼詩人，他們也在撒嬌：

> 從佛教暮晚到基督教
> 黎明，從蘇州到上海
> ……
> 看叛徒的兒子好堅貞，
> 寧肯把精子射在地上——
> ——柏樺《地圖》

上海的聲音多麼異質混成，多麼難以把握，我一直在試圖尋找：

上海之聲

對一個音樂家來說不是看，是聽
1944 年，上海諜報聲歡迎夜來香
大世界，還有什麼值得去聽的呢？
淮海路上除了古老的香樟樹聽風……

很快某天晚間，在她歌唱的時候
那些聲音突然停止了，海上花落
很快短暫的美味，吃完鳳尾魚罐頭
她的身體變成了屍體，海上花開

招魂！一生的痛癢、一生的哀樂
並沒湧起四海之內的同情和友誼
下午的上海，靜得像靈童轉世
現在，我們都在等一個聲音

現在，請告訴我們該怎麼辦？
難道真的只有在上海詩人身上
才找得到詩人的可愛和撒嬌？
啪！合上書，上海夾在了甜食單裏

2022 年 7 月 11 日

上海，當然總是讓我繼續感到某些奇異莫名的詩性，尤其在王寅那充滿異國情調的詩篇裏；上海的冬天有時給人的感覺如柏林，它有聖經新約的氣質嗎？是的，徑直讓我們再來讀我寫的另一首上海詩：

兩代上海

一

這不是謎是個惡？
新月派別擰我，疼！
疼來無恙徐志摩，
你到底想成為誰？
上海冬天如柏林，
有聖經新約的氣質？

「還有老太太，
可能是一隻狗的名字」

「哪裏去了呀，
我從前太熟悉的那種
輕易的、幸福的潛心內省」？
在上海某夜，
我感到生活舒適，
衛生褲有趣
（包括舊得發亮的皮拖鞋，
白雞牌手套）

霞飛路上透過臨街的窗戶，
我看到細雪，我感到恍惚，
1926 年，1927 年……
我還不習慣與雪相處……

二

哪一樣不熱，
血熱，夢熱，襠熱，眼睛熱
射出的精子更熱——
上海，康姆潑奈，虛幻；
蟹黃虛幻；人虛幻；
霓虹燈下的哨兵
抵制資產階級思想的腐蝕
難道不虛幻？

淮海路雜貨鋪的燈光
總是暗淡的（柔和的）
每一秒裏都有我所有的
過去和剩下的將來。

唉，衡山有些文藝；
思南有些「下午」……
唉，二顆子彈的命運

也是命運，陳籙斃。

什麼，「龍尾道邊來一望」
他是白居易？
借光，參天古樹罩住了
革命委員會的牌子！

注釋一：康姆潑奈，即 company（公司）的英譯。

注釋二：陳籙（1877～1939），字任先，號止室，民國時期外交家。福建閩候人。1894 年進入鐵路總局附設礦化學堂，後入武昌自強學堂，1901 年畢業後留校任法文教師，後轉赴法國，進入巴黎大學學習法律，1907 年畢業，是中國第一位在法國獲得法律學士學位的留學生。1938 年 3 月，出任南京偽維新政府外交部長。1939 年被軍統特工刺殺身亡。刺殺細節可見我另一首詩《陳籙斃》（柏樺著：《別裁》，北方文藝出版社，2014，第 207 頁）

上海，近年來我常想起一個人——古岡，以及他那洋氣的舊居（我和鄭單衣曾在那裡住過），多年後我為他寫了一首詩：

這世界

——致上海詩人古岡

初冬早起，
爐溫先暖酒，手冷未梳頭……
心想這世界，每秒鐘
四人誕生，兩人死去。

蘭成四方風動，
寒山八風不動，這世界
悲哀總在欲老正老時，
老過了就沒有悲哀。

每個人的生活，
尤其是早年的生活，
遇見了什麼？
發現了什麼？

這些都讓我想起古岡，

這世界，這樣一個上海詩人……

五、揚州的冬天

1989 年，江南苦夏已逝，轉眼又是冬天。從上海回南京後安心教書，不思遊歷。不巧友人相邀，偏偏作了一次冬日揚州行。

是夜，步入揚州時，正值燈火初上。在友人家圍爐吃完暖和的夜飯後，獨自閒走於揚州的街市。此時細雨已停，街面蕭疏，冷風透骨，我走走停停觀看夜色中淒迷憧憧的建築，看見不遠處幾個暗紅色的燈盞高懸於寒夜中的酒樓，在風中輕晃，這使我想起剛到南京時在秦淮河夜色裏見過的類似的一幕；再向上望去，夜空高闊而清冷，閃爍的幾粒星星彷彿就要隨風吹落下來。這就是淮左名都揚州，它的寒冷將洗去我最後熱烈的表達。即便沒有南京的山楂酒，這冬夜也能讓我感受到某種深入的懷念。這是真的，我已在揚州。

不知為什麼，或許是一種緣分吧，我在揚州竟然沒怎麼想到萬人迷杜牧，卻總是想起張祜……「十年一覺揚州夢，贏得青樓薄倖名」的杜牧這樣寫張祜：「誰人得似張公子，千首詩輕萬戶侯。」張祜這位終生漫遊的詩人，在遊歷江南時曾寫過一批十分雋永令我私下羨慕不已的小詩。張祜在中唐詩人中雖不是白居易式的大家，但詩寫得極為輕靈，頗富神韻。這不僅與他的氣質也與他的生活很有關係。張祜一生行俠仗義，志向高遠，浪跡於江湖，屬真名士自風流的詩人。他青年時代的生活豐富極了，與人比詩、比武、比酒等等，不在話下，他曾在一首詩《到廣陵》中回憶了他有一年在揚州過的瘋狂生活：「一年江海恣狂遊……不堪風月滿揚州。」揚州在張祜的眼中，不僅是生的好去處，也是死的好去處，「十里長街市井連，月明橋上看神仙。人生只合揚州死，禪智山光好墓田」（張祜《縱遊淮南》）。

寫到這裡，難免想多寫幾句：自張祜開創「揚州死」以來，響應者可謂層出不窮。明代詩人黃周星有：「墓田雖好誰能死，橋上神仙不可尋。」清代詩人盧見曾有：「為報先疇墓田在，人生未合死揚州。」近代詩人魏源有：「山外青山樓外樓，人生只合死揚州。」連文天祥這樣的英雄人物也有：「若使一朝俘上去，不如制命死揚州。」而《金瓶梅》第七十七回中有一句道：「好，好，老人家有了黃金入櫃，就是一場事了，哥的大陰騭。」《兒女英雄傳》第十七回中也有一句道：「這是你老太太黃金入櫃，萬年的大事！」這裡的「黃金入櫃」就是說死後埋葬在揚州。據《大明一統志》：「金櫃山在揚州府南七里，山多葬地；諺云：「葬於此者，如黃金入櫃。」而《太平廣記》中更有一則有關揚州的故事，甚是有趣：「有四人言志，一人慾貴，願為揚州太守；一人慾富，願腰纏十萬貫；一人慾成仙，願騎鶴昇天；又一人云：『腰纏十萬貫，騎鶴上揚州』，殆欲兼寶貴神仙於一身也。」後來人將這第四種人稱為「快活三」之人。

第二日清晨，與友人去富春茶室吃茶點，古雅的茶室深藏於一小石橋下，室內無人，我們依窗而坐，一邊吃茶一邊看一灣冬日的碧水從窗前流過；天氣陰晦，滿眼林木凝著暗綠，反倒使我想起白居易吟詠江南春日的詩句「江南好，風景舊曾諳」或姜白石的《暗香》：「但暗憶江南江北」，這一個「暗」字讓江南風景呼之欲出，春、夏、秋、冬，四季代謝，江南的氣韻不就在這個「暗」字上。這其中的夜之暗及燈盞之暗，還使我想到我最喜歡的一幅豐子愷的漫畫「草草杯盤共笑語，昏昏燈火話平生」，那可是何等的中國境界呀，就連日本漢學家吉川幸次郎也對中國的夜之暗別有一番體會：「我到北京留學，第一印象就是夜之暗。城市暗，房子裏的電燈也暗。物體看起來都呈黃色的這個國家，連燈光的顏色也是寂寥地昏黃著。……對於已經習慣了明亮之夜的我們，要真正去體會那夜之暗，仍是非常困難的。真正地去讀古書是困難的，特別是讀中國的古書，就更為困難，我常常深深地體會到這一點。」（吉川幸次郎：《我的留學記》）我冥想著這一切，細細品茶、吃富春包子和豆腐乾絲；我喜歡吃細小的食物，猶如曼德爾施塔姆只愛讀孩子們的書，淮揚菜中的豆腐乾絲細小親切，我引為吃茶飲酒的佳品。

吃完早茶，重返清潔的街市，白天道上行人依然很少。友人提議去富春茶室不遠處一家書店看看。這是一間很大的古色古香的書店，門前一片溫暖的垂柳，進得店內一一流覽，發現書籍種類之多，不亞於我所看過的許多大城市書店，店堂明亮、寬敞，兼賣文房四寶及今人所繪山水圖畫、書法，隨便看看、隨便翻翻，心情極為舒暢。

二小時後乘公共汽車去平山堂，這堂位於揚州蜀崗山中峰，據說是北宋詩人歐陽修任揚州太守時所建。「平山堂」三字為歐陽修書寫，他曾在此聽風吟月，與文人雅士一道舉行擊鼓傳花酒會，不知在哪一年的春花秋月，他吟詠過：「平山闌杆倚晴空，山色有無中。手種堂前揚柳，別來幾度春風……」我在此漫步遙想：

清晨蝶戀花下早酒的記憶，還鄉的跌宕……

清晨，我們該怎樣去度過揚州的晚年
多少身體呀，太守！淚眼問花花不語
行樂直須年少，亂紅正飛過秋韆——
——柏樺《三國秋韆》

平山堂雖是人工所建，卻聯絡至山，氣勢俱貫，出城入景，有一里許緊沿城郭，清人王漁洋所謂「綠楊城郭是揚州」已活現於眼前。來到堂內憑欄遠眺，揚州城的蒼茫盡在眼底。我們就這樣走來走去，又看過唐代高僧鑒真大師主持過的大明寺（他後來就是從此寺東渡日本的），到處是綠竹、古柏，大雄寶殿赫然在焉，地面也是難得的乾淨，遊人很少，出了山門與友人在「淮東第一觀」和「天下第五泉」石刻大字前留影。

從山而下去瘦西湖，蕭瑟的冬日遊人稀少，我們沿湖西長堤款款步行，「紅樓日日柳年年」，即便是冬日依然是綠樹依依，亭臺館榭在波光中透出陳舊的紅色。杜牧「二十四橋明月夜，玉人何處教吹簫」的二十四橋不得覓見，卻見建於清代乾隆年間的五亭橋，橋身呈拱形，橋面上有五座涼亭，古意不減，我心平安。橋南有一蓮性寺，寺內有一突起喇嘛白塔（與北京北海公園白塔相仿）。友人在此又約拍照留念。這不停的照相倒貯藏了我的詩性，四年後這詩性發酵成為了一首詩：

廣陵散

一

缺了自由和勇敢
幸福就快報廢了
一個青年向深淵滑去
接著又一個青年……

「時光在流逝，
他認識人，接近人，與人分手，
但一次也沒有愛過。」
這說話的口氣好可憐……

不過另外有個插曲
今年冬天，在揚州
他終於寫出了幾句詩：

對於你，雲大的美人

我要從哪裏開始忘起
從你的嘴唇開始忘起
從你的手腕開始忘起
從你的耳朵開始忘起

二

在冬天，憶江南
有什麼東西令你思想散漫
抓不住主題？

肴肉、乾絲、富春包子？
書店、個園、廣陵刻印社？
李冰！李冰去了哪裏？

熱氣騰騰的導遊者又來節外生枝：
「孩子們領到養老金
是多大的福分啊！
生活從此就一勞永逸。」

照相吧，照相吧
無人問津的瘦西湖
那裡真有個四川好人
他凍紅的臉在笑

注釋一：「雲大」指雲南大學。

1993 年 2 月

中午時分又乘車返回，在市區內曲折的深巷穿行，在一寧靜的小麵館吃罷一碗麵條，步行來到個園，此時天氣愈發陰冷，緩緩吹來帶有雨氣的風，臉上感到涼颼颼的。進得個園只見假山重疊，房屋密密實實，想起古人能擁有如此殷實，深秀的庭園作為私人居家花園甚為感慨，在個園後院一片蒼翠的竹林中稍坐，寒意頓添，我們走進一間屋裏。室內有一廂房簾子高高捲起，滿室香煙繚繞，幾位老人在爐火邊吃茶，下圍棋，看上去就使人暖和，頓生愉快之情，流連不願離去。棋聲才使花園閒？人閒未必頭白遲！我想起《枕草子》的一個意境：冬天下圍棋，下到深夜時分將棋子放進盒子裏，那棋子清朗的聲音伴著溫暖冬夜的爐火實在令人懷念。歲月就在這棋聲中淡淡流逝了，猶如目前的老人，這盤棋能否下到冬天深夜？或下到白居易和劉十九「圍棋賭酒到天明」的境界？

我多想就此停止我無盡的漂泊，在這兒住下，冬夜學習圍棋，春夜翻閱古詞，夏天休憩納涼，秋夜聽園子裏蟋蟀的清鳴，倘若如此那該多好呀……這種一見滿心喜歡的地方就想長住下來的念頭，可以說是中國歷代文人的共同心理，連胡蘭成也說過：「……凡到尋常巷陌都有想要安居下來之意，……」（胡蘭成《今生今世》（上），天地圖書，2013，第 171 頁）此種心理是中國人獨有的嗎？東海西海，心理攸同，西人亦如此，譬如俄國的巴烏斯托夫斯基也是這樣，且看他在《雨濛濛的黎明》中的表白：

> 低矮的溫暖的房間又引起了他想在這小城留下來的願望。
>
> ……
>
> 四周的一切，連那用淺絳貝殼做的煙灰碟，都說明了那種和平的、久居的生活，於是庫茲明又想了起來：假如留在這裡該有多好啊，留下來，像這所老屋的住戶一樣地生活下去——

我願意生活在揚州嗎？很有可能我更願意生活在揚州的高郵，我甚至想像了我小職員般的高郵生活：

小職員的高郵生活

二十七年前，在繁華的上海
我還是一個郵局的小職員
每天上班就分發信件、報紙，
謄抄文件，用膠水黏牢卷宗
伏案很好，安安靜靜的，尤其
是我的病腳樂於坐而不宜走

後來，我辭職去了揚州高郵
那裡「歲月靜好，現世安穩」
春過了夏，夏過了秋，秋過了冬
冷冷熱熱……生活循環如此
我上午皮包水，下午水包皮
我吃的豈止蟹黃包、香酥鴨……

生活之樂還有什麼沒被發現？
我有時精神十足，有時心緒散漫
風風雨雨都是個好，這不，
雨天一過，肯定是個大晴天！
缸裏的魚看上去游得真舒服呀。
我病腳消失，到處走來走去。

自古以來，揚州就有上午「皮包水」、下午「水包皮」之說。那意思是說，揚州人上午去茶社吃細點、品茶、清談，當然其中也有生意等等，喝一上午的茶，自然是一肚皮包裹著水了；下午又去洗澡，揚州人洗澡十分特別，用大木桶當澡盆，人泡在裏面，自然是水包著皮膚了。揚州水包皮還有季節上的講究，譬如如下二種：除夕浴謂之洗邋遢，端午浴謂之百草水。從這裡可見出揚州人細膩、講究、健康、唯美的日常生活：

蘇州頭、揚州腳，嗨
眉來眼去，來說新聞
清晨皮包水，終難免
聞風若蜜，飽食觀魚
水包皮下午眾生平等

討飯畫山水，你信嗎？
揚州，這清貧的光景
入了民國，涵秋先生
仍一律在吸煙侍花後
才出門去上課。瞧，

他一路走過，拱一拱手
人在驢上，從不下驢
——柏樺《下揚州》

那吸煙、侍花後的人，即去上課不下驢的人，說的正是寫《廣陵潮》的揚州作家李涵秋（1873～1923）。他在揚州教書時，常騎一匹黑驢去上課，每路遇熟人，只拱拱手，說一聲「恕不下驢」。這一畫面成為當時揚州城內一道風景。

而如今揚州冬日的清冷逼走了多少嚮往繁華的年輕人，苦悶的青春和急迫的理想催迫他們奔向異域它鄉，留下的人多是內心和平的人。在揚州廣陵刻印社，我認識了一對青年夫婦，男的叫張智，從北京大學畢業後又回到故鄉揚州，在古籍、圍棋、垂柳、清茶間過著安靜的家居生活，平實恰切、獨善其身，並不想入非非。而我認識的另一位出身揚州的小說家卻告訴我他受不了揚州的清與靜，那清靜幾乎讓他瘋掉，他早已插翅飛去了南京。南京雖也有揚州的稟性，但它更大，更兼備大都市的各種特徵和消遣方法，揚州卻是一座中年或老年人的城市，青年人待不住。這裡沒有繁忙的商業，先鋒的理想，它與世無爭，修身養性，悄然流逝，那種美不是一般人所能體察入微而娓娓道來的。但我還是要來幻想一番民國以來揚州人的樣子：

記我認識的一個揚州男人

「為什麼她覺得我像個姑娘？」
——題記

綠楊城郭，戰雲密佈，1946 年
好像是 10 月的某一天……
他一直在想她寫的那句話
「讓我們來完成這齣悲喜劇。姑娘」

為什麼她在信中這樣說話？
她是在開一個玩笑嗎？
一時間他手足無措，被嚇住了
暗下決心（什麼決心？）要改變什麼

後來不知怎麼，很快
他姑娘的名聲一下子傳開了
但影響並不大，正好遇上換防
他立刻隨部隊離開了戰區

「她曾經愛過我嗎？哪怕一點點？」
帶著這個問題，他沒有想出答案
他也沒有多難受，不到兩天
他就徹底忘掉了那個姑娘

是的，未經渴望得到的禮物，不算禮物
沒經過嫉妒折磨的愛，也不叫愛
「我渴望過她嗎？嫉妒過她嗎？」

再後來，馬拉松出現了……

這個運動對他是幸運還是古怪？

他一離開揚州就愛上了它

終其一生，他就這樣跑呀跑呀……

聽說他在異鄉一直跑到老死

2023 年 4 月 6 日

有多少次，我寫詩總是意猶未盡，這次也沒有例外，我剛寫出《記我認識的一個揚州男人》，就碰巧讀到了揚州作家龐余亮寫的文章《我那水蛇腰的揚州》，當即乘興又寫出了下面這首小詩：

「我那水蛇腰的揚州」

——贈龐余亮

從貓眼，從蝮蛇眼

你看又從什麼眼？

塵埃裡的蛇梭來梭去

如波浪般起伏，好看

蛇飛起來，也好看

但花園裡沒有蛇

有什麼好看呢？

無邊夜色（沒有梭夜子）

路燈下的影子先於你進屋

好看嗎？請問龐余亮

不會是汪曾祺吧

今朝揚州已無瘦馬

「我那水蛇腰的揚州」

好不好看？

注釋一：「我那水蛇腰的揚州」是龐余亮寫的一篇散文的標題。

2023 年 4 月 6 日

我曾於 1986 年冬天在重慶北碚隨意讀過清人李斗所作的一冊《揚州畫舫錄》，書裏記載著乾隆年間揚州的繁華，如今「春風十里揚州路」的繁華已成為過眼雲煙。揚州的清、靜、暗、涼歷經了多少「煙花三月」才透露出它平凡的神韻，這神韻在冬日被風吹著，彷彿有一點惋惜，一點溫暖、一點傷感……在蒼涼的街市、在幽獨的林廟、在舊日的深院，別夢依稀……居民是那樣整齊清潔，男女有秋冬之美，雜貨鋪的日用品很豐富，飲食精美細膩讓人留戀，加上綠蔭如蓋、婉約有致，我驀然想到一位出自揚州、大學畢業於上海的詩人朱朱，他那講究、唯美的詩句應該含著揚州的身影吧，他甚至還有一個綺麗的江南共和國的夢想。

我曾到過許多中國城市，唯有這座城市最像故園，這故園專為曾經滄海的人準備的，返樸歸真的人才能與這城市融為一體。我後來與我很多朋友談起揚州，其中中國社會科學院外國文學研究所的李偉曾問我：「如果你用一個詞來概括揚州，你會想到哪一個詞？」我告訴他，「愛情。」，他先稍有吃驚，但後即有所悟。「愛情」——回憶與預感，纏綿與輕歎，就像這個揚州的冬日，就像煙雨迷茫的市街，就像這裡的生活，一個人在歷經絢爛之後將與另一個人在此度過平凡……我身邊又響起了個園冬日午後的圍棋聲……。

我第一次到揚州就遇見了陰暗的冬日。但我知道揚州的色彩當然不止這一種，除陰暗之外，富貴溫柔的揚州更是五彩繽紛的。那就又讓我們來盡情流連揚州豐富的顏色吧，我在另一本書《一點墨》裏曾經寫過，不妨直接引來：

> 揚州染色：淮安紅裏，有桃紅銀紅靠紅粉紅肉紅退紅。紫中有大紫、玫瑰紫、茄花紫……深黄赤色曰駝絨。深青紫色曰古銅。深紫綠色曰藕合。黄褐色曰茶褐。紫黑色曰火薰。紅多黑少曰紅棕。黑多紅少曰黑棕。紫綠為枯灰，淺者曰砂墨。綠有官綠油綠葡萄綠蘋果綠蔥根綠鸚哥綠。黄有嫩黄杏黄江黄丹黄蛾黄……青有紅青鴉青金青元青合青蝦青。佛頭青是深青。太師青為小缸青。藍有潮藍雎藍翠藍，或云雀頭三藍：蓼藍染綠，大藍淺碧，槐藍染青。而白色二分：漂白月白。白綠色曰餘白。淺紅白色曰出爐銀。淺黄白色曰密合。

正是在這豐富色彩的薰染裏，二十五年後，我寫出了我的揚州夢：

揚州夢

獨鳥下東南，廣陵何處在？
——韋應物

一

我曾在維揚的街頭
聞到過橘柚的香氣……
從而想起兩個醉別江樓的人
魏二和王昌齡
我曾在廣陵刻印社
夏日黃昏的庭院
觀看過燕子何其微眇
飛來三兩酒後的黑色——
從而預言這裡的居民
將度過怎樣的秋冬之美……
我還說了什麼呢？
來世的揚州——
在這樣一座現實的夢中之城
誰說那是老人的國度
青年們在此更提前歡度晚年
「圍棋賭酒到天明」

二

來！張智和李冰
還有體育教師張志強
清晨，我們去吃富春包子……
我們的吃相何其昂藏……
來，那天的曙光
並不只贈與江東的貴族
也贈與 1989 年的冬天
那個客心飄搖的人呀
他該如何安頓他的身體
如何賦深情於橋邊紅藥
如今，我們命運老矣
其中的你早已抑鬱而跳樓
那就讓我們從頭開始
節省我們的福氣

像希臘邁達斯從頭開始
節省揚州金子

注釋一：邁達斯，也譯米達斯，希臘神話中的佛律癸亞王，貪財，能點物成金。

六、蘇州的四季

鮮蝦麵、爆鱔麵、燻魚麵、燜肉麵……
思蘇州，唯有胥城大廈一碗奧灶麵
——柏樺《四海江南》

今日蘇州神秀，非紫金庵莫屬。
今日蘇州細眉細眼的黎明，吸沒吸煙的黎明，都好。
——柏樺

清初江南景色三分：「杭州以湖山勝，蘇州以肆市勝，揚州以園亭勝。」
——李斗《揚州畫舫錄》

揚州之後，又一道冬日正午的陽光斜照入南京農業大學培訓樓一樓，我的宿舍室內，我正埋首於一本偶得的關於蘇州的黃曆，其中大量極為奇特的話語吸引了我。一行行從未見過的詞語意象（組合），幾乎是異想天開又證據確鑿的節令民俗（意義），真是太新鮮了，新鮮得我情不自禁地動手抄寫它那自在不變的活力。當然這是來自傳統——「右邊」的活力，它正好與我的先鋒——「左邊」的生活形成張力。是的，我雖然當時還沒有去過蘇州，但一本黃曆卻創造並記錄了我夢中的蘇州城。漢語在現當代思想之光照不到的地方，在一本發黃的舊曆書中保持了它潛伏的強盛不衰的精神繁殖力。《蘇州記事一年》從黃曆中晴緩地步出，來到我溢滿詩意的冬日居室：

蘇州記事一年

正月初一，歲朝
農民晨起看水
開門，放爆竹三聲

繼續晨，幼輩叩頭
鄰里賀年

農民忙於自己

初五，財神的生日
農民迎接不暇
採購布匹

十五，懸灶燈於廚下
連續五夜
掛樹起火，大張燈市
山水，人物不見天日
婦女為去病過三座石橋
民眾擊樂，鼓勵節日

二十八日，落燈
行業恢復正常

二月初八，大帝過江，和尚吃肉
前三后四風雨必至
有人稱龍頭，有人吞土
農家因天氣而成熟
有利無利但看「二月十二」

三月初三，螞蟻搬米上山
農婦洗髮、清目
又吃油煎食品

清明，小麥拔節，踏青遊春
深藍、淺綠插入水中
婦女結伴同行
以祈青春長存

四月初一，閒人扛大鑼、茶箱
老爺從屬西軍夜
紅衣班扮劊子手
（演員出自肉店、水果店、豆腐店）

立夏見三新：櫻桃、青梅、元麥
中醫這天勿用

蠶豆也等待嘗新

四月十四日，軋神仙
呂純陽過此
無需迴避
他的影子在群眾中濟世

五月五，端午出自蒲劍
也出自夏至的替身
兒童寫王字於前額
身披虎皮，手握蒜頭
而城隍是大老爺

六月六，寺院曬經
各戶曬書籍、圖畫、衣被
黃狗洗澡、打滾
老人或下棋、或聽書、或無事
小孩吃茶於七家
面貌動盪不寧

立秋之日，以西瓜供獻
也製巧果、蝶形油炸
人，以期頤養天年

八月十五，中秋
柿餅、月餅於月下
蔬菜吃完了
擺上鯉魚
得下簽者不予參加

九月九，郊外登高
望雲、望樹、望鳥
小販漫遊山下

十一月，日短夜長，市場發達
財主收租、收賬、剝皮
而冬至大如年

農民重視

冬至，全家吃夜飯
豆芽如意，青菜安樂
年糕、湯糰、圓之意
兒子不得外出
嫁女不利親人
南瓜放出門外過夜

十二月過年，送灶
燈具多自製
熱熱鬧鬧、繁文縟節

除夕，又是雞鴨魚肉
提燈籠要錢者
來往不絕，直到天明

除夕之末，男孩懷舊
果子即壓歲，即吉利
老鼠即女孩的敵人
惟大人不老，放爆竹三聲

2011 年春天，我離開南京久矣，但也有某種神秘的契合吧，我竟然在成都第二次寫下我對蘇州的所感所思，並在這首詩的開篇就寫到蘇州電力。因為唐曉東先生，我認識了蘇州電力公司。順便記一筆：2006 年 8 月 8 日，我及妻兒、龐培、蘇州電力公司司機（唐曉東安排為我們開車），在練市中學校長詩人舒航及妻女陪同下，去石門灣桐鄉豐子愷故居緣緣堂流連了一個下午。說這些是為了把這奇特的命名——蘇州護照——同蘇州聯繫在一起，能聯繫在一起嗎？又怎樣聯繫在一起？現在請打開這一本蘇州護照吧：

蘇州護照

可以肯定
接待不會是問題
夜半鐘聲之後
出自對光明的信仰
蘇州已被電力環繞

順理成章
東方之門阿裡巴巴
讓蘇州變了——
鐵在水面閃光，泛出鐵青
太湖湧起鐵的能量

曾幾何時
南方的締造者啊，鬱達夫
在蘇州確立了性向
並接受了最古雅的頹廢——
從苦膽中提取香料

還看今朝
某詩人有移民行動
終於在蘇州作出決定
去開發一個全球化的
詩歌專案——蘇州護照

注釋一：為何說郁達夫在蘇州確立了他的性向？郁達夫在蘇州教書時，所擇女人，標準如下：一、年紀要大。二、樣子要醜。三、沒被肏過。後來，經朋友介紹，真還得了一個比他大三歲的處女，該女人嘴大、面黃、皮乾，達夫疼愛之，待若林妹妹，與之朝夕做一份人家。直到最後他離開蘇州時，才拋棄之。

2011 年 2 月 15 日

繼續在 2012 年春天歌唱蘇州。這一次我選獅子林來寫，寫的是夏日的獅子林，順便還牽扯了一個日本畫家的名字竹久夢二：

在獅子林

在獅子林，
不知為什麼我會想到煤山……
意志好虛無
「一切思考都成了感歎」

樓上的語文課已結束
臨窗望：宴席如園林

糕點搭起了建築藝術
美人靠有輕枕頭

在獅子林，
聽到不息的沙沙聲
會以為是京城矗立的白楊？
夏天的幻覺啊！

畫風說變就變了
哪有竹久夢二在竹林中
唯有幾個日本遊客
在不停地彎腰點頭

2012 年 4 月

還沒完，2016 年秋天，我再次寫出了一篇《蘇州故事》。真巧，這是我第三次與蘇州不期而遇，這次的蘇州在我的詩裏有了一種秋冬之美的顏色，其中的人物個個都是活潑潑的：

蘇州故事

太平天國後，有個消息：
昔聞揚州鶴，今移在蘇州。
——題記

自覺歡情隨日減，
蘇州心不及杭州。
——白居易

這社戲在哪裏演？
這故事在哪裏聽？
下晚，男的去看神仙
女的來做生意
啥格，名探王彼得
要追美人桑建國？

小兒何須怕朱欽運
皮日休也叫皮襲美
我聽說他們在蘇州

團團圓圓、前前後後
揣摩過一些神秘的詩句
那細眉細眼的新月？

可惜人生不向吳城住
誰？狂人黃人死於狂疾
郁達夫也早已離去
如今唯蘇州小海獨唱——
但聽詩人統統被要求
入門前必須脫掉鞋子

那保有貧窮基因的人
那坐在電腦旁抽煙的人
那愛買小擺設的老三居
他為何總是睡得遲？
只為了貪寫小說書，
連夜寫得川流不息……

那是一個什麼故事？
蘇州在同里雪天退思
蘇州在紫金庵裏作詩
從吳鹽勝雪到電力公司
從顧況真隱到顧盼生輝
老鼠仍是女孩的敵人

注釋一：「下晚」，下午近日落時分，即下午五六點鐘的光景。

注釋二：「看神仙」，按現在的話說，就是看美女。「神仙」在中國古詩裏是妓女的意思。張祜在《縱遊淮南》裏寫他在揚州觀妓的情形：「十里長街市井連，月明橋上看神仙。」

注釋三：「啥格」，蘇州附近方言，意思為：什麼呀。

注釋四：朱欽運，現執教於蘇州大學的當代詩人茱萸。

注釋五：「可惜人生，不向吳城住」見吳文英《點絳唇．有懷蘇州》。

注釋六：黃人（1866～1913），蘇州作家。

注釋七：小海，當代蘇州詩人。

注釋八：「老三屆」，是指中國文化大革命開始時，在校的 1966 屆、1967 屆、1968 屆三屆初、高中學生。

注釋九：顧況，唐朝詩人。顧盼，蘇州當代詩人、文人、畫家車前子的真名。

2016 年 10 月 25 日

蘇州之美看來永不會結束了。二十八年後，也就是說繼《蘇州記事一年》後，蘇州再次於 2017 年的隆冬復活了，如從前一樣，我寫下了一首《蘇州的四季》；這次的蘇州紙上行也和上次一樣，上次我從一本黃曆發現了蘇州，這次我通過一本中華書局出版的書《清嘉錄》，再現了蘇州。

這本書如日本學者朝川鼎所說：「於土俗時趨，推其來由，尋其沿習，慎而不漏，恢而不侈，考證精確，纖悉無遺。」我也如行事曆般，按《清嘉錄》精確的考證，寫出了蘇州春夏秋冬的不同人事與美感。是的，我想不僅是我，我們每個人對於蘇州的歲時風俗都會感到興趣，「這原因很簡單，就為的是我們這平凡生活裏的小小變化。」（周作人《夜讀抄．清嘉錄》）

眾所周知，蘇州的夏天是那樣的酷熱，但在我筆下「蘇州的四季」，卻給人永在春秋或秋冬的感覺：

蘇州的四季

一

鞭春吳自牧，打春顧鐵卿，
迎春人不摸春牛不得日新。
清掃隔年地，開口吃果子。
問一聲：感舊要添吃麵人？

《僧道行書》真說得對嗎？
白雞祭灶對蠶是有好處的。

正月稱水之輕重即稱自然
的輕重，也稱人一年的命運。
咬春如何？立春日吃春餅。
何去病，走三橋走脫百病。

二

怎麼贛人偏愛來蘇州謀生？
專心於測字、起課、算命……

燒香是一種修行，在蘇州
十廟香燒完後，燒回頭香
犯人香燒完後，燒草鞋香
碧螺春一出來，嚇殺人香

四月麥秀寒，五月溫和暖
立夏吃黑飯，端午好喜歡
家戶用大秤驗兒童之肥瘠
哪管什麼三伏天、秋老虎

三

乘風涼喝茶，半生緣曬書……
婦女呀！又是「走月亮」。

人人有生日，物物有生日
荷花的生日，六月二十四日
棉花的生日，七月二十日
靴釘的生日，九月十三日
十月五日，風的生日
十一月十七日，彌陀的生日

秋天為鹽菜取一個好聽的名字
——春不老。

四

山塘過年圍爐，酒後思橘……
其實是酒後思人（名字保密）。

這天屠人還扛不扛元寶來？
當然，皺如壽字的風乾豬頭
莫等閒，盤龍饅頭後有安樂菜

不要舞，不要舞，不要舞
臘雪是被子，春雪是鬼子

聽完叫火燭，我們打埃塵——

十二月二十四日夜，掃舍

闔家歡，人媚人莫如人媚灶。

注釋一：詩中的「元寶」指豬臉，即豬頭。屠夫為過年扛來的不是真元寶，是豬頭。

2017 年 1 月 2 日

對於我這個重慶人來說，寫出《蛻變——從重慶到蘇州》，即表明我的一種心跡，我想擺脫我內心的某種古怪，我要去獲得另一個神秘，那神秘就在蘇州紫金庵神秘的半月下……另外，從古至今「出川」也是一種巴蜀詩人的理想，連唐朝的大詩人杜甫當時也在巴蜀天天念茲在茲，要到江南去：

來春望：「厭蜀交遊冷，思吳勝事繁」

出川！可「萬里須十金」，我哪裏來？

——柏樺《杜甫春日梓州登樓》

是的，老杜遷徙的錢哪裏來？旅遊的錢哪裏來？如今，我從重慶到蘇州，完成了蛻變。

蛻變

——從重慶到蘇州

蘇州讓我想起流亡為什麼總是朝向南方，因為朝北是流放……

——題記

不老男城重慶變剖腹傾訴

女城。西南師大學生從此

樣樣慢：說話慢、走路慢

跳舞慢、吃煙慢、喝酒慢

刮兔兒皮子也慢；畢業後

松樹下寫詩比周瑟瑟還慢

（卞之琳從幽明錄來慢不慢）

沒有彷徨、沒有吶喊

沒有長恨、沒有長眠

聖人將迎我往西方（於昶）

天使將迎我往西方（孫文）

但七月難過，連個鬼亦不來
避讖、託夢、延壽，轉世……
成為不幸的怒安，他怒道

有了摩擦何必戀愛，得了
形式何必抒情。一個鐵托！
電影不落難哪來難忘的戰鬥

一個紫金庵！道奇吉普車
穿過神秘半月，來到蘇州
（而蘇州不知道自己是蘇州
而美人不稀罕自己是美人）

注釋一：詩中的怒安，指翻譯家傅雷。傅雷先生，有一字叫「怒安」。

2014 年 1 月 26 日
2021 年 2 月 27 日

誰會想到我的蘇州之詩還會繼續……老杜想到了嗎？今夕復何夕，共此燈燭光（杜甫《贈衛八處士》）……2022 年秋，連我自己都沒有想到，我還要再來為蘇州吟唱一曲。在這一曲挽歌裡，我再一次暗示了張棗的命運：

今夕復何夕

——致一位嚮往在蘇州寫作的詩人

今夕複何夕，推開窗——
大片黑森林怎麼不見了？
蘇州郊區有多少公寓……
而你的公寓藏在哪裏？

是的，一切都盡在眼前
人還會為現實作詩嗎？
正午還會結滿果實嗎？
你說你已經準備好了

有片雲會帶來好運氣——
那是你早年深秋的故事……
如今東山西山，山山相逢

看水是水，人人相遇

哇，「白骨青灰長艾蕭，

桃花扇底送南朝。」哇！

年輕人，別再這樣寫

下去，我的心會發虛……

2022 年 9 月 22 日

尾聲　皂角山莊

「世界上最大的事莫過於知道怎樣將自己給自己。」

——蒙田《論隱逸》

博爾赫斯虎之金已從你左邊歲月老去……

——柏樺《川東熱，冬之九》

當我贈於世界的力量漸漸減弱，我已把它喚回並集中在自己身上。這是我說的嗎？還是誰說的？我想不起來了……

我及時在南京與社會告別，扔掉俗務的糾纏和內心的羈絆再次回到了重慶，息交絕遊，住進南岸黃桷埡一個朋友的「鄉間別墅」。由於園內有一株綠蔭如蓋的大皂角樹，被另一位熱愛林語堂生活方式的朋友取名為皂角山莊。這山莊讓我一見便想到兩句唐詩「閒門向山路，深柳讀書堂。」而「深柳讀書堂」寫出了中國讀書人隱逸生活之典型場景。它猶如蒙田，這位法國十六世紀隨筆作家所說的隱者的「後棧」，在這個「後棧」（即鄉間讀書堂）裏，「整個我們的，整個自由的，在那裡，我們建立我們的真自由，更主要的是退隱與孤寂。在那兒，我們日常的晤談是和我們自己，而且那麼秘密，簡直不存在為外人所知或洩露出去的事兒；……」（梁宗岱譯《蒙田隨筆》，湖南人民出版社，1987，第127頁）

我在這深柳中閱讀嗎？我現在當然是在這皂角樹下閱讀，這樣的閱讀將使我在孤寂裏自成一個世界，而且不用擔心在隱逸生活中會淪入那無聊的閒散之境。

山莊的生活淡泊寧靜，即不辛苦也不緊張，遠離了塵世的紛爭與焦慮。早晨起來打掃庭園、為一些幼稚的花木培土灑水，然後去對面一片香樟樹林散步，山裏有一個道觀叫老君洞，常年住著幾個道士；中午與同住山莊的友人去那裡吃素食、飲茶，坐望起伏的山城風景；下午慢慢走回一條清冷的街面（典型川東小鎮的路面），在一家常去的小酒店吃酒，酒店裏閒坐著幾位每日下午必至的老人，聽他們談鎮上舊事令人愉快。風流瀟灑的張大千曾在這裡住過，那時，他常與朋友們坐滑竿（一種重慶轎子）出發，去十里開外的地方吃魚、飲酒，如此打發春天時光，從酒後老人嘴裏聽來，十分令我羨慕。

這一帶廣大風景中，有民國舊洋樓點綴，隱沒在森林之間，我自由漫步出入其中，頗生懷舊之情，似乎讓我重臨幼時的「鮮宅」，或中學時代的山洞，這裡同樣也充滿了秘密的重慶之美，這美雖稍嫌荒涼，卻有一顆環繞它自身的二十世紀四十年代的靈魂，在此我感到陣陣激流勇退的惆悵和身體自身的悄然安逸。在一首詩中我歌詠了這裡的生活，這首詩雖是寫我在皂角山莊隱逸的事，但最後涉及到了南京、馬鞍山采石磯一帶，讀者一看便知，在此我也附會了吾友楊鍵及其半隱半詩的生活……

演春與種梨

——兼贈楊鍵

一

日暮，燈火初上
二人在園裏談論春色
一片黑暗，淙淙水響
呵，幾點星光
生活開始了……

昆蟲們也在夜間活動
看，好小的蟑螂

暮春，我們聚首的日子
家有春椅、春桌、春酒
呵，紙，紙，紙啊
你淪入寫作
並暫時忘記了……

那習柳公權法帖的人呢
難道只為了記帳？

二

足寒傷神，園庭荒涼
他的晚年急於種梨
種梨、種梨……
陌生的、溫潤的梨呀
光陰的梨、流逝的梨
來到他悲劇的正面像

梨的命運是美麗的
他的注視是靦腆的
但如果生活中沒有梨
如果梨的青春會老死

如果、如果……
如果不在南京，在采石磯
那他就沒有依傍，
就不能歌唱……

那時我的一個早年的朋友已著手寫一部有關知青運動史的書。我卻從1990年起，詩就越寫越少了，只偶而寫一些短詩，最多不超過十五行。而一直縈懷我心的一部長詩的構思已成了一個難以企及的夢想被擱置在一旁。我曾打算寫一部中國史詩，寫許多人物和事件，處理這一時期的各種歷史文獻、報紙、雜誌、奇聞、逸事，儘量用當時的話語寫歷史，可惜材料和語言都還不具備，需要等待。不過後來我還真是運用各種舊報紙、舊書、舊雜誌寫成了兩部史記：《史記：晚清至民國》、《史記：1950～1976》。這兩部史記2013年都由臺灣秀威出版社出版了。

山莊生活除了保養身體外，難免也會考慮文學，想到短詩與長詩種種問題……「純文學的實質就是短詩，像蒼蠅那麼小，在某種程度上，詩歌正是把希望寄託於此。對於詩人，寫作長篇可是一個了不起的念頭：有序言，第一部，第二部，所有這些描寫，連篇累牘的段落……」（布羅茨基語），但「詩人最難應付的是有長度的形式。這不因為我們是短呼吸的人，而在於詩歌的事業有著濃縮的原則，一個非常重要的原則。」（布羅茨基語，見《布羅茨基談話錄》，作家出版社，2019，第248頁）

在山莊，我也常同莊主討論他認為古怪的人生。他是學生物學出身的，所以對人的生理疾病很關注；他也想寫一本大書，重點闡釋人類的心靈疾病，根據他的理論，這病來源於生理。他年紀雖輕，精神也不見得好，臉色很黃，又好哭，但他的抱負卻很遠大。

一天夕暮時分，他突然在園內舉起纖弱的雙臂高呼：「我要拯救人類，人類有許多壞人。」在悄然沉鬱的綠意中他的聲音異常令我吃驚。「想醫治壞人……。」莊主這個離奇的決定，使我想起《枕草子》第二百六十九段所說：「不能疏忽大意的是：被說為壞人的人，但看起來，他卻比那世間說為好人的，還似乎更坦率，因此不可疏忽大意。」我將這一段說給他聽，並提醒他人生的主流是險惡：「你長居山林，涉世甚少，這一點要多多體會。」《傳道書》中也說過：「一千人中難有一個良善的。」他會心地頻頻點頭，說要把這些話寫入他的筆記中。

為了解剖人類的病症，莊主為自己專門布置了一間書房（山莊共五間寬敞的平房，可供起居，外加大廚房與大衛生間），那用於寫字的書桌尤其奇特，是按照人類的腎臟形狀製成的，桌子很大，一個木製大腎佔了房間的一半，後面一排紮實的書架，醫書、生物書、流行的哲學書、甚至還有幾本暢銷雜誌和文革時期聽厭了的舊唱片，唱片的顏色不是紅色、就是藍色。書桌旁邊，有一個陰涼的大花瓶，裏面插了幾枝深色閃光的山雞的羽毛；書桌對面是一大堆看上去又重又黑的音響設備。可以想像，莊主是怎樣伏在這巨大的木頭腎臟上思考著人類日益壞死的腎，或在「毛主席的光輝把爐臺照亮」的小提琴音樂旋律中滿含熱淚解剖著、尋求著醫治人類憂鬱、憤怒、怪癖、不良的腎臟……。春天的夕陽透過簡陋的玻璃窗戶在他孱弱、憔悴、崩緊的外表上投下一道陰影，有時我會聽到他正義的歎息聲……。

晚間是親切的，皂角樹下是我們吃酒的佳景，一邊借酒談天，一邊任輕風吹拂，時光和著山風吹動巨大的皂角樹，嘩嘩的夜聲從此傳出又飄了回來……還有什麼東西正在來到我們身邊……有時一群近鄰老婦人的念經聲催眠般響起；有時憑著星光，但見一條疾如閃電的黃狗英俊地叫著，向山上奔去；有時會有一個學習抽煙的少年在暗夜中向我伸手要錢，我看不清他的臉，只覺臉尖，戴一副近視眼鏡，兩眼閃亮、細小如豆。這一切都使我心安理得，感到滿足，彷彿一時真的成了古人，居於綠水青山之間，一杯茶、一壺酒、一間茅屋足亦……不學今人非得要佔有一大堆外物（如電視、電話、電腦、電冰箱、電唱機之類）才能安慰心靈，做到氣定神閒。

晚間，我們也有一些難以言表的樂趣，我在《山水手記》中記下這樂趣的點點滴滴（非常遺憾，也非常抱歉，我刪改了下面的第五行，但在我過去已出版的某本書中，有心的讀者會記得那第五行——那曾經多麼年輕而驚聳的一句）：

風景有些寂寞的洋氣
在一株皂角樹下
涼風……
籐椅，
她含住了什麼東西……

相比之下，我也並非「高人」，只是量力而行，以求身體舒適、並不求精神的純粹。山鄉生活恰好適宜於我的性情脾胃，明天我可能是「一堆灰、一個影、幾句讕言」，而今天我卻是這個良夜的享樂者，酒約黃昏、納著晚涼、閒話好時光……莊主也離開了他工作的腎型桌面加入我們和平的晚間閒談，這時他會忘掉壞人、疾病或腎……。

我會低聲朗誦一首我自己最喜歡的詩《夏天還很遠》（一首致父親的詩），這詩伴著昆蟲的夜鳴讓我追憶年華，繼續深深地涼爽下來而不像我永懷青春的母親那樣熱烈起來……「一日逝去又一日」安慰了我，也安慰了我們以及這個偶然的夜晚。《夏天還很遠》是我系列夏天主題（母親是夏天的絕對主角）中唯一一首與父親有關的詩，儘管其中有兩行我那熟悉的神秘的憂愁：「左手也疲倦，暗地裏一直往左邊」，但全詩卻舒緩婉約，氣氛彌漫著一種過去（二十世紀四十年代或更早）的光輝。我在這光輝中看見了父親的青年時代，中年時代，老年時代。他愛穿清潔的白襯衫和乾淨的布鞋；他對人與事充滿了習以為常的文雅和親切的專注；他是十月誕生的，自然而然，「所有的善在十月的夜晚進來」。在詩中，我想像了一座二十世紀四十年代重慶風景裏的小竹樓（那是父親偏愛的環境）：很可能就是在皂角山莊這一帶，某個夏末初秋的時節，父親攜友慢慢前往，在安靜的友情中悄然登臨。「太美，全不察覺」，我只有在幻想中追憶，往事依稀，年復一年，「如一隻舊盒子，一個褪色的書箋」，如這很遠很遠的夏天。我也想起 1989 年 7 月，我在北京同我的朋友——一位出色的詩歌翻譯家李賦康討論我的詩歌英文翻譯，談話中我曾告訴過他，如果沒有我的母親對我實行下午的教育以及反覆的訓練，我是不會成為一個詩人的。我的詩深受父母影響，它的核心是「母親的下午激情」（來自左邊），它的外表是「父親的白襯衫」（來自右邊）。

我曾經讀過黃翔一篇我無比珍愛的散文《末世啞默》（詳情見前文《「啟蒙」與「今天」》相關部分）。他在文中所描繪的「啞默山莊」猶如我日夜居住的皂角山莊，周圍盡是草、木、樹、石以及不遠處散落著的幾處房舍。我以幸福的目光久久地注視這一切，直到發現這一切又久久地幸福地注視著我。

這一時期的山莊生活使我常常沉浸於對過去生活的遐想，那些不相連貫的片段逐一呈現在我的眼前。時光似乎轉了一個大圈又把我帶回到從前的浪漫主義鄉村，我的另一番知青歲月，真有昔日重來之感。在對風景的凝視中，一些過去的亮點正一一閃過：我似乎看見我的父親多年前唯一一次莫名的眼淚；看見一個二十年前的學生，她正提著裝滿蔬菜、肉食的菜籃匆匆向家趕去，她肥胖的身體消失在下班回家的人群中，須知她可差一點就成為一名高雅的芭蕾舞演員；我想到一個詩人的命運，詩人在這個大地已失去了他昔日的心願之鄉，連俄國這個詩人最後的天堂也消失了……我也想到促成我寫這本書的1989 年夏天，在青城山一間幽暗的旅店，我和一位早年的朋友徹夜談論著一本書的美，回憶之美，人與事之美……以及一個詩人的生活為何永遠都難落到實處，而落到實處的只是他內心的幻美。

這樣的山莊的生活也很像八十年前日本作家武者小路實篤（1885～1976）提倡的新村主義生活（一種烏托邦式的共產主義村生活）。這種公社式的新村生活在中國緣分頗深，後來我做了一點考察，知道周作人似乎對這種「新村」生活也心嚮往之，連毛主席青年時代也受其吸引並親自實踐。

1918 年剛從湖南省立第一師範學校畢業的毛澤東邀約同學、好友蔡和森、張昆弟等人，到長沙城西湘江岸邊的嶽麓山，進行了一次社會改造的探討。毛澤東和他的朋友們在這裡野餐露宿，登山游水，他們並非在此過一種田園牧歌的生活，而是在日以繼夜地談論並計劃建設一個「新村」。新村選地嶽麓山作為試驗，並想以新村這種模式達到根本改造中國社會的目的。

一年半之後，毛澤東完成了他對「新村」的設計，首先從教育入手，他認為要使家庭社會進步，不能只講革除舊生活，而且必須創造新生活。新生活必須通過新學校對學生的培養而漸漸創立。毛澤東這位從鄉間走出來的子弟，深感舊學校的學生「多騖都市而不樂田園」，不熟諳社會。因而必須從革除此弊入手，創辦新學校。在新學校裏，學生「一邊讀書，一邊工作，以神聖視工作」。毛澤東所說的工作，包括種園（花木、菜蔬）、種田（棉、稻及其他）、種林、畜牧、種桑、雞魚各項，「全然是農村的」。他還為學校安排了每日的生活時間表：「睡眠八小時，遊息四小時，自習四小時，教授四小時，工作四小時。」他指出：「新學校中學生之各個，為創造新家庭之各員。新學校之學生漸多，新家庭之創造亦漸多。合若干之新家庭，即可創造一個新社會。新社會之種類不可盡舉，舉其著者：公共育兒院，公共蒙養院，公共學校，公共圖書館，公共銀行，公共農場，公共工作廠，公共消費社，公共劇院，公共病院，公園，博物館，自治會。合此等之新學校，新社會，而為一『新村』。」（參見毛澤東著《學生之工作》，《毛澤東早期文稿》，湖南出版社，1990 年，第 449～457 頁）

為建立新村，毛澤東跑遍了嶽麓山下每一個村鎮。可是並沒有合適的試驗場所。無奈他們只得住在嶽麓書院半學齋。每天除了自學之外，過著一種腳穿草鞋，上山砍柴，自己挑水，用蠶豆伴著大米煮著吃的清苦生活。很快「新村」的生命火花或烏托邦火花轉瞬即逝。毛澤東和他的朋友們沒能維持多久這種半耕半讀的「新村」生活，就分手下山，各奔前程了。留下的只是對往事的回憶。「恰同學少年，風華正茂；書生意氣，揮斥方遒。」

1958 年，毛澤東在一次同劉少奇談話時，設想了中國幾十年後的情景。「那時我國的鄉村中將是許多共產主義的公社，每個公社有自己的農業、工業，有大學、中學、小學，有醫院，有科學研究機關，有商店和服務行業，有交通事業，有托兒所和公共食堂，有俱樂部，也有維持社會治安的警察等等。若干鄉村公社圍繞著城市，又成為更大的共產主義公社。」

毛澤東的這一設想，很有他四十年前創辦「新村」的味道，只是「新村」的概念變成了「公社」。在他看來，四十年前無法實現的理想，在「一天等於二十年」的「大躍進」年代將會在極短的時間內變成現實。這可能嗎？我想到了毛澤東青年時代的烏托邦衝動，他心高於天的革命理想……為此，我寫下了我們的人生以及他和他們的人生：

我們的人生

大地一直遼闊，盤餐豐簡由人
人老了，就愛吃點、喝點、看點……
看紅星照耀中國——毛主席的青年時代
那時的年輕人一說買肉就俗了。

「我生氣了，以後再也不同那個傢伙見面了。」
戀愛——從天而降的東西。
這是柏拉圖曾經說過的嗎？
我們年輕時同樣拒絕談論它。
「我和我的朋友只願談論大事——
人的天性、人類社會、中國、世界、宇宙！」
後來是什麼東西走到頭了？
是什麼東西讓我們害怕說出來？
靈命的成長由獨一無二的情感塑造——
一戶人家，萬戶人家，億戶人家
三十年後相逢，不外都是來世人家……

注釋一：詩中引號內句子是毛澤東原話。出處及相關語境如下：「……在這個年齡的青年的生活中，議論女性的魅力通常佔有重要的位置，可是我的同伴非但沒有這樣做，而且連日常生活的普通事情也拒絕談論。記得有一次我在一個青年的家裏，他對我說起要買些肉，當作我的面把他的傭人叫來，談買肉的事，最後吩咐他去買一塊。我生氣了，以後再也不同那個傢伙見面了。我的朋友和我只願意談論大事——人的天性、人類社會、中國、世界、宇宙！」（埃德加．斯諾《西行漫記》，三聯書店，1979，第 123 頁）。

2019 年 12 月 18 日

而山莊——我心中最後一個「新村」式的田園，在 1992 年暮春全面消散了。一個更強大的春天來臨了，它（鄧小平的南巡講話）吹滅了毛澤東時代最後一個「廣闊天地、大有作為」的春天——一個我稱之為烏托邦的春天，我曾滿懷幸福的痛苦經歷了它，但又莫名其妙地離開了它。

山莊主人也同樣拋棄了這「新村」的春天，徹底放棄了對「腎臟」的偏愛、沉思和研究，緊急投身春天的「市場」；念經的老婦們也去老君洞趕製麵條，叫賣於遊人；戴眼鏡要錢的少年身穿牛仔褲，問我要不要打火機……生意興隆、山莊荒蕪，布店、酒店、肉店、鞋店喧鬧於黃桷埡昔日冷清的街面，悠閒了幾代的山民也放下茶壺直奔大城而去。我也告別了皂角樹，帶著剛做完的一場春夢下山重找事情做。

1992 年，鄧小平時代終於以它成熟的，定型的面貌出現在幾乎每一個中國人的臉上以及每一寸廣大的空間裏。用一句重慶俗話來說就是：人們「在血盆裏抓飯吃」。這句重慶人的口頭禪，形象地描繪出中國人為生存而拼命的殘酷樣子。確實一切都變了。毛澤東時代曾經朝氣蓬勃的單一精神的酷熱和好高騖遠的理想早已蕩然無存。

最終某種必然性征服了我們反覆無常的衝動，衝動暫時服從了必然的物質的流通規律。如果文學不能天天革命，那麼我們可以試一試觸手可即的現實生活，我們已來到日常生活的路上，一個時代的抒情詩人以長期習慣了的左邊形象從右邊出發了。

一切已不可挽回。我早已被那童年「神秘的下午」注定，我後來的人生不過是應了榮格的一句金句：「一個人畢其一生的努力就是在整合他自童年時代起就以形成的性格。」

去成為了一名詩人，這在最初看起來幾乎是不可能的；回想過去我經歷了各種可怕的風暴，而多少次我險些毀滅，如今我仍安好，值得慶幸。生活中的危險是尋常事，根本勿需多說，就讓它埋伏在前面吧，讓它無聲、細聲或大聲地等著吧。

今天誰選擇了當詩人誰就選擇了生活的邊緣而不是生活的中心，寫作的英雄時代已經作古了，僅餘一些私下的樂趣，不過這寫作的樂趣自古有之，採菊東籬下的陶潛太有名了，這裡不說他寫詩生活的樂趣。隨手舉一個別的例子，中唐詩人姚合，這位悠悠小縣吏，他如何遣興度日？當然是私下閒居作詩：

閒居遣興

終年城裏住，門戶似山林。
客怪身名晚，妻嫌酒病深。
寫方多識藥，失譜廢彈琴。
文字非經濟，空虛用破心。

文字不像錢那樣越用越少，文字也有「空虛」般的神韻，只要善用那一顆「破心」，詩人就能寫出清幽靜謐的好詩。但有時寫作也成了一件自我折磨的工作（尤其是那些寫長篇小說的人，寫浩瀚史詩的人）。屬於詩人呼吸的空氣越來越稀薄了，猶如這已無人居住的皂角山莊……而公社（新村），我曾同香港詩人鄭單衣，香港詩人、畫家（後移居臺灣的）戴定南談論過的公社（新村），早已不知所歸；而生活，無論它多麼現實或多麼超現實，都是一個謎，一個我們終其一生也難以破解的謎，難以表達的謎。

1994 年 2 月寫畢
2000 年修訂
2008 年修訂
2019 年 9 月至 2023 年 4 月再次修訂

後　記

這本書從 1993 年開寫到 1994 年寫成，至今已二十多年過去了，期間，斷斷續續，我不知修改了多少次。我記得的就有兩次大修改。而最近一次，修改量最大，刪減增添了接近二分之一的內容，與前書《左邊：毛澤東時代的抒情詩人》相比，這本書《表達：一個時代抒情的呼吸》幾乎變成了一本新書。

關於本書書名的更改以及為什麼更改，李商雨博士在本書序言中已經說得非常清楚詳盡了，我沒必要再說什麼，讀者可直接參考閱讀李商雨博士這篇文章《詩之書，或一個時代的詩學》（代序言）。

在此，我想簡略回答一下眾多讀者關心的一個問題，即我為什麼不停地修改這本書？記得甚至還有臺灣的教授寫過文章來探討我不停地修改這本書的情況。是的，我常常想為什麼這本書會被我不停地修改下去？那是因為生活在不停地過下去，一些故人去世了，一些新人出現了；一些人已被我忽略或忘卻，另一些人又被我重新想起或審視；一些事件再也不值也不願一提，一些事件仍需要反覆不停地議論，甚至還有新的事件應該進行檢討。隨之而來，這本書自然也就會經年歷月地不斷寫下去……

最後，當此出版之際，我想對叢書主編李怡教授，撰寫序言的李商雨博士和精心校對的徐傳東博士以及花木蘭文化事業有限公司的相關同仁表示我由衷的感謝。

2023 年 4 月 6 日